钢锈

STEEL ROSE

幸之 著

文汇出版社

目录

引子 /001
第一章 /002
第二章 /017
第三章 /050
第四章 /094
第五章 /126
第六章 /165
第七章 /211
第八章 /246
第九章 /274
尾声 /281

引子：屁事没有

我是一名成功人士，就像我的父母那样。

作为血亲，我们获得成功的方式并不相同。父母，靠的是命与运；而我，则是依托于继承以及功利自私的混蛋做派。

拜天性外的一切人生经历所赐，欠缺道德并不会为我带来负罪感。这份成功富有的生活，我问心无愧，安然享受，并为其杜撰理论上必然性，譬如说更努力、更有眼界、更富有智慧。

这份从容自信，一直持续到我孩子诞生前几分钟。我站在产房门外，离奇地回想起充斥在我成功之路上的种种诅咒。这时我害怕了，开始担心那个即将诞生的婴儿真的会暴毙，或者更离谱的，没有屁眼。

万幸，诅咒只是种最低级的迷信，我的孩子很健康，长得虎头虎脑的，还有些隔辈连相。可当我抱起这个小臂般长短的脆弱生物，以往的自信却没有重回。对这个孩子，我最初的感情竟然是怜悯。

我可怜他没有祖辈人的命与运，父辈人又都是一群大坏蛋。我这副丧气模样，与父亲初次看我时截然相反，这时我才恍然发现，曾经自己的诞生，原是一种欣喜。

第一章

I

一九九一年十二月二十五日，红色苏联咽下了最后一口气。陨落时，对它的悼词各有悲喜。同在这日，我出生了，于世间的第一声呐喊，响彻在东北一座工业城市的工厂附属医院中。

张秋一手抱着我，另只手搂着收音机，眼神中尽是欣喜希望，仿佛双臂已拥住未来的一切美好。他将我认定为新时代的主人，收音机中的一切资讯都是为我而天赐的。这是最有意义的一天，死亡与诞生，腐朽与希望。最后，父亲以祝福赋予我名字，张自民，寓意自由与民主。

只是在大多数时候，激昂与振奋最终都会退去，或归于平静，或沦为悲剧，如同关于我出生这日的种种信念，最终也逃不过遗忘与荒谬化。大概我四岁时，便鲜有人再谈及我出生时发生的大事，此后的十二月二十五日，无论是东北的张自民还是更北方的国度，在圣诞节面前都丧失掉意义。

许多年间，张自民都因圣诞节而痛苦，他要与圣诞老人分享生日，使自己只能得到一份礼物。可相比苏联，张自民又是幸运的，至少有人记得他的生日。

2

我出生的城市,以重工业闻名全国,至少在那个时代是。在这座城市,所有的一切都依靠于庞然的工业,住房、医院、学校、商场、食堂等种种娱乐场所,都是工业的枝芽,庇护每名工人完整的人生。就像我家这样。

张秋,我的父亲,是我家一片工人家属楼区的名人,周围的青年才俊大多以他马首是瞻。如此,既因他是周围唯一的大学生,又因我那只有高小文化的祖父,常常到处吹嘘此事。

在我百日那天,父亲在工厂下属饭店或是食堂,总之是我叫不准名字的餐饮设施中办百日酒。宴中,张秋身上因我出生而被束缚的枷锁终于解开,借酒意大谈国际形势。本一张仅能容纳十人的圆桌,被挤或站着的听客们围得没法上菜。哪怕服务员大声训斥,也不能从这些无聊的爷们儿之间撬出丝毫缝隙。

照顾我的几个月间,张秋有了充足准备,种种与工人阶级无缘的高级词汇层出不穷。他从赫鲁晓夫讲起,情节则多放在戈尔巴乔夫身上,最后在叶利钦落幕。当母亲以为他终于讲完时,却发现这只是第一节,张秋话锋一转又扯到地缘政治,以烟头指向面前那张假想的地图,大谈北约华约、波罗的海三国、白俄乌克兰。

抱着我的母亲不悦,小声提醒张秋别耽误正事,谁料被丈夫怒目横眼,反斥没有见识,参悟不到大时代的来临。随即,工科出身的父亲又将话头跳向经济,大谈"休克疗法"。

年轻的工人们虽都听不懂张秋的侃侃而谈,但这不碍于他们关心世界与国家的命运。那会儿的人大多这样,愚昧无知却又揣着虚无的使命感,对政治这种后代们认为与自身无关的事极为看重。

只是，与波罗的海这样新闻提过的地方不同，尽管工人们大多以为菠萝产于那里，但不妨碍他们听个热闹。不过讲到"休克疗法"时，听客们便几乎都茫然了，谁都参不透"休克"与"疗法"这两个词，与管挣钱的经济有怎样的关系。

众听客中有一位自诩为文化人，上过大专的他，常言自己与张秋是瑜亮之交。而张秋却总对他嗤之以鼻，一辈子都在暗地里以"王大专"的蔑称讽刺他。

王大专点起根烟，向张秋投来商讨的眼神，仿佛这饭桌上唯有他能与父亲同谋天下。他问："张秋，要是休克疗法没用，光休克没疗法，那苏联不就死透了么？你说苏联够胆用这法子么？"

张秋面色发寒，如同被挑衅权威的狼王，但张口开始回答时，与众不同的东北普通话却显得冷静与睿智。

"不好说，但从理论上来讲，休克疗法是可行的。"

说着，张秋露出微笑，但藏在镜片后的眼神却闪射出杀意，似乎仅凭"理论上"这个既严谨又蕴含哲理的字眼，不足以彻底击垮王大专，于是，又补了一句，"毕竟有玻利维亚的成功先例"。

完整的话说完，张秋推了推眼镜，眼镜的厚度代表着他与王大专的差别，无论是"玻利维亚"还是"成功先例"，哪一个词都够彻底砸躺王大专。然而，情形的发展却完全出乎他的意料，王大专长叹表达赞赏，以甘拜下风的神情浓厚恶心了张秋一手。

"哎呀！咱们英雄所见略同了，不过我书读得毕竟没你多，你不提，我也不大敢叫准。"

王大专说完，露出了感慨与钦佩并存的表情，颇有种"天下英雄出我辈"的气魄。而张秋只是笑笑，扬手招待大家先落座开席，吃饱了再接着唠。可等他离开听客，到背人处准备在敬酒环节时，却恶狠狠地对母亲嘀咕道："王大专，我都不知道玻利维亚在南美什么地方，还英雄所见略同！"

从这一刻开始，这场百日宴再与我无关，张秋在敬完酒后便急不可耐地又杀回饭桌。他搬出在名牌大学中苦读习得的政治素养，酒气冲冲讲了几个小时的国际政治，以至于当天晚上，幼小的我便被二手烟与酒精味呛得因气管炎重返出生地——工厂附属医院。终于到那时，母亲的愤怒才与我挨针头时的哭声一同爆发。她质问张秋，苏联死活关咱们什么事。张秋则以竖子不相与谋的轻蔑语气回答她："冷战落幕，未来世界和平、经济发展、国家富强，老百姓能过上好日子！咱不是老百姓？自民不是老百姓？"

然而母亲不关心这些，只又问："那咱家房子能分得更大么？"张秋则嗤之以鼻："瞧瞧你那点出息，还分房子？以后市场经济蓬勃发展，老百姓都有钱了，拿钱就能买房子，想买多大的都行，这就是自由！"

母亲没有继续追问，反身顾我，似乎没觉得钱是多么重要，更对钱没太具体清楚的认知。那时她还相信张秋，张秋说一切变得更好，那就是吧，虽现在也没什么坏的，可谁不希望更好呢？于是便消气了。

3

我的母亲陈芙蓉，其实并不是个没见识的女人，恰恰相反，以世俗婚恋角度比较，她的价值要远超名牌大学毕业的张秋。

在更遥远的年代，陈芙蓉的出身算是极不好的。她的父母，我的外祖父外祖母，一位是挨批斗的走资派，另一位是封建贵族余孽，这使陈芙蓉拥有一段不幸的童年，令她很长时间都对出身闭口不谈，全不似二十一世纪以后那般引以为傲。

改革开放后，走资派外祖父东山再起，陈芙蓉得到了本该拥有的优渥人生，学习艺术、考入大学。从此，她看《傲慢与偏见》、弹柴可夫斯基、唱民族唱法，可这些却又使刚脱离出身困境没几年的她，仍然与其他女孩格格不入。可以说，在与张秋结婚前，陈芙蓉是孤僻的，也如张秋一般傲慢。

直到今天，我都觉得她与张秋的结合其实是一场较量。凌驾于各自生活圈的两人，在市共青团联欢时遇到了旗鼓相当的对手，结果无法令对方折服的他们，最终只能以婚姻达成的休战，共同保持胜利者的地位。

可在婚后，陈芙蓉却轻易地战败了，或是因张秋实在更胜一筹，或又因我的出生，总之她输了，暂时输了。

一九九二年初，是陈芙蓉最相信张秋的时光，但这与张秋没多大干系。这年，她的两位密友分别远走他乡，一个入选北京的歌舞团，另一个到深圳下海经商。随后的日子里，北京与深圳的种种美好便萦绕在陈芙蓉耳边，伴随她休完漫长且无聊的产假。同时，她终于感触到了张秋的预言，并将听来的惊喜与丈夫分享。

张秋是傲慢的，他一辈子如此，妻子的钦佩不仅令他得意，更使他在爷们的"讨论大会"上多了用以佐证的谈资。可一段时间后，当北京与深圳的美好越发详细、频繁，张秋的傲慢又使他变得愤怒起来，他自知作为人类，是无法与城市一较高下的，便将自卑转泄到陈芙蓉身上。终于在某天，傲慢的男人冷不丁地质问："你是能去北京还是深圳？你要能去你去，我是不爱去，我要爱去早就去了！"

张秋这话没有吹牛，他在大学毕业时被分配到了北京工作，结果却毅然决然地返回家乡，誓将才华贡献给祖国的工业心脏。这个选择不仅使张秋自豪，也成了他的撒手锏，每当他的傲慢对决到白热化时，便会掏出这招应对敌手。尤其在他年轻好斗时，时常不吝对手高低便轻易使出绝招制敌，一直到很多年后，我离开家乡去往北京，他才彻底将这招刀枪入库、马放南山。

而在这时，张秋的对手陈芙蓉，她既不会也不敢在婆家吵架，又拿张秋这招无可奈何，于是这女人只抱着我不说话，委屈自己又输了一遭。此后，决口不再提北京、深圳如何。

但那是一九九三年，张秋的预言正在成为现实。变好，几乎可以掩盖所有问题。大约秋天，我的父母，这对婚姻生活中的劲敌终于获得第一次双赢，他们被分到了房子。虽不是用钱买来的更大更好的房子，但一间足以承载家庭的空间，仍不失为"好"的体现。尤其对陈芙蓉，这座房子更意味着她总算可以离开婆家，再不用继续住在破烂的工人家属社区中。

陈芙蓉讨厌工人家属楼，直到今天，回忆的滤镜都不能将那段生活美化。但在那时，她还没如今这样直言不讳，只会将厌恶隐藏在生活中的每一处。

当清晨她离开祖父母家去上班时，会说灰蒙蒙的天令人压抑，当她骑着自行车挤在工厂南门的十字路口，会说周围工人的衣裳散发着汗臭味，当她在归家途中被不着调的年轻人吹口哨，会说家属楼这片区有很多流氓。

在我们搬离工人家属楼后，按照北方习惯，张秋与陈芙蓉要请朋友到家里吃饭。或许是因陈芙蓉第一次成为家庭的女主人，她莽撞得得意忘形，对张秋的邀请名单指摘起来。张秋的发小们，那些在工人家属楼一起打滚长大的朋友，被陈芙蓉一一摘除，并且本着实事求是、不冤枉一个好人的原则，还罗列出选人们的"罪状"。

某人不求上进，某人嗜酒成性，某人不像好人。经过她的筛选，最终，张秋的家属楼好哥们唯有三人胜出。而就是这三人，也被按三六九等划分出来，另一片家属楼的骄傲，从名牌医学院毕业的医生是第一等，响应改革开放号召下海的外贸公司总经理是第二等，而末席，则是凭借大专文凭勉强挤入围的王大专。

如果在我生活的年代，陈芙蓉的选择，代表着她开始对人生进行明确规划了，希望借搬新家的契机，使她与张秋的生活也焕然一新，朝着更好、更良性的方向前行。但可惜，那是在一九九三年，"优化社交圈"还没有被打包成课程兜售，精致、利己也并非是可以堂而皇之的品质。为此，张秋的愤怒完全具有正当合理性。

"资本主义余孽风气。"

张秋掏出这句话时应是无比自信的，如他笔下那些犀利社论报告，精练准确地直达敌人要害。

我始终认为张秋是个天才，哪怕在叛逆的青春期。张秋根正苗红工人阶级出身，想必对曾经戴着高帽、系着枷锁的人不会陌生。而作为丈夫，他又当然清楚陈芙蓉的一切过往，包括她的家庭、她童年的苦楚，更该知道，那是陈芙蓉一生的痛。在劲敌的众多弱点中精准找到最薄弱一环，打蛇七寸，他强大得令人钦佩。张秋短短的一句评语，便足够令陈芙蓉心碎了，这女人纵有千般道理可还以颜色，却也无心力再战，崭新生活的第一次较量，胜者是张秋，且赢得很轻巧。

然而令人啼笑皆非的是，两个都自以为是受害者的人，最终却因他们是夫妻而互相妥协。张秋虽然没有道歉，却对陈芙蓉的名单进行了部分退让。至于陈芙蓉，张秋的让步使她自以为是胜利者，于是暂不再计较心灵上的战损。

荒唐的事发生在很多年后，两人的仇恨巧在相同时间段爆发，互相对我宣称自己行为的正当合理性。张秋为自己当初的妥协愤愤不平，不但坚定认为那令人心碎的评判没错，更遗憾自己最后竟然妥协了。

相比之下，陈芙蓉的论调则显得更有说服力，岁月替她证明，当初的落选者并不冤枉。那些被陈芙蓉摘除的人，在许多年后都成了悲剧故事的主角。不求上进的人得过且过糊弄了大把时光，终成为社会中所谓的下等人。嗜酒成性的人变本加厉，不但人生跌落尘埃，更因酗酒早早丢了性命。不像好人的那位倒是风光过，直到他在大排档被一群后生砍了三十八刀。

"人得上进，近朱者赤，近墨者黑。"陈芙蓉如张秋般用成语如是说。

而以我的立场来说，无法对他们二人的论调做出任何评论。我只是觉得，明明一九九三年还有机会聚到一起吃喝谈笑的青年们，短短几年以后，彼此却在人生路上分道扬镳，直至分别被划分为上流与下等，直到老死、永生、子孙不相往来。

4

张秋有一位朋友，我叫他小酸叔。因这称呼，我曾在挨张秋毒打时委屈地看向陈芙蓉，"小酸"明明是这女人背地里的称呼，恰好被刚冒话的我听了去而已。

小酸叔本姓孙，是父亲同届的小学、初中同学，两人年纪一样大。被陈芙蓉叫小酸,只因他长得矮小且身上总带有一股汗馊味。

当时小酸叔也是工厂工人,但我不清楚他具体是什么工种,陈芙蓉说是收破烂的。以小酸叔的条件,自然是乔迁宴的落选者,但因这对劲敌夫妻的互相妥协,他又幸运地重归名单当中。当然,从复活赛脱颖而出与小酸叔的个人努力也不无关系,毕竟他除了生得矮丑、身上有股汗馊味外,也没别的缺点。况且,很快陈芙蓉就该感激自己的宽宏大量了。

乔迁宴那天清早,那对夫妻各有分工,陈芙蓉在家布置屋子,张秋到外面饭店去订菜,这也算他二人之间少有的协作。这对不会做饭的夫妻,计划将饭菜打包回家,在客人来临前用锅加热一下,做出自己下厨的假象。并还约定,对外咬死这桌饭是陈芙蓉做的,如此,也算全了两人的面子。

临到中午张秋急冲冲到家,将炒菜装入精美的盘子,最后处理好打包盒后,他坐到沙发上抽烟,以备随时到来的客人。尽管他表现得很悠闲,但头上的汗滴在东北颇有寒意的秋季显得极为违和。或因要找个东西分神安抚心神,他注意到了屁股下面的沙发布。

过去在祖母家生活时,沙发布从来都是祖母用针织厂的碎布料缝制的,等到了新家,则都被陈芙蓉换成了商店款式,滑溜溜、亮晶晶,边角处还带着美丽的纱花。可在今天招待客人的家宴,挣面子的商店款沙发布不见了,被换成衣柜最底层压着的、搬家时外祖母赠予的过时大花床单。

对此,张秋只觉得奇怪而未去究其原因。他的好胜心从来古怪,当初陈芙蓉为新家换上这些花里胡哨的东西时,曾被他讽刺过小资,这会儿小资没了,他当然不会反过来询问原因,只会得意自己又胜利了。

中午，客人陆续到来，在陈芙蓉的精心挑选下，来者大多是那个时代的青年才俊，除了张秋与陈芙蓉的同事，一些受教育程度相当的年轻工程师与公务员，便是医生、警察、总经理。格格不入的，只有从陈芙蓉名单中复活的几名张秋发小，比如小酸叔。

那日的小酸叔虽换了新衣，但仍带着一股汗馊味，他喜欢我，而我讨厌他。这要怪我外祖父，改革开放后他东山再起办了一家日用品厂，导致我对化学香气习以为常，受不了任何源于自然的异味。小酸叔抱起我，我则以哭号回应，陈芙蓉见状立刻上前，虽脸上挂着笑，手却果断麻利地将我夺去。这一幕正巧被端菜的张秋瞧见，他训斥我："孙叔抱你下怎的？"但我与陈芙蓉谁都没回应他，只共同回了卧室。

午饭开宴，张秋提杯宾客祝词，酒过三巡便是国家大事、世界局势。

他们从俄罗斯的叶利钦大战鲁茨科伊聊起，再到捷克斯洛伐克的前世今生，最后是柬埔寨的历史文化。那时的人格外热爱政治，尤其知识分子，无论自己身在地球哪里、多微小的旮旯，都是一副怀揣世界的气势。这些年轻人坚定地认为，这颗星球的每一处变化都与自己息息相关，会深刻影响到自己的生活。并且他们还格外热衷延伸讨论，每说一件事，非得从哲学、文化、历史、民族等各种角度出发，将事情掰扯得清清楚楚。尤其张秋，张口闭口就是"存在主义"，以至于我在冒话时张口就是"存在就是萨特，萨特就是存在"。

不过张秋在宴中的口若悬河，也并不全因那时的年轻人如何，更多原因应该在于王大专。往日在工人家属楼中，王大专常以瑜亮形容自己与张秋，而张秋素来不屑。只是在家属楼那一片，没人能懂张秋的不屑，毕竟除了他，也就王大专这一位可称才俊之人。而这日，饭桌上高朋满座，张秋必不会放过羞辱对方的机会，务要让这区区大专生知道他自己是个什么货色。至于结果，自然也符合张秋的预期，王大专一反常态沉默寡言，除了频频为众宾客倒酒点烟外，连牙都不敢多露几下。

但平心而论，王大专还算是有本事的，他至少还有留在饭桌的本事，并不时辅以"对对"跟上聊天。叫苦的，是那些从名单复活的客人，张秋的发小们。捷克斯洛伐克引出的小协约国还没聊完，就一个个借着逗我玩的名义离开饭桌。而我不过是个婴孩，并没有可供一帮老爷们消遣的乐趣，他们只在我小床处停了几分钟，便坐到沙发上交换起烟卷，聊着他们互相能听懂的话题，比如生活。

被政治裹挟着，这顿午饭一直聊到接近傍晚才结束，再不久便是晚饭饭点。到这时，张秋才终于意识到自己过于得意忘形。按东北的习惯，作为主家，决不能让客人在饭点没吃饭就回家，再懒也得为客人们弄顿面条。而大骗子夫妻张秋与陈芙蓉，连一顿打卤面都不会做。眼看天黑，危急越来越近，陈芙蓉投向张秋的求助目光越发频繁，慌张也渐渐显露在她的脸上。这女人的丈夫一直都不了解她，脸面，陈芙蓉看得比张秋还重。

其实从情理来说，这份尴尬并非无解，只须有人先行告退，其他宾客再有些眼力见跟着离开，而后主家再三挽留，主宾之间半推半就将饭桌挪到外面面馆就算破解。只不过这招的难点在于，客人中一定要有与主人十分熟络，够交情提出自己先走的人。而在这时，我家的家宴中，站出来的人是小酸叔。作为与张秋认识时间最长、交情最深的一位朋友，他拯救了我家的灾难。

小酸叔提出回家，张秋的发小们立刻响应，随后一众宾客们识趣告退，而张秋则恰到好处地提出要请大家到外面吃碗面。一切人情事理按部就班，如同这帮年轻人的父辈那样理所应当。随后，张秋呼朋唤友离家，陈芙蓉留在家中收拾满屋酒后疮痍。

晚上九点，在那个年代足以称为夜的时间，张秋回家，新房子里刚刚散去的乙醇又浓郁起来。或许也是因为外祖父的原因，陈芙蓉格外讨厌酒气，哪怕是真正的好酒，她也从来说那是一股粮食腐朽的臭气。

"吃碗面都能再喝一顿，以后咱们新家新生活，少再这么喝，喝酒丧志。"陈芙蓉批评张秋时自认为有足够的底气，毕竟她已经被满屋的烟酒臭味熏了一天。张秋则轻蔑地拱起鼻子哼嗤一声，他四十岁以前常会露出这种表情，哪怕是对待单位的领导。

陈芙蓉对丈夫的态度颇为不满，她又说："咱们东北人就喝酒这点不好，人家南方做大生意的老板，没人整天泡在酒里，就算喝也是小酌养性。你瞧瞧你们，本来都是社会年青一代的中坚力量，聚到一起还是抽烟喝酒吹大牛，倒难怪人家南方现在蓬勃发展，咱们东北还是这样，我看再过不了几年，就得让南方超过去。"

讲完这番好正经的话，陈芙蓉自以为获得了胜利，她用张秋的方式击败了丈夫。而结果却证实，这么多年来她频频输给张秋并不冤枉，她并不如对方那样了解自己的敌人。

"你可别放屁！"张秋夹着烟冷不丁地怒吼，吓得陈芙蓉差点将我扔了出去。还未等女人反应过来，第二茬攻势便闪电般袭来。

"你牛逼什么？天天看不上这个看不上那个！瞅给狂的，东北人也不行了？东三省容不下你了？"张秋指着陈芙蓉，还闪着火星的烟灰落到又被换回的商店款沙发布上，烫出一个洞。这个变数，终于使粗心的醉汉注意到沙发布的变化，随即种种细枝末节在酒精的助推下被串联到一起，他获得了彻底碾压陈芙蓉的武器。

短暂致命的停歇后，张秋搬来了更磅礴的暴风雨，他将烟头重重摔在崭新的黄木色地板上，气势骇人地站到陈芙蓉面前，居高临下地恐怖质问："你还换沙发布！你是啥？多高尚啊？怎的就那么看不起小孙，因为他来连沙发布都得换呗。你瞧瞧你嫌弃那样，小孙抱下孩子你立马就不干了，甩着脸就把孩子抱走。怎的啊，我哥们儿不配抱你儿子呗！我明白告诉你，别总觉得自己就怎么好，今儿要不是小孙在，你丢脸丢大了！谁家媳妇连顿面条都不会下？你别以为自己多好！"

陈芙蓉先是愣住，然后打着战将我放在沙发上，接着如同被吓傻的孩子般僵着身子站在原地不动。这女人从来都是这样，受不了有人对她大声说话，童年时终日目睹父母被人潮批判的经历，使恐惧被后天刻入基因当中。

与陈芙蓉不同，张秋了解自己的对手，只是他毫不体恤。甚至，他将妻子的惊恐视为一种对抗。按照他的逻辑，只有错误才会使人惊恐，可他没有做错事，他在正当地批评教育陈芙蓉。如此，胆敢对抗自己的陈芙蓉更加有罪。

万幸的是，张秋不是个以暴力自持的人，无论如何动怒，他都没有对陈芙蓉动手。只可怜，替罪羊成了那张刚买没几天的，那美丽的、滑溜溜的、裱绣纱花的沙发布。张秋将沙发布一把扯开，醉酒导致他过于倾泻力量差点使自己摔倒，接着他发泄般砸翻着抽屉，找出一把剪刀，将陈芙蓉新式生活的图腾彻底铰成碎烂。

而目睹忍受这一切的陈芙蓉，她没有能力挽救什么，只会舔着眼泪理智地给出解释："我只是洁癖。"

张秋不相信，尽管洁癖正是他最常批评陈芙蓉的"缺点"，但在这时，他咬定坐实陈芙蓉的所作所为全是因看不起小酸叔，看不起他工人出身的哥们儿。所以张秋答道："滚蛋！"

至此，张秋又赢了。

当然，这次冲突的结局亦如以往，仍莫名其妙地和好了。某天早上两人说了几句话之后，陈芙蓉又买来更漂亮的沙发布，以宣告她对新生活的主权，而张秋也不再纠结妻子是否真的嫌弃自己的朋友，从此一切便烟消云散，付出的代价无非是别扭的婚姻中又多了道茧子。

说实在的，这其实是场令人遗憾的结局，两个本该最亲密无间的聪明人，却选择愚蠢的方法将冲突草草了事。这也同时证明，无论他们够不够了解敌人，但其实都不太了解自己。尤其张秋，他的自负使他从不认为自己粗鲁的愤怒其实来源于自卑。

曾经，少年的他停下了喊打喊杀，从一众按捺不住荷尔蒙分泌的年轻人中抽身，转而拾起无用的书本。那时，小酸叔是唯一支持他的朋友，并以矮小有力的身躯，替张秋挡下了所有幼稚的冲突。于张秋而言，哪怕时代变迁使渐渐催生出人的区别，但在骨子里，他仍与小酸叔一样，是生于工人家庭、嗅着清晨的烟尘长大的工人子弟。于他而言，小酸叔不光是一个活生生的人，更是他潜意识中的本我。也是因此，他才在面对陈芙蓉时格外好斗，好似阶级敌人般生死相搏。

甚至我猜测，他对陈芙蓉有着不自知的恐惧，唯恐本我，被这个来自另一个世界的女人杀死，这是张秋决不能容忍的，就像不允许小酸叔受到侵犯。

至于陈芙蓉，或没人说得准她的心思。只是在往后的很多年，小酸叔的人生一直贴着低谷平稳前进，随着社会"高级"的上限越来越高，反倒更显得他格外卑微。小酸叔也努力过，拼了命、发了疯地努力，可每当获得机会时却总是少了些不择手段的品性，在无数次选择够义气、讲良心后，他只能认命般选择当一个低级的好人。可这名低级的好人，却是张秋旧友当中唯一一名在陈芙蓉口中还存在的人，而那时，就连张秋都与她再无关系了。

第二章

I

一九九四年初,陈芙蓉成了令张秋嫉妒的人,她的事业蒸蒸日上,成了城市诸多"领导"中的一员。渐渐,陈芙蓉鲜少再是张秋的妻子,而张秋却成了陈芙蓉的丈夫。张秋性格极为好斗,当然不会容许这种事情发生,为了追赶劲敌,他主动报了一个技术人员支援外省工业的项目,须出差半年。

临行前,张秋意气风发,一如既往地大谈国情政治,将这次出差描述得极具历史使命,称是改革开放后的新三线运动。但可惜,他最在意的对手并不感兴趣,与丈夫那些虚无不可触及的侃侃而谈相比,陈芙蓉每日面对的,都是真实可触的压力。

也算陈芙蓉倒霉,她的工作职能与市场监管相关。曾经,在工厂掌管医疗、教育、民生等城市一切资源时,她那里是公认的闲差。而改革开放如火如荼的一九九几年,再赶上工厂与社会快速脱钩,这单位没两年就忙炸开了。

在这个单位中,新领导陈芙蓉,是所有职工里最绝望的。她这个领导,能力上面固然不足,但更痛苦的事,自己这个笨领导,居然是部门一帮子人最堪用的几个。她手底下虽有几十号人,但论及对经济领域的认知,甚至不及她远赴深圳下海的闺密。

形势所迫,逼得陈芙蓉只好白天上班晚上学习,就连哄我睡觉时都念叨着"宏观""逆向""优势"等词汇。可人的精力毕竟有限，本就毫无生活能力的她，在张秋出差后的某天将我烫伤。无奈之下，我俩一同又回到了祖父母家，她最厌恶的工人家属区，可对我来说，那却是无比美妙的一段时光。

2

久远，总会使记忆都涂画上滤镜，而我还处于发育中的大脑，无力容纳全部真实经历，只能将记忆剪辑成或静止或略带动态的画幅，而这又更使记忆美化，成了一则则充满故事感的镜头片段。

那时的天空与如今不同，没那么绚烂多彩，无非只有翠蓝、昏红与漆黑三种颜色。可仅仅这三种颜色的渲染，却交织出无数属于人的侧影，他们时常慢悠悠地、毫无意义周而复始地重复着演技，但等最终汇聚于脑叶中的屏幕时，却如同变速默片般飞速穿梭。从这时起，我作为一个微小的个体，开始对世界产生好奇，也与世界彻底联系在一起。

当天空翠蓝时，我会被带到祖母的父亲，我太姥爷的家里。太姥爷的家里总是有很多人，祖母的亲戚都住在工厂家属区，那时的人们是这样的，彼此住得很近，饿了、饱了、想见你了就一抬脚，倦了、困了、烦你了也是一抬脚。事实上，大多数时候他们聚在一起毫无目的，就只是在一间屋子里坐着，从一个饭点到下一个饭点。

祖母的娘家是个重女轻男的家庭，哪怕退休，她在那里也仍有仅次于她父母的权威。在东北工业城市，这不是件奇怪的事情，工业化较早，使妇女也成了家庭经济重要的生产力，同时也促进了平权意识的发展。当然，也可以说大白话，谁养家，谁拿大。

祖母就是这样，她是长女，自从十六岁进入针织厂，便成了家中第三家长。而这种权威的体现方式，就是在父母老到无力教育儿女时，由她出面行使家长权力。

祖母有许多兄弟姐妹，其中最小的弟弟叫小凡，虽然与张秋年龄相仿，但我仍要叫一声舅爷。小凡舅爷与张秋不同，他与那个时代的大多数东北年轻人一样，眨眼间糊涂长大，随后进厂上班、娶妻生子。一九九四年那会儿，小凡已在工厂看了很多年仓库，自他有日发现，无论自己在与不在，那间两位数编号的仓库都无人问津时，便常将瞌睡的地点换回家中。又一段时间过去，小凡又发现无论去与不去，都不影响工厂发工资时，就再不去上班了。而自那以后，我退休无事的祖母，便会用整个下午的闲暇教育自己不争气的弟弟。

面对祖母，小凡舅爷像个孩子，从年龄来说他也的确是个孩子。祖母在教育时三句话不离窝囊、不争气这类软弱的比喻，小凡舅爷的反应也是相当符合批评，他大多数时候一声不吭，最多以无奈口气表达不耐烦，再说急了，便离开他父母家，回到楼上他自己的家睡觉。

那段时间，我总觉得祖母是可恶的。在我看来，小凡舅爷是个好舅爷，每当我去，他会冲一大碗麦乳精给我，然后叠许多纸船，带着我蹲在大水盆边一起玩海战游戏。有时，他还会用烟头点燃纸船，告诉我这是火烧赤壁。

那段日子，恰是我开始去思考除自己以外其他人类的年纪，并试着用简单的好与坏将之分类。每到傍晚，疲倦的陈芙蓉下班回家，我会向她询问小凡舅爷的种种。陈芙蓉说他好，我则会重复祖母对小凡舅爷的批评；陈芙蓉说他不好，我便会告诉她麦乳精多甜，海战多有趣。连续几天，陈芙蓉烦了，打算一次性彻底解答问题，她说："你小凡舅爷就是失败版的张秋，你觉得你爸好，他就少好一些；觉得你爸坏，他就多坏一些。"

此后我问陈芙蓉时，她就只会说道："想想你爸。"

小凡舅爷有个儿子，年纪大我五六岁，那孩子的名字具有十足的野心，叫作非凡，而性格也如同这名字，他与家属区的孩子站在一起时显得鹤立鸡群。几栋楼的孩子都以他马首是瞻，甚至还是小学生的他，连中学生都敢招惹。

因我叫非凡一声小叔，使他幼稚的虚荣心得到满足。当夏天来临，孩子们肆无忌惮地在家属区小公园发疯时，他将我，一个屁大点孩子带到土丘之上，向所有臣服于他的孩子宣布，从此以后，我就是这个小公园中的老二。为保我的权威不受质疑，他还将手下一名干将安排在我身边，并交代，谁惹我就打谁。

支配欲是种极容易上瘾的玩意儿，哪怕对象是个三四岁孩子。我从不懂非凡赐予我的一切意味着什么，到任性妄为地胡乱使用它，仅仅不过一个下午。

那时，我对性别的概念开始觉醒，关注起身边留着长头发的"别人"。我清楚她们与我不同，她们是陈芙蓉那样的人，而我是与张秋、非凡一样的。意识到这点后，我急于弄清我们之间的具体区别，并很快将注意力集中在"她们"长长的头发上，确信是因为头发的长短，使我们成了不同的人。

而得益于非凡赠予的权利，那片家属区小公园的女孩们要倒霉。事情常常是这样的，一个孩子会卖弄着可爱凑到小女孩身边，当女孩们蹲下打算逗逗这个孩子时，孩子竟会一把攥住她们的头发，或用力拉扯或快速拧拽，试图搞清那人人都有的软丝中到底藏有怎样的秘密。

我已记不得在翠蓝的天空下，到底有多少女孩被我弄哭，又有多少女孩慑于我保镖的淫威不敢对我报复。总之在一个颜色变得昏红的时刻，我得到了足够的参考样本，并得出结论，男人与女人除了头发长短之外毫无区别。

可非凡赐给我的权利，只能确保我顺利做完实验，触犯众怒的恶果终究是无法逃避的。又在一个颜色昏红的傍晚，当我在保镖的护送下重回非凡的根据地，那座家属楼的小公园时，非凡正被一众受害者围着。这些女孩们虽无法挑战非凡的权威，但她们拥有更好的武器——性别，女孩们只用了一句话，便迫使非凡大义灭亲。

"你纵使你侄欺负女的，你不算男人。"

显然，未满十岁的非凡已将"男人"二字看得极重，他严肃地处罚了我，让所有女孩挨个捏我脸以作报仇。而不知缘故的我还以为自己很受欢迎，尽情享受着小姐姐们对我的疼爱，直到天色变得漆黑一片，非凡打着银亮亮的铁皮手电筒带我回家时，他才对我警告："你再惹女孩我就不管你了，保镖都给撤走，让她们随便打你。"

我放声大哭，觉得非凡不管我是件天大的事。非凡赶紧拢住我，若我哭着回家，他免不了要挨小凡舅爷的揍。

"你下回欺负男孩，男孩随便欺负，没事！"

我不听，仍哭，我对与自己一样的男孩完全不好奇。非凡是有领导才能的，虽也不到十岁，但他已深谙谈话的技巧，为了止住我的哭泣，他将话题转移，反问我为何撩女孩。我如实回答，他却哈哈大笑，告诉我："这玩意儿和头发没关系。"

当晚回家，我向陈芙蓉对证答案，挨了来自母亲的唯一顿打。

那以后，陈芙蓉便禁止我再到小公园玩，为了弥补，她带着我到人民商场买了一辆昂贵的四驱车，与当时电视热映的动画片款式相同。那是一辆红橙白三色的四驱车，名字叫作天皇巨星，同动画片一样，它能奔跑而且速度飞快，一旦放任它驰骋，非得到撞到哪里才能停止。

这种可以拼装还能奔驰的玩具，对男孩有着无可匹敌的吸引力，电子游戏普及前，四驱车就是男孩们的终极梦想。在物质的诱惑下，我很轻易地抛弃了非凡，在傍晚，把玩着四驱车看关于四驱车动画片，远比小公园中的一切叠加起来还要有趣。不过，四驱车与非凡，动画片与小公园并非是鱼与熊掌的关系，最后我还是同时占有两者，且毫不费力。

我的祖母不清楚非凡对我的教诲，她只知道儿媳陈芙蓉在上班前交代她，别带孙儿到自己的父母家玩。在祖母眼中，陈芙蓉的形象极为矛盾，张秋是令祖母骄傲的、优秀的儿子，使她在饱受欺凌的婆家都有了仰仗。而当张秋拥着陈芙蓉这样的媳妇后，又使她的颜面更加有光，她曾不止一次对外人炫耀，说只有陈芙蓉这样的女人才配得上张秋。

而与脸面上的收获恰恰相反，就相处而言，她们婆媳二人极其别扭。祖母不是个坏婆婆，十八岁进编织厂当工人养家的她也没有使坏的心思，我的母亲陈芙蓉也不是坏媳妇，她对张秋的父母敬重，对亲戚各家的难事不遗余力帮忙，逢年过节迎来送往处处周到。然而这两人相处，却总是不像亲人，始终隔着一道密不透风的墙。

陈芙蓉虽礼貌，但永远不会同婆婆说哪怕一句家常，而祖母则更干脆，她不懂得陈芙蓉的一切，爱好、工作、家庭、性格等。以至于很多年后，当张秋与陈芙蓉分道扬镳，陈芙蓉竟成了祖母口中世界上最傲慢的女人。

家里这对婆媳难以解构的心思，使我在拥有四驱车的第二天下午，依旧被带去了太姥爷家。我不清楚祖母做出这个决定时怀揣着怎样的心思，更对她要如何应对下班回家的陈芙蓉一无所知，我只关心我自己，对自己拥有双重快乐感到幸福。不过，到底我还是个三岁孩子，经历的事情太少，不懂幸福与痛苦相似，都是可以叠加的。

当非凡放学回家时，我的兴奋超出了表达能力的上限，我扯着嗓子尖叫，直到阵阵咳嗽。非凡告诉我，我的宝贝四驱车原来不是只放在地上跑那么简单，这小小的玩意儿有它特别的玩法。

对大人撒谎后，非凡领着我离开家，我俩走了好远好远，路上的所有风景都是前所未见的，这是我人生第一次远足，可我却没有丝毫担忧，人类那源自于贪婪的勇气充斥着我幼小的身躯，那时的我，与曾经在世界各地寻觅宝藏的欧洲亡命徒、跨越大海探索黄金的水手没有任何区别。

终于，越过无数楼宇险阻，见识了无数陌生面孔后，穿过那些因非凡到来而自觉让出通路的孩子，我得到了宝藏，四驱车专用赛道。

那是另一片工人家属楼区的小卖店，老板为了四驱车玩具的销量，在外面摆了赛道供赛车奔驰。当非凡带我到来，赛道顿时被清空，两个在我眼里与大人无异的初中生还和非凡打起招呼。他们的人际关系与我无关，我直奔赛道，肆意享受着并不清楚由来的特权。

偌大的赛道只有我的天皇巨星在驰骋，每当有其他孩子打算与我一较高下时，非凡都会站出来怒斥："我侄儿的车在人民商店买的，正版，撞了你赔不起！"

而当他如此作为时，小卖店老板却不加阻止，反倒乐呵呵地给我们送来了冰镇蛋白奶。

对我来说，那是幸福到足以铭记终生的下午。电磁马达急促又带有节奏的轰鸣，属于我的红白色天皇巨星，与小卖店电视同时播放的动画片一般无二的疾驰，手中还有冰凉的蛋白奶。从此以后，我再不会注意天空之上的颜色交替，无论翠蓝或昏红，都要排在我的快乐之后。

喝光两瓶蛋白奶后，天皇巨星的电池耗尽，但这种小事对非凡来说实在不足为奇，他叫我等着，随后进到小卖铺去。而等他向老板索要电池回来后，快乐戛然而止。非凡问我："天皇巨星呢？"我茫然低头，在我刚刚满怀期待望着非凡时，手边的宝贝不翼而飞了。

我哭泣，几尽崩溃地嘶声尖叫，亦如早前非凡带我来到这里之前。而非凡，他与我不同的地方绝不止年龄差距，从此刻起他干出的所有事，都使我在往后的人生，对他产生了迷信般的崇拜。

不到十岁的非凡，当即喝住了所有孩子，并将两个初中生叫到自己身边。他勒令，谁都不准走，要挨个搜身。而当有个不服气的孩子站出来反抗，恐吓非凡说他爸下班回家会路过这里时，非凡却回手给了那孩子一嘴巴，恶狠狠的稚嫩声音从鼻子牙缝中挤出："你爸算个屁！"

很快，非凡用恐怖手段还原了真相，是一个孩子趁我不备偷走天皇巨星，但小偷在得手的一瞬间便逃跑了。非凡不满足于只侦破案件，论处理案件，他显现出远比那时的警察更高的操守。非凡以暴力手段逼迫两个招供的孩子带路，他要亲自到小偷家里找人。而等到了目的地，带路的孩子却不敢进门。在那个年月，大人是会对陌生的孩子动粗的，尤其是自己的孩子受到委屈时，比如被指认成小偷。而非凡这时则展现出令人折服的品性，他令包括我在内的其他孩子在外面等着，包括两名初中生，随后独自一人钻进那陌生的楼宇，叫开了家门。

事后，这件事经由无数男人女人的嘴传到我祖母耳中，说那时开门的人是一名壮硕的男人，而非凡却毫不畏惧地伸出手，说："你儿子偷了我侄儿的四驱车，让他还出来，不然和你没完。"

男人说："滚蛋！"并在非凡脑袋上搂了一把。

非凡没怂，直视那个有他三四个高的男人，毫不避让地说："咱俩要没法说话，我让我爸来和你说。"

男人说："你爸算什么！"

非凡说："我爸是小凡。"

那晚归家路上，天空的颜色是我记忆中从没有过的漆黑，非凡担心我害怕，一边走，一边大声带我唱着动画片的主题曲。而我其实并没有非凡想得那样胆小，反而对这漆黑兴奋，我拉着非凡的手，回味着今天溢出来的幸福，欢喜着"天皇巨星"还失而复得。

而正因此我才格外想不通，回到熟悉的家属区，撞见在外面寻人的祖母时，我又为何会放声大哭，害非凡也受连累挨了打，以至于很长一段时间，在面对非凡时我都有一种愧疚感。

但无论那日的经历有多么深刻，对我来说，都只是孩童时缺乏逻辑的片段，只一觉睡去，记忆便被暂时扔到回收站中。可对我的家庭而言，则是一系列事故的开始。

我短暂的走失，使陈芙蓉与祖母陷入了胶着状态，陈芙蓉不是善于争吵的人，而祖母也觉得心里有愧，于是两人就那样僵持着，除了保持必要性的言语，两人几乎不再互相说话。但与我的家庭相比，受这件事影响最深的人是小凡舅爷。他勇敢儿子的作为，经过工友、街坊、邻居的嘴传到太姥爷家，小凡舅爷懦弱没出息的假面也因此被撕得粉碎。到这时，他的姐姐兄长们才知道，原来在这个以老实善良为傲的大家庭中，竟然出了一个邪恶的异类，而这个人，正是他们老实巴交的小弟弟。

非凡是孩子中的王，他的跋扈嚣张或许来自于他与生俱来的性格，但这种性格的底气，则源于小凡舅爷。小凡舅爷的名声，或说是恶名，足以使非凡对一名大人穷凶极恶地喊出"鸡巴"。

我的小凡舅爷身上有许多矛盾之处，比如记忆中那双从来都睡不醒的眼睛，明明是一个惯于旷工的仓库工人，却总是像缺乏睡眠似的，眯着眼睛在太阳底下过活。这点也是他的哥哥姐姐们最常批评的，在祖母家这个信奉"理直气壮、堂堂正正"的家庭，小凡舅爷没精神的样子就像是原罪，任何人见到他都会就此发难一番。

但小凡舅爷的脾气极好，无论是谁、以怎样的方式劝诫他，他从来都是安静地听着，没有丝毫不耐烦，只偶尔点一根烟，然后用他那双睡眼慵懒地望向前方，不知在想些什么。在那时的我看来，小凡舅爷是个最老实的受气包，祖母庞大的家庭中，谁都在欺负他，而这给了我"报恩"的机会。

我是个过度早熟的孩子，尽管还有些分不清祖母家繁多的"姨奶""舅爷"，却对自己有着很清楚的自知。我知道，每当自己光临太姥爷家，那狭小家属房中唯一的宠爱就是我。而我则利用这一点，每当小凡舅爷被群起而攻之时，便摸到他身边，求他带我去小卖铺，通过帮他解围来偿还非凡因我挨的那顿打。

时间长了，小凡舅爷也与我达成了默契。在那段长得离谱的初秋，我们总会在某个瞬间四目相对，然后手牵着手一起离开吵闹的家属楼。随后，我会抱着汽水尽情翻看小卖部的小人书，小凡舅爷则会懒洋洋地堆在板凳上抽烟,像只睡不醒的病猫。

很偶尔时,他会斜眼看向我,操着低沉无力的烟嗓念叨一句"罗成比单雄信厉害"之类的点评。可每当我就着剧情深问时,他又总是答不出个所以然,只张着嘴支支吾吾,然后以沉重的咳嗽打断我的问题,这让已经对健康拥有概念的我觉得,小凡舅爷是个体弱多病的人。于是,每看完一本免费的小人书,我都会暗中发誓,长大后一定给他买止咳糖浆。

但这个誓言最终也没有兑现,倒不是因为我在漫长的岁月中将之忘记,而是还未等《隋唐演义》看完,我便发现了自己的错误。

那是一个与往日别无二样的下午,阳光暖却不烤,树叶被微风吹得沙沙的,人也跟着很舒服,我捧着小人书窝在马扎上,小凡舅爷摊在板凳上抽着烟。在这仿佛静止的时间中,小凡舅爷忽然开了口,他说"等我一下"。我点头,丝毫没意识到从这一刻起,时间的齿轮即将开始转动。

在我漫不经心的余光中,病猫似的小凡舅爷懒散地钻进了小卖铺,当他再出现时,手中并不是汽水或零食,而是一把沾染着锈迹的斧头,一把用拇指、食指与中指轻飘飘拎着的斧头。

我抬起头,目光跟着小凡舅爷散漫无力的脚步渐渐前进,脸上挂着好奇,如同期待一场完全摸不到剧情脉络的好戏。随后,只见这个整日病恹恹的男人,如同猫似的紧接远处一名魁梧的、头戴时髦摩托安全帽的汉子。当小凡舅爷站到那人身后时,他轻飘飘地拍了拍对方肩头,并在几乎同时,毫无预兆地抡起斧头,砸向那顶帅气的安全帽。

从这一刻起,我再没有眨过眼,尽管不清楚前方发生的事意味着什么,但出于人类本能对暴力的向往,使我安然接受了小凡舅爷用那把斧头做出的一切行径。

沉闷的敲击声至少响了十几下,渐渐,地上那名壮汉停止了叫骂,反抗也不再那么有力。直到鲜血从破碎安全帽的缝隙处流出,小凡舅爷才气喘吁吁地从那壮汉的身上爬起。而后他仍是什么话都没说,只是轻飘飘地踢了地上那汉子一脚,同样轻飘飘地拎着斧头回到我身边。我看着小凡舅爷,他没有解释什么,却是先把斧头还给了小卖铺老板,掐着烟嗓道了声谢,最后才有气无力地对我说:"回家。"

从这一刻起,一九九四年的初秋结束了,在牵着小凡舅爷的手回家时,我打了个喷嚏。

与非凡那次不一样,那晚,当祖母家的所有亲戚都乱作一锅粥时,我却没有跟着哭闹,只是安静地待在祖母身边,一言不发,直到慌忙下班的陈芙蓉将我从家属楼接走。而事实上,我很清楚小凡舅爷都做了些什么,哪怕在目睹事件时莫名其妙,但经过那些舅爷姨奶的一声声哭号喊骂,我知道,小凡舅爷杀人了,要去坐牢了。

我的祖母家,是东北常见的随着中华人民共和国成立,而进行农转工的城市家庭。当日本人与国民党相继被赶跑后,祖母的父母便成了那座城市、这个国家的主人——工人。但作为工人家庭,祖母家却拥有在现代,被视为只有书香门第或资本家家族才配拥有的东西——家风。

这是个自诩"勤奋、淳朴、道德、本分"的家族,几十年来,一直以此标榜约束着自己,甚至到未来,几个舅爷相继发迹后,他们也依然把自己的成功归结于这些虚幻的品德。但在这晚,当祖母一辈子引以为傲的"优秀"家庭出现杀人犯时,她所有拥有正当工作的亲戚,却集体选择抛弃道德,成为罪恶的帮凶。

小凡舅爷的逃跑计划在亲戚们的吼骂声中诞生。按照计划,家里最小的弟弟将会连夜被送到农村，躲在家里的远房表亲那里。哥哥们会各自发挥能量，在家属区、工厂、机关四处打探这件事的后续发展，最坏的打算是，直接把小凡舅爷经由大连，送到山东更远的旁支亲戚那里。在讨论计划细节时，这个淳朴家庭的所有成员，哪怕是通过婚姻进来的外人，都没有提过半句自首。

一九九四年的秋季是匆忙的，当我从每日心不在焉的祖母那里第一次体会了何为焦急后，便如同追剧般，急不可耐地通过偷听大人说话，去追踪小凡舅爷的后续剧情。那是九月份，电视中每天都在发生各种大事，终日都是原子弹、开大会，直到十月份日本广岛亚运会开幕，小凡舅爷带来的阴霾才终于彻底淡去。

小凡舅爷返回城市那天，正值亚运会足球项目，国足与土库曼斯坦的鏖战。饭桌上，他的声音盖过了播音员，意气风发地对整个事件做出评断。

"我早说了，隔着头盔弄不死他，再说，弄死了也是白弄，死不死他都不敢报案。"说完，小凡舅爷露出了笑容，虽然农村生活使他有了些精气神，但说话时的感觉还是有些阴恻恻的，堪比黑帮电影中凶狠的恶棍。

可无论他的气质有多么骇人，都无法吓到自己的家人，回应小凡舅爷发言的，是他兄长泼来的一杯白酒。被酒精辣到了眼睛，小凡舅爷闭起眼，下意识骂了句脏话，但这声低沉阴狠的脏话，仍然没有镇住任何人，他得到的，只有一道比骂声更响亮的巴掌。

抽小凡舅爷的人是他大哥，一名学术人员，后来成了学术官僚，也是祖母家族的荣耀，整个家族最有地位的人，小凡舅爷的善后工作，也是他主要操作设计的。这时，家族"太子"般的大哥，已经清楚这件事的来龙去脉，明暗都是。因此他很清楚，小凡舅爷的话没有错。而这，也正是他在接风宴上对弟弟动手的理由，他害怕，自己的弟弟会比那个挨了斧头的壮汉死得更早。

被小凡舅爷残忍殴打的壮汉，尽管有摩托头盔保护，但满嘴的牙都被震掉，鼻梁骨、眉骨、颧骨全部骨折，大脑也受了些创伤。碍于那时的医疗条件，没人知道他具体有什么毛病，往后只看见他说话、走路乃至吃饭用筷子都很困难。未来的岁月中，听说他时常发烧说胡话，人也是越活越瘫，最后刚过五十岁就死了。我认为，这与他大脑受过创伤关系很大。而讽刺的是，致使他早逝的凶手小凡舅爷，比他的命还短。

是的，小凡舅爷兄长的担心最终应验了，逃过法律、道德谴责的他，遭到了冥冥之中的报应。

3

祖母家挂有一张黑白照片，上面印着她的大家庭中所有人年轻时的样子。在第一次看到这张照片时，我认出了每一名亲戚，除了那个瞪着神采奕奕的大眼，笑得有些发愣的小凡舅爷，到这时我才知道，原来小凡舅爷那标志性的睡眼并不是天生的。

祖母家的人都认为，小弟弟的睡眼源于他不健康的生活方式，过分的懒惰，每天都要睡懒觉，可这却是一道天大的误会。其实，小凡舅爷是个习惯早起的人，更是一个对待工作相当勤奋的人，只不过他的生物钟与事业，与那个时代的绝大多数人大相径庭。

小凡舅爷的工作是"混社会"，那些年，这是一种新兴热门"工种"。从社会结构上看，混社会这门"工作"，很像二零一五年之后的网红，不但解决了大量年轻人的就业问题，还有明朗的职业上升渠道，以及较为不错的报酬，都属于吃到时代红利的职业。有趣的是，当大势所趋导致这种职业成为社会主流后，他们也同样伴随着不同程度上的非议。

就职业成就来说，小凡舅爷在"杀人"前，已经成为同行中的佼佼者。于混社会产业第一阶段，甚至达到了"独角兽"级别，在市中心最繁华的街段都处于龙头位置。

小凡舅爷的核心创业班底，成立于他曾经工作过的地方，那片无人问津的仓库。通常来说，一个创业团队要想成功，要么得有充足的启动资金，要么得有过硬的核心技术。而那片仓库，则给了他所有必要的资源。

在我即将出生的年代，小凡还是工厂仓库的老实打更人，日复一日守在无人问津的仓库门头房。为了排解乏味的工作，他常把自己的发小，那些同样无事可做的工人们叫到仓库，一同喝酒吹牛打发时间。日子久了，这些年轻人便将仓库当成了据点，无论各人本职岗位在哪个车间，哪怕是没有工作的无业游民，都会每天准时来到仓库，除了没有打卡考勤外，与后来的白领无异。

这段无忧无虑的时间持续了很久，仓库犹如一处天堂，吸引着各式各样的闲散人。他们的相处关系也高度乌托邦，仓库所有的娱乐设施，如麻将、扑克、收音机，都来自于内部人士捐献。吃喝也是，在工厂食堂解决了主要伙食问题的前提下，所有吃喝零嘴都来自各家桌上的剩饭，或是自发购买贡献。

过了一阵，或许是因为人越来越多，又可能是那段时间小凡总听评书《水浒传》，只有初中学历的他，竟然觉醒了组织架构意识，在仓库搞起了级别管理制度。当然，这套掺杂着各种诨名的管理制度，根本没有实际的职权，最多负责管理麻将分配产生的纠纷，或是收音机节目的播放优先级。要说小凡事业的真正转机，要等到岁月悄无声息地推进到新时代。

契机发生在某个并不重要的日子，本来避世理想乡般的仓库，忽然到访了一伙不速之客。那些人很年轻，却不属于工厂，他们通常七八人结伴来到仓库外面，向里面猜不透动机地张望。有人上前去问，他们便不说话，只沉默转头离开。

这件事引起了小凡的警觉，以为自己在工厂地盘搞山头主义的事败露了，工厂要派人来查，这是在收集证据呢。之后，小凡在仓库召开了一次全体会议，几位头领共同商议应对计划。作为一名不称职的工人，为保住工作而驱赶兄弟的事他做不出来，但又怕真的被工厂剥夺了仓库这片"梁山泊"，于是小凡想出两条妙计。

先是瞒天过海，将兄弟们的酒肉据点挪到仓库深处，从而麻痹敌人；再是化整为零，对兄弟们排班分流，将集中逗留在仓库的时间错开。

小凡认为，只要坚定实行这两条妙策，便能在保住仓库大本营的同时，瞒过工厂的鹰犬，却没想到，因此阴差阳错干成了人生中第一件大事。

那段时间，我的小凡舅爷成了一名优秀的工人，不但每天准时到仓库点卯，更主动承担起自从工作便从未上过的夜班。以至于那时的他成了家族饭桌上的进步典型，所有的亲人都不加吝啬地表扬他，并感慨家中最小的弟弟终于在结婚后懂事了。

差不多两周的时间，小凡尽情享受着家庭的赞许与虚假工作带来的成就感。可实质上，他也没太付出什么辛劳，无非是晚上换个地方睡觉，白天早点去混日子，更何况无论什么时候，仓库都有一帮兄弟陪着自己，毕竟不知道从什么时候开始，白天无事可做、晚上没老婆睡觉的同龄人越来越多了。而时代的大波澜必将眷顾每一个人，尽管是这世上最迟钝的茫茫众生之一，也免不了被零星浪花翻弄出命运的契机。

那是一个夜，雷同又无聊的夜，除了吹牛声，一切都是静悄悄的，再多些，就只有染着乙醇味道的钢锈味。大概是在某个乏味的瞬间，在仓库深处互相解闷的众兄弟忽然听到一声异响，那时没有人会意识到，这声清脆的异响，实则是命运女神圣树的命运之果落地的回声。

异响发出的第一刻，小凡熄了灯让众兄弟藏匿起来，自己则穿好工厂制服赶到大门，想着是突袭检查的人来了。但当他赶到大门处，见到的却不是钦差大人般的工厂督查，而是七八个人共用一把铝质手电的年轻人。

小凡用手电筒照了过去，问来者是谁，他低沉的声音在安静的夜中变得很清楚，但对方却没有回答，反而命令他："找个地方待好，没你事。"随即，小凡手电照到了反光，反光物来自七八柄手掌般长短的小刀。瞬间，仓库的看守愣住了，手中的光芒也低了下去，像是屈服或认命。在这时，来者无视了他，开始往仓库深处走去，并乱晃着手电，似要在混乱无序的仓库寻找什么。

过了会儿，来者们找到了目标，一根仍披着防潮罩的钢材。他们以脏话交流，喊着口号用几根大绳将钢材搬了起来，然后朝仓库外面艰难走去，大概每挪三五步，他们便会停下来休息，并以明显带着欢喜的年轻声音抱怨，说来的人太少了、这个活太累了。至于小凡，他一直杵在原地，直到眼睛习惯了黑夜，关掉手电也能看清这些人的长相。

在亲人叙述中，小凡舅爷是一个"聪明极了"的人，但在那时，他却想了很久才弄清这些年轻人的来头，然后他笑了，懒洋洋的笑从此开始变得骇人。

笑声引起了来者的注意，年轻人趁着歇息的工夫又掏出小刀，用手电筒的光怼着他问："你笑啥？"

小凡与他们之前一样也没有回答，只喊出了那句傻子也早该看出来的事实。

"都出来，进贼了。"

在民间传说中，中国历朝历代都有个龙兴之地，仿佛只有贴近玄学，才能解释那些凡人之躯的开国天子，为何能干出改朝换代的壮举。原先我对这种论调向来是嗤之以鼻的，但当我懂得历史的本质，其实是由无数客观原因所促成的必然结果时，我开始认为"龙兴"这个词，或许并不一定意味着玄学。就好像小凡的事业，完全成就于时代，成就于这间仓库。

当小凡的兄弟们从仓库深处齐聚到他身边时，两支队伍的人数变得旗鼓相当。但与拿着小刀的偷钢贼不同，在"龙兴之地"主场作战的小凡团伙，手里的武器要更加强大，钢管、铁棍、锚条，这些奠定了新中国工业基石的现代产物，远比古代冷兵器战争中的鞭锏更加坚硬。更何况挥舞它们的人，仍还存有丝许国家主人翁的残存热血。

这是场一边倒的战争，几分钟不到，拥有技术与信仰全面优势的小凡团伙就取得了完全胜利。在战后谈判阶段，小凡决定不报警，毕竟在械斗时"火力差距"过于明显，有几名敌人伤势过重，他怕把事闹大，暴露自己在厂里搞"山头主义"的行径，于是仅仅让这些贼把钢材归位就放他们离开了。

而这种处理方法虽然很合理，却为小凡带来了无数麻烦。这夜仿佛是一个锚点，打完架出了满身汗，又喝了点酒迷迷叨叨睡去的小凡完全没想到，从此以后，堪比战国的乱世拉开序幕。

几天之后的傍晚，夜色拖拖拉拉来临前，更多的人来到仓库门口，为首的那名后生，带着被打伤的偷钢贼，指名要仓库帮的老大出来谈判，索要一千元医药费。莫名其妙成了老大的小凡拒绝了诉求，他表示，从来没听说过偷东西挨打还敢要医药费的理，于是大战一触即发。结果再次证明，在装备与信仰的绝对优势下，人数对战争结果起不到任何作用，胜利者仍是拥有先进武器的小凡团伙。

但与之前不同，此番大战过后，第二次保护国家财产的小凡，个人也获得了巨大的荣誉。只可惜，这份荣誉并非是工厂颁发的锦旗，而是悄然在沟渠社会中传播的威名，仓库帮老大。

荣获威名之后，小凡也正式被拖入战争的泥潭，而战争的理由也从偷钢引发的寻仇，变得越来越无聊，最后甚至只是"就想会会你"。同时，他的对手也越来越怪，开始是贼，后来是混混，再后来连身子板还没长熟的半大孩子都来叫嚣，以至于小凡自己都发出疑问："这帮人都不上班么？"

如此生活持续了两三个月，我的小凡舅爷是个正常人，估计再过不了多久，他便会对这种毫无意义的搏命生活感到腻味，从而渐渐远离。事实上，他确实也是这么做的，那段时间他最常问兄长们的话，就是能不能托人给他换个工作。更何况，那些每次同他一起搏杀的兄弟，一次两次还可以说为了义气，但时间长了，没人会拿玩命当闷子逗。打架又不赚钱，都是有家有正经工作的人，在社会上乱闹腾没有任何好处，更别提，偶尔受伤还得搭钱治病。

可命运总是戏谑的，无数的必然凑出偶然，偶然又串联着所有必然，就当小凡效仿三国演义，真的找来黑板做了张免战牌挂在仓库大门时，别样的造访者出现了。

这是一个身穿西服搭配喇叭裤的男人，操着混杂南方词汇的东北口音，讲话时常伴有"我丢""扑该"等令人摸不着头脑的词汇，并且他从不说"俺们""干哈"，而是会换成"我们"与"做什么"。

男人是一家饭店的老板，不知道名字是什么，后来人们都叫他"阿辉"，这人说是在广东发的财，如今回到家乡干起了饭店。他慕名找到小凡，说要任用小凡当副总经理，工作内容很简单，每天晚上在店里维持秩序，工资待遇是底薪加饭店的营收提成，换算一下，每个月不会少于一千块钱。在二十世纪九十年代初，据说能买人一条胳膊。

而且，如此丰厚的报酬还不算完，阿辉还推心置腹地告诉小凡，没事时他也不用在饭店待着，甚至连仓库的工作都不必辞。到时他会给小凡配一个BB机，随时有事随时过来就行。这份工作唯一的要求就只有，小凡得多带几名兄弟一起过来，兄弟们的工资也由阿辉来付，工资为二百块钱每个月。另外，如果遇到"突发情况"需要再添人手时，则按照"绩效法"结算，每次五十元。

小凡是个聪明人，因此他后来的一切行为都不能用误入歧途来解释。他很清楚阿辉的招聘意味什么，可还是欣然答应了。原因很简单，首先，一千块钱很多。其次，小凡拥有无可匹敌的技术优势，只要仓库这座军工厂还在手里，他的"业务"便会无往不利。而且聪明的他很清楚，如这类工作，只要前期铺垫好，将"技术手段"名声砸响，后面就是躺着赚钱。另外还有一点，他虽想得不清楚，却也很大程度上影响了他的选择。

在为期几个月的仓库保卫战期间，小凡隐约感觉到了些什么。小凡没念过几天书，就只会瞎合计，他寻思着，三年严打早就成功完成了，怎么流氓混混又开始满地闹腾？仓库都打成218高地了，就算警察不管，咋工厂也没动静？工厂里的钢材都不要了？

如果说不要钢材了,那工厂还能开下去?还有,天天混在自己身边的工友,他们咋那么闲?车间没事做?

带着疑问,小凡难得地询问自己的侄子,实际上没比自己小几岁的大学生张秋。当时刚参加工作没多久的张秋慨然回复道:"诚然,国家正处于巨大变革的前期,但放心,我们国家是以工农联盟为基础的人民民主专政国家,你们是国家的主人,安心待着就行,国家和工厂肯定亏不着你们。"

听到张秋的话,小凡闷头想了会儿,然后低声回了句"傻逼"。傻,是平舌三声带儿化音。最终相比于名牌大学生的解答,小凡选择相信自己亲眼看到的东西,他决定另谋一条出路。

"你小凡舅爷是个地道人,不是好人也不是坏人,他是个地道人。"

说起小舅往事,张秋从来都会以这句话作为结尾。不过,他如此高的评价,与小凡在发迹后从没有就"傻逼话"嘲笑他有很大关系。

4

答应阿辉的招揽后,小凡仅用了一个下午就完成了阶级跃升,电视明星一样的衬衫西装喇叭裤,腰带上还别了一枚BB机。从直观效果看来,人民商店远比各种宏观经济政策的还管用,行头一换,立马脱贫致富了。

只是可惜,为了隐藏自己的新阶级,小凡从不把光鲜的一面带回家里,只要出现在亲人的眼中,身上永远是那套脏兮兮的工厂制服。没人清楚他的动机是什么，但在我看来，倒像是过去的地主为了藏富，故意穿一身漏洞棉袄招摇过市似的。

阿辉的饭店是一家豪华粤菜酒楼，装修富丽堂皇，有食堂中少见的单独包间，服务员也比国营饭店热情，个个年轻漂亮不说还身着短裙丝袜。饭店的主营是海鲜，虽然卖的仍是产自黄海、渤海的本地海鲜，但只要在菜单上冠以广东省几个城市的名字，便能把价格翻十几倍。而食客们也乐于去品尝那些冠有广州、深圳、珠海、汕头之名的渤海飞蟹、黄蚬子、扇贝、虾扒子。

入职后，小凡的事业与海鲜酒楼一样蒸蒸日上。在那会儿，阿辉与小凡是最好的朋友，拥有仓库军火库的小凡，战斗力所向披靡，阿辉提供的后勤补给也丰厚到位，两人一文一武配合得天衣无缝，几场预期之内的恶战后，率先系统化强强联合的小凡团伙与海鲜酒楼，便迅速成为了社会上的两座丰碑，在本市站住脚了。

酒楼事业稳定后，小凡最幸福的时光随之来临。每天早上，他穿着电视剧里的高级衣服，在年轻貌美的服务员一声声"哥"中，步入富丽堂皇的海鲜酒楼。然后他会泡上一杯甜得发齁的高级饮料，速溶咖啡，听手下员工向自己汇报工作。到这儿，基本上一天的工作也就结束了，再多也就是宴请一下在社会上结识的"新朋友"，非但不用自己花钱，还能免去许多不必要的"安保工作"。

同时期，小凡也充分品味起金钱带来的美好生活，过滤嘴香烟顶替了卷烟，散白也换成品牌瓶装酒，又因为崭新腰带上别着的BB机，每当他出入场所时，别人对他的称呼也成了"老板"。而除了外物，富裕还为他带来了荣誉感，那些跟着他一起进入酒楼的兄弟，因每个月几百块的工资将他捧上了神坛。就算没有酒精的催化，才领了几个月工资的他们，张口必是"感恩""再造"之类的言语，而且话里毫不掺假，他们是真的替小凡挡过刀子。

完全联想不到这些肯用流血证明誓言的人，几个月前在仓库时，还在对养育了自己家庭两三代人的工厂嗤之以鼻。

这时的小凡，唯一的烦恼便是怎样把新生活的优渥回报给亲人，毕竟在工厂家属楼那间小房子里，他还是普通的仓库看守员。而除了这幸福的烦恼，小凡当然也有一些困惑。

这段时间，他每个月都能拿最少一千块钱，赶上中秋国庆等节日，阿辉在工资之外还会包很大的红包给他。按常理，现在的他已经足够有钱了，别说什么万元户，如果想，买个房子都没问题。可在海鲜酒楼的大包间中，点满一桌菜最起码要一二百元，如果再点上几斤"广东海鲜"，甚至要上千了。小凡搞不明白，来酒楼吃饭的都是些什么人，自己生长了几十年的城市，怎么就忽然蹦出这么多有钱人？更想不明白的是，这个世界到底有啥样的工作，能让人富到花一千块钱吃饭？

有了困惑，小凡便在工作中开始观察酒楼的常客，从穿着打扮到谈吐举止。可好几天看下来，他也没瞧出有什么新奇。有钱人的衣服是板正些，可也都是人民商店的款式，他想买也能随便买上好几身。还有谈吐举止，确实，很多有钱人确实相对礼貌些，可张嘴就往出甩"鸡巴"的人也不少。

远看着不明白，小凡便亲身去接触这些人。作为酒店名义上的副经理，他利用自己的职权，每天晚上都会给包间里的有钱人赠一盘拔丝地瓜、丰收拌之类的便宜菜，再借此机会向有钱人敬酒拉近关系。但逛了几天后，他仍没瞧出这些人有多大的本事，反倒觉得这些有钱人都很蠢，明明菜市场十几块就能买到的海鲜，贴了"广东"两个字就能让他们掏几倍的钱。但这点又使他的好奇心更重，他近乎迷信一般笃定，这个社会肯定有什么天大的秘密，能让这帮没多眼睛没多手的蠢人，富得每个星期都来当冤大头。

但就在小凡准备更换策略进一步调查时，某天阿辉找到了他，没前言没絮语直接问了一个问题："你收名片了么？"

小凡摇头，既搞不清楚对方突如其来的发问，也弄不明白名片有什么重要的。阿辉很高兴，随后问小凡想不想发大财。小凡当然点头，虽然他已经足够有钱了，但谁不想发大财？然后阿辉告诉他："现在你是总经理了。"

海鲜酒楼虽只运营了不到一年，但获得的成果连阿辉都觉得惊讶，哪怕几十年后，已经成为本地明星企业家、餐饮娱乐业风向标，阿辉都从来不否认，海鲜酒楼的顺利远超预想。

在海鲜酒楼成功后，阿辉把事业版图扩展到了东北人喜爱的烧烤上。他敏锐地发现，虽然本地烧烤店众多，但全都是面向普通人的低端消费，饭店只挣到廉价的加工费与炭火费。这对见过世面的阿辉来说，显然是不对的，是天理难容的。

阿辉很忧虑，他担心，如果有钱人也想吃烧烤了，那他们该去哪里？当官的想吃烧烤了，总不能和老百姓挤在一起被熏得满身焦肉味吧？于是，他决定在本地再开一家烧烤店，要足够高级、足够有品位、足够配得上人们与日增长的物质需求，最后，"阿辉日式炭火烧烤"择良辰吉日动工了。但对小凡，他的总经理宝座并不在阿辉的烧烤店，而是应"日式烧烤"诞生的一家新公司。

在筹划烧烤店阶段，阿辉发现"果木炭"的本地需求量非常大，可是这么好的货物，却被一帮没有任何商业头脑的农村人经营。这帮土老帽都来自一个村，他们砍树制炭，再将炭拉到城市外围，以极低廉的价格分销给全市木炭商。阿辉弄清了这条销售渠道后痛心疾首，他不能容忍一个明明能做到垄断的行业，被糟蹋成这样，为此他决定开一家贸易公司，将本地烧烤行业的命脉握在自己手里。而小凡，则是这家贸易公司的总经理，全权负责向外"拓展"业务。

很多年后，但凡有人提起阿辉，无论评价他是好是坏，小凡总要说："其实阿辉对我不错。"哪怕他的人生被这个人彻底引向悲剧。但话说回来，那几年，阿辉对小凡真的不错。荣升总经理后，小凡的工资不但涨到两千块钱，手里更握有业务资金的掌控权。贸易公司刚注册完毕，阿辉就甩给小凡两万块钱，让他全权搞定垄断果木炭的大计划，并慷慨表示钱不够尽管开口，如果剩了就全归小凡自己。

拿到这笔钱，小凡计划用老办法，亲率麾下配备了全特种钢制式装备的仓库战士，直接围到生产果木炭的农村，以武力威慑农村的土老帽们就范。为了保证战略成功，小凡一开始就动用重金，欲要打一场决定战。他先租了一辆卡车，又按照每人一百块的天价到处搜罗人手，最后在仓库掏弄出百十来根钢条。出征当日，小凡亲自将上百根钢条发到招募的战士手中，然后他钻入卡车副驾驶，点上一根烟，随着气定神闲的一声"开拔"，载着上百人的大卡车浩浩荡荡杀向农村。

小凡这辈子没读过太多书，因此也没有什么受教育的机会，他人生中的所有成长，都来自于亲身经历的感悟。便如这次大战，使小凡往后的时光中，总会在各种不合时宜的话题里补一句，"别瞧不起农村人"。

当那辆租来的东风大卡停在农村的村门口，削瘦灵巧的小凡站到了卡车头上，用一口高科技电喇叭对村里喊话，点名要村长出来说话。没过多久，村长在一帮土老帽的簇拥下出来，据小凡说，这村长至少得有一米八，不知是天生的还是烧炭搞的，脸长得和张飞似的黑。本着先礼后兵的原则，小凡用手中的电喇叭与村长谈判，他的诉求是，往后这个村子所有的果木炭必须得卖给他。

令人意外的是，村长听后竟一口答应下来，可还没等小凡准备跳下卡车头唱红脸，村长也提出了他的条件，卖可以，但价格得翻一倍。

到这时小凡吃了没文化的亏，如果谈判的人换成未来互联网公司的业务员，那么这笔交易到此就该圆满解决。掌握资金优势的他，完全可以答应村长的要求，然后等到彻底垄断销售渠道之后，再反过来倒逼压低成本。而作为黑社会老大的小凡，却认为这是狡黠的农村人在戏弄自己。

他愤怒了，又重新握紧手中象征虎符的电喇叭，将音量调到最大，随即轻咳一声，待刺耳的电流音平稳住身后上百名战士的喧嚣，小凡正式下达命令："干他瘪犊子的！"

然而，纵然小凡已经尽力将场面做到最大了，但战局的发展仍超出了他的控制，从一开始就是。

小凡刚用电喇叭唤醒了城市青年无处撒野的血性，更嘹亮雄壮的声音便在村子各处响起，村里的电路大喇叭整齐喊出战吼，"干他的城里人"，顿时，那不过十米宽的村口，成了风声鹤唳的淝水。

小凡没读过《晋书》，更不知谢玄何许人也。他只知道当更大功率的电喇叭喊话完，密密麻麻手持草叉、镰刀、斧头的农民从四面八方围攻而来。但这时，小凡并没有慌张，经历过无数恶战的他，战斗经验极其深厚，坚信凭借武器优势与卡车这个天然的堡垒，定能取得战斗的最终胜利。可战势发展却完全出乎意料，他麾下战士手中，那一根根如同新中国工业图腾般的钢条，在生锈的草叉面前被捅得毫无招架之力。更可耻的是，这些一百块钱雇来的打手，远没有仓库保卫战时期老战士的战斗意志，有些小年轻光是裤腿被戳了个洞，便鬼哭狼嚎地往卡车深处挤，而这则直接导致解放大卡的后斗上爆发了踩踏，战势瞬时兵败如山倒。最后，还是小凡临危不乱钻回卡车头，用卡车巨响的气喇叭镇住场面，再命令司机闭着眼睛猛踩倒车，凭借钢铁柴油动力才从战场中逃脱。

很多年后，小凡总结这一战的失利时，把原因归结于没有利用好武器的优势。他说："早知道就该用气喇叭把老农镇住，再用钢铁洪流直接碾压过去！"但在这时，比互联网企业更早的收割者早已统合了果木炭行业，民营企业家们用工资收买了强悍的农民，使他们的产出与自身变得毫无关系。

不过这并不能说小凡是一个悲剧的先驱者，毕竟从本市现代工商史来论，在民营企业家与互联网企业之前，第一位统一果木炭生意的，还得是我的小凡舅爷。

5

这场失败，使小凡几乎花光了公司所有的启动资金，他自觉无颜面对阿辉，不好意思真的如对方所说那般，"不够尽管开口"。

在遣散了一百元雇来的小年轻后，小凡又回到了老巢仓库，开始自我反省与思考。得益于袁阔成老先生的《三国演义》，他发现自己原来是走了曹操的老路，犯了赤壁之战雷同的战略错误。从一开始就不该把宝押在雇来的"荆州兵"，跑到人家的地盘去打决战，搞得自己一条强龙，被地头蛇堵在卡车头上围攻。

深刻意识到自己的错误后，小凡想了好几天，直到某个下午，他从仓库弥漫着酒馊气的门亭走出，门外这片小世界中，堆积的钢铝材已经保持现状很多年了，不见多也不见少。在这一成不变的天地中，活动着的只有那些用酒精与尼古丁打发时间的工友们。但他们也仅仅是肉体还在活动着而已，精神上似乎早已与钢铝材融为一体，对他们而言，小凡鲜少出现在仓库的这几个月，也只不过是一个酒嗝的瞬间罢了。

小凡掏出他的过滤嘴香烟散给工友们，递出去的这一根根，仿佛是来自上流社会的名帖。然后他开始和工友聊天，问了问近况，又说了会儿工厂，简单三言五语后，他抛出一个问题："想挣钱么？"

面对这个问题，工友们反应很直白，没有一个人多问一嘴，自己要用什么方式挣钱，所有人都像饿极了的动物般，本能地答应了小凡。而这，也是我听到小凡舅爷的往事后，产生的最大疑点。

完整获知小凡人生的时候，正是我最自诩聪明的年纪。我英明地指出，这段情节必定有戏说夸张的成分，因为契约的本质，在于交换双方的利益平衡。一个拥有正常思维能力的普通人，是不可能仅凭一句不清不楚的问题，便将自己含糊贩卖。更何况，考虑到那个年代，钱这种锚定物的价值，远没有未来那般被异化到近乎神圣，钱，并不是一个万能的动机。

可无论我能不能接受这个情节，事实都是，小凡没花半毛钱，仅凭一个问题就搜罗了十几名战将。而当几十只破胶鞋踏出仓库大门的那一刻，小凡终于完成了第一阶段的蜕变，碰巧触及了富有的本质。

之后的几天，阿辉海鲜酒楼的大厨常常大声叫骂，因为每天的食材总是不能按时送达。同时，在城市周边的国道上，多了一辆蓝色的小货车趴在凌晨的灰雾中。

过了几天，海鲜酒楼供货恢复正常。同时，市里烧烤店扎堆的大街上多出这么一帮人，他们统一踩着军绿色胶鞋，将工厂制服反穿，每逢饭点便集体来到某家烧烤店，再每人各占一张桌子点一碗热面，吃完后也不走，就闲坐着直到饭点结束。若是老板来催，他们就会一拥而上将人围起来，吵吵嚷嚷喊着令人听不清楚的道理，弄得烧烤店里本就没多少的客人也匆忙离去。而若老板请来强人镇场，这些人则会掏出精良的武器，大打出手之余，再将饭店砸得一片狼藉。偶尔，有的老板会报警，可每当警察出现前，这些人便会化作鸟兽散，结果事情没摆平，警察反倒招来了消防局，消防局又招来了工商局，工商局又招来卫生局，卫生局又招来了人防办，一串又一串，搞得比那帮流氓还麻烦。

混乱大约持续了半个月，某天，整条街的烧烤店忽然集体关门整顿。但还没等流言在这个不大的城市涌起，第一家烧烤店重新开张了。装修没变、酒肉没贵，老板也还是那个老板。紧接着，第二家重新开张，再之后第三家、第四家，到最后，剩余的几家同在一个上午开门营业。一周之内，烧烤街再度回归平静。

食客们倒是好奇了几天，可每家店的老板都守口如瓶，时间一久，人们也就淡了。但在人们看不到的角落，恶性暴力事件频发不断，并且作案手段均都是只伤人，不涉及财物。更离奇的是，少有的几名选择报警的受害者，在做完笔录后都会带着新伤来到派出所，表示自己接受私了要求撤案。一切过程发生得太快，以至于连公安机关都忽视了一条很明显的线索，所有受害者的营生，都是卖果木炭的。

当小凡将贸易公司的第一笔采购单交给阿辉时，这个广东归来的东北人先喊了好几声"我丢"，然后从保险柜里拿出几摞钱放在桌上。他问小凡打算用这笔钱做什么，小凡答他，先给工友们分分，然后买个房子。阿辉又问他，如果再有这么一笔钱打算做什么？小凡想了会摇摇头说不知道。阿辉告诉小凡，应该去开个公司，再找个像小凡自己这么好的合作伙伴。小凡想了一会儿，开始觉得阿辉似乎也不那么聪明了，他反问道："像我这样的合作伙伴？啥啊，那我自己干不就得了？"

阿辉笑笑，什么都没再说。一直到小凡最后还能讲述往事的那几年，他仍是如此认为的。从此，他也丢掉了使人真正变得富有的本质。

之后的几年，小凡继续帮阿辉管理着贸易公司的事业，他的威名也在越发不着调的社会中渐渐响亮，而他所有"着调"的亲人们却对此一无所知，直到他亲自动手，干掉了一名胆大妄为的挑战者，结果被亲人强摁着送到农村。但到这时，亲情已经没有改变他的可能了，正如同工厂职工的身份，没法给他带来数万年薪那样。

大概到一九九七、一九九八年，现在死无对证没人能叫准了。名声响亮的小凡，在酒桌上接过了工厂主任亲自颁发的第一批"小蓝本"，并用那笔买断他十几年时光的钱，毫无感慨地在阿辉新开张的"大韩烧烤"，宴请了贸易公司所有"员工"。

是的，阿辉的"日式炭火烧烤"后来失败了，按他自己的话说，失败的原因在于错判了人民精神文明的进步速度，步子迈太大，直接对标日本太过理想。而重新装修后的"大韩烧烤"则比较务实，更接地气，更附和精神文明的进步速率。同时，小凡随着年龄渐长，心智也更加成熟，他越发清楚自己的事业离不开阿辉，于是为了保证"大韩烧烤"的成功，他也"调整"了几乎整座城市的果木炭价格。

当然，这点也是直到今天我都不相信，试想一个有能力操控物资价格走势的人，怎么会接触不到"期货"这种当时已不算新鲜的事物？而如果能接触到"期货"，小凡又怎么可能会落得那般凄惨的结局？

可往事在我不懂经济的亲人口中被咬死了，并且从后来发生的一系列因果来看，真相或许不如亲戚们说得那么邪乎，但小凡很可能确实搞了些大动作，也的确影响了其他烧烤店的生意。

一直到一九九九年末，据说小凡攒了足有二十多万，也有说三十多万的，家里的说法不一。可无论二十还是三十，都称得上是那个时代的巨富了。但到那个冬天，赶在二十一世纪来临前，小凡忽然对家人说，自己要去广东闯荡，然后还没来得及听几天劝，便带着几万块钱，率领着创业团队乘火车南下。当时，小凡南下的原因众说纷纭，年幼的我都听过好几种，有说被公安局盯上了，也有说又杀人的。但一切谜团，未来都在小凡自己口中被模糊解答。

说那时为了捧大韩烧烤，小凡几乎每天都在那里请客吃饭，而阿辉只要在店里，每次也都会来到好兄弟的包间，敬上一杯酒，在众多江湖人中给自己最亲密的合作伙伴涨涨面子。但在一个阿辉没有来敬酒的晚上，刚吃完饭的小凡，却在饭店见到了他的好兄弟。那时的阿辉，已经是真正的黑白两道通吃，明面上开有几家城市的招牌饭店，暗里谁都知道他和小凡的关系，无论在江湖或社会，都是响当当的人物。但这晚，他却乖巧地陪在两个人身边。

阿辉从来都是给小凡面子的，小凡也是一样，对待阿辉的客人，他也都是极为谦逊恭维。往日里，阿辉满意这点，毕竟小凡在社会中的名气一点也不比他小。但这日却不同，小凡刚掏出烟要去递，阿辉便提前迎了上来，将他拦在那两名客人之外，之后两人说了几句没咸淡的便各自分别。

到了第二天，阿辉把小凡找来。大中午的，两人没去海鲜酒楼与大韩烧烤，而是跑到一间新开的咖啡厅，空着肚子喝起了苦汤。也是到这时小凡才知道，原来真正的咖啡是这么难喝的。

亦如很多年前一样，阿辉问小凡："你想不想挣更多的钱？"

小凡点头，到这年头，钱开始渐渐变得神圣了。

阿辉将一个皮包交给小凡，已经见过世面的小凡清楚，在江湖，一个皮包是十万块钱，这笔钱足够让一个刚拿到小蓝本的汉子去死了。

看小凡莫名其妙，阿辉说："你要想挣更多的钱，去南方吧，那里钱好挣。待几年回来，你就是第二个我。"

听到这话，已经是老江湖的小凡明白了"皮包"的意思，但他仍问道："我去南方能干啥？"

阿辉答："放心吧，我肯定找完朋友才让你去的。咱这么多年兄弟了，和你说句掏心窝子的话，当年我去广东的时候，我就是第二个你。"

小凡点头将皮包拿了过来，阿辉笑了，又补了一句："放心吧兄弟，南方人怂，能吵吵就不敢打架，你肯定没问题的。"小凡也笑了，他说："我知道。"

之后没几天小凡走了，据送他的舅爷们说，他走的时候特别开心，别说离别之类的感怀了，整个人就像是要去旅游似的，仿佛过不了几天，就会带着大包小裹的好东西回来。而正是这种与火车站极为不符的感觉，使亲戚朋友们严重错判了他的归期，没人知道，他们的再见要等到下个世纪了。

到他们再见面这期间，阿辉关掉了贸易公司，与人合资在农村干了一座果木炭加工厂，在互联网企业杀入之前，暂时成为了果木炭产业的主人。随后，城市展开了一系列治安扫荡行动，行之有效地将各种不利于团结稳定的活动扼杀。

一直到时间迈入下个世纪，小凡归来了，却不是王者归来，他身旁,那些追随他一起南下的兄弟已不见了身影。回来的,只是一个半截瘫痪,身上遍布着新旧无数疤痕的可怜废人。没人知道这些年发生了什么,他从不肯说,无论喝多少酒都是,亲人们只知道,他在电话中报的无数平安都是假的。当然,他也带回了新东西,一个广东生产的崭新皮包,里面仍装着十万块钱,只不过钞票的颜色已经变成了红色,像是被他的血染红的。

后来没几年,小凡死了,死于脑血栓,无论医生还是家人都说是喝酒喝死的。出殡时,有人送了花圈,署名是"一生最好的兄弟",花圈里夹了三十万。当时负责打理丧事的张秋忽然红了眼眶,他不知在向谁撒气似的,恶狠狠泛着哭腔骂道:

"你不就是想挣钱么?守着个仓库就会捡钢管干架,你他妈的直接卖钢材不就完了!那玩意儿最后不也被别人卖了?早偷着卖了,干个买卖不挺好,他妈的缺心眼,非得玩命啊?"

但后来,张秋冷静之后,他又说自己说错话了。因为他太了解小凡了,小凡并不是一个贼。

在很多年后,我陪着热爱文艺片的女朋友去看电影,贾樟柯导演的《江湖儿女》。看完后,小我很多的女孩无奈叹气,对这部电影大感可惜,认为这部电影几乎没有任何新东西,无非是贾导卖弄技巧,用最熟的手法拍了一部老套的故事。

然而,我却不想听她卖弄高深的艺术素养,于是有些没好气地将她打断,告诉这个比我更懂艺术的女孩:"这是我家亲戚的故事。"

第三章

I

一九九四年秋天,张秋回来了,他在接风宴上神采奕奕,高谈各种新鲜调论,就着"深化国有企业改革",似神棍般指导全家人的命运。他的论调壮阔而广博,语气也富有一种神圣的使命感,仿佛磅礴而来的命运将席卷所有人的生活。但张秋这些几乎都在国有工厂工作的亲人们,却对他的话题显得意兴阑珊。亲人们更关心现在南方怎么样,是不是比以前好了,是不是快要比东北还好了。

有关南方的一系列问题令张秋无言以对,他告诉亲人们,自己出差去的是河北。可亲人们并不在乎河北还是河南,他们只认一个道理,过了山海关都是东北,出了山海关就全是南方。张秋很无奈,但他从来是家里同辈分中最博学多闻的人,哪怕问题是错的,仍然不能妨碍他给出答案,于是回答:"不能简单比较好坏,咱们东北的经济基础还是比较牢靠的,工业底蕴强、城市化比例高、受教育比例也高,这些都是市场经济的优势。"

亲人们点头,一致认为张秋说得很有道理,他们非常满意,尽管大多数人都没听懂张秋话里的词汇。

或许是因饭桌上没有知己,这日的张秋没有继续高谈阔论,敬了长辈几杯酒便说坐火车累了要早点睡觉,随后带着我与陈芙蓉着急忙慌地回到我们三个的家。

住在祖母家的几个月，使我对自己的家感到陌生。尤其这晚，张秋与陈芙蓉又成了天下最不负责的父母，他们完全不顾我的心情，极为敷衍着哄我睡觉，然后也没管我是否已经睡着，两个人便默契地离开卧室，并且还关上了房门。

当他们走后，我稀疏的困意一扫而光，陌生的床、陌生的被子使我心生悲凉，怀念起工人家属区的非凡、黄昏中的小树林，还有不要钱的蛋白奶。没太久，悲伤使我变得疲惫，倦意又涌上来了，可正当知觉变得混沌时，张秋与陈芙蓉回到了卧室。

张秋躺到床上，床单的味道瞬间难闻起来，酒味和烟味混在一起令人想吐。于是，装睡的我侧身面向陈芙蓉，可陈芙蓉那边的味道也不好闻，她正在用某种油抹自己的脸，那味道虽然不臭但却腻得人想吐。被夹在两股味道之间的我感觉很难受，困意又渐渐被驱散，而陈芙蓉这时也开始和张秋说话。

她问："河北怎么样？"

张秋答："和咱们这差不多，底子更薄点。"

"放长假了？"陈芙蓉又问。

"还没，但也没啥正事了。"张秋又答。

陈芙蓉听后感叹："咱们这要有那么一天，我都不敢想社会得什么样，就看铁西那片人，到时候还不原地都变成盲流？"

在铁西长大的张秋喷了声，但也没说什么。今天的他格外有耐心，尤其对陈芙蓉。这个具有攻击性的男人少见地选择退让，他若无其事地拿起床头柜的经济学书，漫不经心地翻页问："你还能看懂这个？"

陈芙蓉叹了口气，说："看不懂也得看啊，不然现在真没法干工作。"

之后，张秋的语气很明显弱了下来。他将书随手扔回去，给人感觉有些不屑，但却什么话都没再说，反倒是陈芙蓉这会儿来了聊意，说起自己最近工作的事情，全都是些忙碌的好事。

张秋嗯了声，又点了根烟，什么都没说就只是听着。陈芙蓉折腾完她的脸，然后用手扫开烟雾上床，今天她心情似乎也挺好，竟然容忍了这呛人的味道。刚躺下没多久，她又开口和张秋说话，像个话痨。她问："不然找找关系从厂子里调出来？"

张秋轻哼一声，终于拾起了本性的傲慢："谁放假也轮不着我放假，我又不算工人。"陈芙蓉沉默了会儿："那就再看看吧，到时要是苗头不对你也别僵，你条件好，早点调肯定能进机关。"

被这种居高临下的语气点评，张秋猛然坐起，但除了把刚迷迷糊糊的我又震醒外，他再也没做什么别的。过了会儿陈芙蓉熄灯，可屋子刚暗下里，张秋又问她："你困么？"陈芙蓉没回答，张秋说："咱俩出去。"然后，这对父母便又将我撇下了。

2

而自从我这一觉睡去，时光便忽然加快了节奏，无数连续的，甚至昨日还真切的记忆，都在几天之后成了摘要梗概似的片段。我记得没多久后，祖母便会在张秋与陈芙蓉上班前来到我家，一直陪我到晚上。赶在这对夫妻下班前，祖母会将晚饭做好，等我们四个人一起吃完饭，祖母会独自离开。偶尔，祖父会来，然后我们五个人一起吃晚饭。

我叫不准这段时期持续了多久，但从时感来说是段很漫长的时光，得益于祖母的到来，我也终于缓慢地将这个住着我父母的房子定义为家。

而我人生的下一个阶段,要一直等到秋天,某个已不很清楚的月份了。那是个清凉的早晨,祖母一如既往地来到我才开始接受的家,她先做早饭给我们吃,等那对夫妻上班,祖母就开始干活。

如同之前的每天,祖母会先打开窗户让好闻的空气进来,然后打开电视,有京剧会放京剧,没有就会放电视剧,等屋子热闹些后,她先扫地再拖地,最后整理陈芙蓉所有从商店里买的高级家居用品,并不时地嘀咕"真不会过日子"或者"这也上街买"。但在这天变故出现了,家里的高级电器,一个白色的印着两个赤膊小男孩的冰箱坏了。

整个上午,祖母都围在冰箱周围,没完没了地折腾冰箱为数不多的几个按钮,其间老太太打了几次电话,可每次都在一声声"死老头"的愤骂中没有接通。一直到中午,窗外一声吆喝拯救了焦急的祖母,那声吆喝像歌声一样悠长好听,喊的是"八级电工,八级电工,专修各种家电"。然后祖母爬到窗户上向他喊:"八级电工,你上来。"

来的这位八级电工看起来和张秋差不多大,人很热情,叫我"这孩子",叫祖母"大姨"。但祖母看着却有些别扭,她问:"你这么年轻就是八级电工了?"男人答:"那可不,不信你看我证。"说完他拿出一张被脏兮兮塑料膜包着的小本子。见到这物件,祖母忽然变得热情,她没真的接过来查看,而是笑着把那人引入家里,并说:"行,是真的,大姨不是没见识的,一眼就能看出真假。好小伙子真厉害,这么年轻就八级了。"

之后,他两人开始紧密合作,祖母将冰箱里的东西搬空后,电工开始拆卸那庞大的家伙。等冰箱变得越来越零碎时,电工为难说道:"大姨,机件烧坏了,得换。"祖母面露难色,明明得到了答案，却又问："修不好啊？"

电工将冰箱零件整齐地放在地上，开始慢条斯理地给祖母讲道理，说这是最新的高级冰箱，和以前的"双绿门"不一样，所有配件只有人家厂家能生产，想换也得到厂家那里买。祖母开始担心，问换配件得多少钱，电工摇摇头，说他也不知道，得带着配件去配件市场问问。看祖母脸上为难，电工忽然夸起祖母来，他说你家孩子真有出息，自己修了这么久冰箱，从没见过谁家用这款冰箱，这是现在最好、最贵的一款。可我的祖母明明在被夸赞，但看起来却变得更加忧心，她没接话，只问电工现在该怎么办，电工想了会儿提议，说他可以先带着配件去市场看看，要是能配上，就买回来给换上，到时候给个工钱就行，要是配不上他也没办法了，但也不要钱。祖母听后转忧为喜，一直到电工带着配件离开，仍夸这个小伙子坦诚。

祖母的喜悦没有持续太久，几个小时过去，窗外的风越吹越凉，天色也比昨天暗得更早，终于在路灯亮起来时，老太太喜悦彻底转为担忧。直到张秋与陈芙蓉回来，那个坦诚的电工仍未归来。

看到地上整齐摆放的冰箱零件，张秋询问事情的经过，祖母虽如实回答，可她在叙述中却总若有若无地夸奖那位电工，说那是个年轻的八级工，说话好听，人也朴实热情。讲述时，祖母洋溢着与整个下午间截然不同的神情，从容并带着欣慰的笑容，就好像那个坦诚的八级电工随时会敲响我家的门。可听完整个过程的张秋脸色却越发难看，他没好气地对自己母亲说："你被骗了，他把冰箱的零件卸下来卖了。"

张秋点明的真相并没有使祖母恍然大悟，她似在捍卫着什么，信誓旦旦地说不可能，世界上哪有这么坏的人，简直离谱。张秋说，现在到处都是这么坏的人。祖母又说，别看那个电工年轻，但人家可是八级工,八级工都是有脸面的,饿死也不会做这种事。张秋说,那个证是假的,这世界上根本就没有那么年轻的八级工。祖母信心十足,她又先说了句不可能,然后告诉自己的儿子,她一辈子在工厂见过很多八级工,就算证有假的,但外面的塑料胶套也做不了伪,只有工厂配套的胶套,变旧后才会是枣红色。到这里,张秋的耐心彻底消失,他变得急躁起来,瞪着眼睛怒气冲冲地道:"就算证是真的,那也不是他的,证也可能是他偷的,我再说一遍,这世界上就没有那么年轻的八级工!未来也永远不会有了!"

见张秋发狂,陈芙蓉将她的男人拉开,安慰起她男人的母亲,说冰箱不怕坏,这种高级品牌机都有厂家保修的。但祖母这时仍还有气势,她没理陈芙蓉,只与自己暴躁的儿子抗争道:"我就不信天下还有这么坏的人,到时候人家回来我看你怎么办!"

这一句话把刚冷静下来的张秋又搞得暴跳如雷,但还没等他将更过分的话喊出口,他的女人便提前将他摁住,然后以女人的视角对祖母好声道:"妈,其实冰箱不碍事,主要现在社会太乱了,你想,万一这个电工是人贩子呢?孩子和你不都危险了。"

陈芙蓉说完,形势顿时变得十分离奇,比张秋脾气好不了多少的祖母瞬间安静下来,再之后她陷入了沉默,表情也变得滞涩,像是一台古董电脑在查找久远的档案。过了好一会儿,祖母终于在与儿子的对抗中败下阵来,她惊恐地向陈芙蓉问道:"咋又有拍花子了?"

陈芙蓉点头答:"可不,你老太太退休不出门不知道,现在别说拍花子,要饭的、盲流子都挤得开始分地盘了。"

由于陈芙蓉的参战,张秋以人数优势赢得了对自己母亲的战争,之后一直等到快八点,安静的防盗门又宣告着,当儿子的在事实上也获取了胜利。

这晚祖母没有做饭，我们四人只好到外面饭店吃饭。我当然是高兴的，祖母的饭固然好吃，却不如饭店的锅包肉那么甜，张秋与陈芙蓉也还行，他们认识那家饭店的老板，正好将冰箱里的食材寄放到饭店。不开心的人只有祖母，她自我惩罚般不碰满桌丰盛的饭菜，只就着一碗蛋花汤，掰着从家里带来的馒头吃。最后惹得张秋拍着桌子怒斥：“你不吃我就把这些菜都倒了！”这时，祖母才受刑般夹了几筷子炒菜中的青菜。

吃完饭，张秋打了辆出租车，提前给完钱后逼着祖母乘坐，然后才带我和陈芙蓉回家。回家路上他与陈芙蓉商量："不然别让我妈来了，现在市面越来越乱，马上入冬了，天也黑得早，老太太自己来回不安全，而且自民也该上托儿所了。"

陈芙蓉对张秋的提议很赞同，他们那段时间是非常要好的，她说："是啊，我看自民也越来越依赖你妈了，这对孩子的启蒙教育不好。"

张秋嗯了声，然后有些为难地对陈芙蓉说："你和我妈说这事吧。"

陈芙蓉有些局促，说："还是你说好点。"

张秋摇头，对她的妻子说道："你说好，你是外人。"

陈芙蓉没有回答，然后这对夫妻便再次毫不顾当事人的感受，将我人生的下一阶段决定下来。

3

第一次进入托儿所是在换上长裤的月份，那是一座离我家不算远的小院子，里面有座油漆涂的铁滑梯，还有几个很难看的小动物塑像，塑像不知用什么做的，敲起来像是纸壳。托儿所是院子侧边的两层小楼，墙面上扎满了爬墙虎，把四四方方的玻璃都盖住了，令人看不见里面的样子。

当时接我和陈芙蓉进到托儿所的一个老女人，她长得很吓人，煞白的脸上戴着一副厚重的黑眼镜，薄薄的嘴唇对笑容极其吝啬，说话时也嗡声嗡气的，就像动画片里的邪恶老巫婆。她告诉陈芙蓉，"我们这里出来的孩子没有不听话的"，然后又转向我，"你要叫我胡老师。"

从这时起，我每天的生活开始清晰，记忆也如被加了标题的书籍，成了有细节可寻的条条框框。

每天我会七点二十分之前来到托儿所，然后被逼着与一帮美丑不同的孩子坐在一起，我们有时唱歌、有时看画本，更多时候，是双手放在膝盖上无聊地干坐着。

上午时，胡老师会放我们到院子里做游戏，但她要求所有孩子都要保持安静，哪怕是刺激的滑滑梯，也要把嘴捂住。如果有谁没控制住自己的音量，便会被罚到院子的偏僻角落，独自一人孤零零地站着。

到了中午，胡老师与她的手下，几名年轻些、好看些的老师带我们吃饭。她们会将饭和菜一同盛到一个小搪瓷碗中，我们要捧着碗坐到小饭桌旁，直到她们说可以吃了，我们才能吃碗中难吃的食物。同样的，吃饭时也不能说话，如果说话，则会被叫到教室的偏僻角落，还是独自一人孤零零地站着，只不过手中多了一个碗。

吃完饭，胡老师与手下就会急不可耐地让我们睡觉，而这也是我在托儿所的生活中最喜欢的环节，因为我终于可以自由地选择不开口说话了。等午觉结束，胡老师才会难得地挤出笑容带我们唱歌或是讲故事。据我观察，大多数孩子是喜欢唱歌的，他们会声嘶力竭地喊着歌词，仿佛要把一整天的压抑全号出去。而我，虽讨厌这些噪声，但也喜欢唱歌，谁让胡老师的故事实在太过无聊。她口中的小明与小红像个神经病，总会为些屁大点的事闹起来，大灰狼与小白兔又太过胡扯，打了十万八千场架，结果每次都是弱小的小白兔胜利。

在托儿所的第一周，我是安静的，胡老师不止一次表扬我，说我是全班最听话的孩子之一。被表扬时，别的孩子便会羡慕地看向我，仿佛"听话"是一种至高无上的荣誉。有次我趁胡老师不在询问别的孩子，问他们为什么都听胡老师的话，他们说，因为我们要当好孩子。我又问，为什么听话就能当好孩子，他想了好一会儿，刚准备答我，胡老师却在这时闯进门大声叫喊："手放下坐好！"然后所有孩子都过电似的昂起头，将绷直手指的双手放在大腿上，像颗被钉在小板凳上的螺丝钉。

我关于"听话"的困惑，直到第一周的周五才得到解答。那天午觉醒来，胡老师没有带我们唱歌或讲故事，而是将一张硕大的板子挂在墙上，这时，孩子们的眼神变得生动起来。板子上是班里所有孩子的名字，名字上面黏着数量不一的小红花。正当我在上面寻找自己的名字时，胡老师在板子的最末尾写上"张自民"三个字，并对大家宣布，说我是个很听话的孩子，每天都没有扣分，要发给我两朵小红花。一朵是我应得的，另一朵是鉴于我刚上托儿所就有如此优秀表现，要奖励我。

胡老师公布完，孩子们开始鼓掌，他们都看向我，显得得很羡慕。然后一名"手下"老师拿着两朵小红花到我面前，将那红彤彤的小纸片在我眼前一晃，随后将之贴到板子上我的名字下列，孩子们的掌声也在这时变得更加热烈。而我心中却对正在发生的事没有什么实感，搞不明"张自民"三个字下面的两朵小红花，到底与我有什么实质性的关系，毕竟那朵小红花，从始至终，也没在我手中停留过哪怕一刻。可坐在一群孩子当中的我，不敢将心中的无动于衷表现出来。上托儿所之后，我发觉到和别人不一样，原来是一件不好且麻烦的事情。

那个周末，张秋与陈芙蓉显得无所事事，自从他们每周开始有两天不上班后，周末大多都这样。大人无聊时，倒霉的总会是孩子，难得自由两天，他俩却是从睡醒睁眼就开始和我说话。在那个口干舌燥不得消停的周末，我几乎把肚子里的事都掏干净了，唯独隐瞒了托儿所那两朵小红花。我害怕他们知道这份荣誉后，会要求我永远像上周那样"表现好"。我可不想那样。得知小红花秘密的我，已经决定以后不再那么"听话"了，反正我也不喜欢那张从未在我手掌停留过的红色纸片。

而等到下个周一，当我又坐到托儿所的小板凳，计划找一个合适时机，以"不听话"宣示自己对自由的主权时，一个哭泣的孩子来到胡老师面前，他卑微地呢喃道："胡老师，我这周一定好好表现，争取得到小红花。"

在我看来，这个孩子是不可理喻的，他竟然会为了一张纸片而哭泣，并还有些怀疑，是否小红花还存有其他我并不知晓的秘密。于是，当胡老师离开教室，我从小板凳上离开，与之同时，所有孩子都惊恐地看向我，而我则自由地走到那个哭泣的孩子面前，问他："你为什么想要小红花？"

那孩子回答："我爸打我了。"

听到这个答案，我瞬间惊恐起来，我无论如何都没想到，小红花竟然能与挨揍有所联系。我急切地问他："为什么没有小红花就要打你？"

他又答："我爸说，没有小红花就是不听话，不听话就没出息，没出息就一辈子穷，一辈子穷，就连喝酒都只能喝散白。"

他的回答使我一时没反应过来，可还没等我想好要再问他些什么，却见他猛然站起来推了我一把。我被推坐在地上，傻愣愣地看着他，困惑变得更多了，但这个孩子却连提问的机会都没给我，他急切地对我说："你离我远点，不然胡老师回来会连我一起罚。"同时，神色惊恐地望向我身后那扇棕红色的厚木门，当我顺着他的目光看去，厚木门从外面被推开了。

胡老师站在教室门口，她脸上又黑又厚的眼镜使我看不清她的神情，但在我余光中僵住的那些孩子们，都在此刻拥有了与男孩同样惊恐的表情。他们像是僵尸，连瞳孔都不再闪动。而孤零零地坐在地板上的我，则显得那么违和，那么无助。

胡老师向我走来，问我在做什么。我不知道该如何讲述小红花引发的一系列行为，又因为周围那些恐惧的僵尸，我开始变得害怕，结果竟然哭了出来，指着那个推搡我的孩子说道："他打我。"

在这个瞬间，那个被冤枉的孩子取代了我，成为这间教室中最惊慌的人。他为自己争辩，说自己一直很听话，是我违反纪律私自离开座位，还去和他说话的。我当然知道他说的都是真的，但我没办法。他过于出乎意料的恐惧，反使我更想在这场搞不清因由的浩劫中自保，于是，我哭得更大声了，甩着鼻涕仍咬死一句话："他打我。"

我掷地有声的指认，使那个孩子也开始号啕大哭，他看着胡老师，眼中的恐惧开始淡去，填补进来的却是委屈。他祈求般为自己辩解，说他没有打我，全班小朋友都看见了。但胡老师却没有求证，而是先弯腰把我扶了起来，然后对那个孩子说："你这个星期也没有小红花了。"那孩子哭得更加伤心，他看向我，拱起鼻子，眼中满是愤恨。

整个上午我都在庆幸自己逃过一劫，这使得我在大合唱环节尤为卖力，仿佛这样才能证明我真的是个无辜的好孩子。而当我以为自己聪明地逃过一劫时，等到在操场游戏环节，却那个被冤枉的孩子堵到角落。他说："我要揍你。"

当恐吓从一个孩子口中说出，对同样是孩子的我来说，要远比胡老师那样的大人更加真实。过度的紧张使我的大脑变得活跃，我忽然想起非凡，想起我可以作威作福的工人家属区小公园。在那里，就连上小学的大孩子都要躲着我走，而今我却被一个只高我半头的孩子堵在原地。想着，我变得更委屈了，于是勇气开始迸发，指着他说："你等着。"然后拼尽我这肉团般的身躯，嘶喊出高亢绵长的尖叫。

在这间托儿所，我的嘶号如同一声惊雷，不但震住了所有僵尸，更将那个扬言要揍我的孩子吓得后退几步，最重要的，老师们也慌张地被我从楼里喊了出来，而这才是我真正想要的效果。只要老师到来，就会按照规定惩罚吵闹的我独自待在角落，这样就能逃过那孩子的暴力。但我没想到的是，老师到来后，却没有按照讲好的规则对待我。

胡老师果然是大人，要更聪明些，有更好的办法保护我。她将我拉到身边，耐心地询问尖叫的原因，在我回答后，她厉声把那个恐吓我的孩子叫到面前，指着我对他说："你如果再欺负他，就永远没有小红花了。"

这话出口的瞬间，那个孩子要吓死了，他哇的一声哭了出来，声量比我刚才没小多少。然而，他的哭声换来的东西与我截然不同，胡老师伸手拽住他的肩膀，几乎要把这个高我一头的孩子拎起来，然后这个脸色煞白的女人另一只手指向远方，终于履行了这间托儿所的规则，她命令道："你去那边罚站！"

大孩子的结局使我感到震惊，目送他孤零零地走向远方时，我尚未健全的心智涌现出一种相对更高级的恐惧。我意识到他所面临的，要远比挨揍，以及托儿所中无数的"不许"更加令人窒息。随即，人生中第一次有清楚记忆的同情心出现了，我开始可怜起他，并在心中产生了愧疚。不过，作为记忆的主体我非常清楚，这种同情与善良无关，我只是害怕有一天，自己成为那个被责令罚站、被规则针对的人。

下午午睡时，只有四周岁的我失眠了。用假寐熬过了胡老师等一众手下的巡视后，我睁开眼去看那个孩子，他睡得很香，眼角还挂着哭泣留下的眼屎，看起来脏兮兮的。看着他，我开始回忆今天发生的事，很快意识到，所有恐惧与不幸的罪魁祸首，就是那朵虚无的小红花，如果小红花能消失，那么所有恐惧也都会终结。只可惜，经过几天的观察，那张贴满小红花的板子除了在周五下午短暂出现外，任何地方都见不到它的踪迹。

放学时，陈芙蓉准时出现在托儿所外面，一直到胡老师将我交到她的手中，那个扬言要揍我的孩子都在远处盯着我。他投来的眼神令人恐惧，仿佛我是他这个世界最仇恨的敌人，只要有机会，就会用最残忍的手段伤害我。

他的眼神远比口头恐吓令人畏惧，我甚至觉得，自己明天就要被他杀死。于是就在胡老师转身离开的瞬间，我哭了出来，混乱地向陈芙蓉讲述了今天发生的一切，告诉她，有人要揍我，等胡老师不在时，我就死定了。然后陈芙蓉，我的母亲，叫住了托儿所的主人，以前所未见的严肃神情，居高临下地对这个脸色煞白的老女人开始训话。

可遗憾的是，陈芙蓉说了很多，却没有几句是在替我申冤。她陈述完我被欺负的事实后便口风一转，去扯些"教学质量""不规范""要反映"等我听不懂的话题。而胡老师居然对这些话十分受用，她不断附和着陈芙蓉，那张几乎全天都没有笑容的脸，至终挂着真诚惭愧的微笑，像是被夺舍一般。

回家的路上，陈芙蓉告诉我，以后再没有人会欺负我了。我点头，却没有欢喜于自己得到了安全，反而新生一种更为难以言喻的惶恐。总觉得就在刚刚，在与胡老师说话时，我的母亲，这个叫陈芙蓉的女人变得陌生了，她变得好像另一个胡老师，严苛且令人不想亲近。

我们到家时，张秋正在看一场足球比赛，他与比赛的主播一样长吁短叹，看起来十分受煎熬。陈芙蓉越过他进了厨房，似平常那样和他聊天，对他讲述托儿所发生的事，而沙发上那个男人却表现得极其不耐烦，他白了一眼陈芙蓉，随后眼睛再没在妻子身上停留一眼，只没好气地嘀咕一句："多大点事，我发现你现在真有点官僚主义。"

陈芙蓉放下菜刀，也放过了那根被她切得惨不忍睹的鸡腿，她离开厨房对张秋说话："什么叫官僚主义，自民是班里最小的，真被人欺负怎么办？"

张秋显得很不耐烦："小孩懂什么叫欺负？是会打还是会骂？"

见到张秋的不屑，我又开始觉得陈芙蓉是好的了，她不是胡老师，而是我的好妈妈。我跳出来替陈芙蓉帮腔，告诉这个手指总带有烟臭的男人，有个小孩要揍我，甚至可能会杀我。可张秋听后却咯咯乐了好一会儿，直到又喊了一声"臭脚"。

男人的态度令他的妻子不满，再开口时，陈芙蓉的态度明显认真起来，她说："咱们家的孩子是不懂，但咱们家的孩子和托儿所那些孩子能一样么？那就是一所工厂子弟托儿所，什么低劣素质的家庭都有。"

张秋先又骂了声"臭脚"才敷衍地点评陈芙蓉："你这说的什么话，说得都邪乎。工厂子弟托儿所咋的？工人家庭的孩子谁不是在工厂托儿所长大的？"

陈芙蓉愣了下，她似乎以为张秋没听懂自己的话，于是便更详细地解释起来："我是说，那些孩子的家长都是工人。工人能有什么素质？教出来的孩子能有好？我要是不提点胡老师，自民早晚得被欺负，说不准还会被带坏。"

陈芙蓉解释完，张秋先愣了会儿，然后拿起遥控器摁了静音，电视里的播音员也不用再唉声叹气了。陈芙蓉见状，还以为自己的提醒终于引起了丈夫的注意，于是她用围裙擦了擦手，就势便要坐到沙发上与张秋继续讨论这件事。然而，还没等她屁股沾到沙发，张秋猛然一巴掌砸在了茶几上。

"你说的什么屁话？工人家庭咋了？张自民不是工人家庭的孩子？"

张秋吼完，滑稽的一幕出现了，只见屁股刚挨着沙发的陈芙蓉，忽然浑身一机灵，整个人过电似的又站了起来，有点像动画片《猫和老鼠》里的蠢猫。但她的狼狈只在这一瞬间，这年头的陈芙蓉再不同以往，在外面，早开始有人叫她"领导"了。现在的她面对张秋时，不但比曾经多了几分胆气，更敢与之辩论了。

陈芙蓉对男人讲道理："现在的工人和以前可不一样了，是社会上最大的不安定因素。不说别的，你就看小凡，再看看他儿子非凡，从大到小和'好'字贴边么？自民可是你儿子，他虚岁才四岁，身边围了十几个小非凡，你也放心？"

陈芙蓉说完，鼓足气势与张秋对视。她以为自己的定义很有道理、举例也贴切，一定会赢得这场不期而来的战争，可结果却与以前没什么不同，张秋只用了一句话，便卸下了她的武器。

"陈芙蓉，你他妈的傻逼吧？"

当张秋喊出胜利的口号，他毫不拖泥带水开始打扫战场，用夹着烟头的手指指向陈芙蓉。

"你是又犯病了？什么资本主义狗屁话！工人子弟托儿所咋的？搁过去你这样的都上不了！我告诉你，你别以为现在你们得势就能报复工人了，就算风水不轮流转，做人也别太丧良心！"

张秋话说完一屁股坐回沙发上，重新打开了电视声音，播音员又开始唉声叹气。陈芙蓉的肩在发抖，看起来很累的样子，但奇怪的是，她现在反倒不想坐沙发了，只杵在原地像是被罚站的小朋友。我弄不懂她为什么一动不动，于是叫了声"妈"，然而就是这一声每天要叫无数遍的称呼，却又使她浑然一机灵。她看了我一眼，然后脱下围裙回了卧室，直到卧室的门关上，张秋的眼睛才从电视稍稍偏移了些。

过了一会儿，足球比赛终于在张秋骂骂咧咧中结束，其间陈芙蓉一直把自己关在紧闭的房门内，哪怕我早已饥肠辘辘了。好在张秋是个好父亲，他盯着房门看了会儿，然后给我穿上了棉袄，说："咱们到外面吃去。"

家的外面，是泛着清凉微风的安静深秋夜晚，稀疏的钨丝灯不时闪烁，寒凉的空气中飘着各种食物散发的暖暖香气。张秋牵着我的手，越往远处走，铿锵有力的吆喝声便越近，之后我看到了羊汤、牛肉面、烤串、饺子、肉饼、烧卖、鸡骨架、杂拌，全都是我喜欢吃的好东西。

张秋问我想吃什么，我不知道该怎么选择，在陈芙蓉厨艺的摧残下,这条街上的每一种食物都是完美的答案。无奈,我只能将决定权交给张秋,告诉他:"咱们吃最好的。"

最终,张秋选择了一个有挡风棚的羊汤摊,他点了一碗羊杂汤,两笼羊肉烧卖,桌上还有一袋因我试吃而抹不开面子买的鸡骨架。美食摆整齐后,我高兴得啪啪拍手,张秋向老板要了个小碗,先把羊汤分出来一些给我,再往自己的大碗中浇了好几勺辣椒油,然后他说"吃吧",我扑哧笑出了声。

在远离祖母之后,天下所有的食物都变得好吃了,更何况我正在品尝的是羊骨头熬的汤,肥肉相间油汁饱满的烧卖。而与美食相比,我更开心的是张秋在陪我吃饭,他从不会因为汤汁溅到衣服上而打断我享受美味。这顿太过美好的晚餐,使我忽然品味出一条人生真谛,活着真好。可还没等我往深品味"活着"两个字的意义,心间忽然涌起了悲哀。我放下筷子问张秋:"爸,要是我被人打死了怎么办?"

张秋明显愣了一下,随即笑得咳嗽不止,汤水都从鼻孔里喷出来了,看起来很恶心。等他缓过来之后反问我:"谁要打死你?"

无奈,我只好将今天发生的事又说了一遍,并且为了引起张秋的重视,这个故事变得比早前对陈芙蓉叙述时更混乱,也更恐怖。我用脑子里为数不多的形容词,穷极想象力描述那个孩子的凶恶,甚至笃定地告诉张秋,那孩子在进行恐吓时,手里还有一把小刀。讲到这里我打了个寒战,羊汤带来的温暖开始退去,在回忆中恐吓我的那个男孩,手中也真的多了一把小刀。

然而,张秋在这时又不是个好父亲了,他不愿意相信自己的儿子,认定那孩子没有小刀。这下反倒使我无计可施,对那时的我来说,再想不出还有什么比小刀更恐怖的了。

正在我对张秋感到失望时,刚喝完羊汤的他点起一根烟,开始讲起故事。我是喜欢他讲故事的,比起只能看的小人书或只能听的评书,张秋的优点在于可以随时提问,比如俏罗成死没死、宋江当没当皇帝。这次的故事,张秋讲的是小霸王孙策横扫江东,他以指间香烟化成一杆霸王枪、一双筷子变作两柄玄铁戟,带我领略小霸王打遍江东猛将无敌手的风采。

在跨越时间与真实界限的话语间,不远处那口羊汤锅的冒泡声好似战鼓擂响,寒凉北风吹敲在塑料棚子上的脆响声犹如旌旗抖擞。可正当我期待孙策继续驰骋沙场时,张秋却将话锋一转,讲起了另一名英雄人物,弓戟镇江东的太史慈。

我对张秋的转场感到不满,要求他继续讲小霸王孙策,他却蛮横地拒绝了我的要求,称如果不讲太史慈,那么孙策的故事也没法讲了,无奈我只能耐着头皮听下去。好在,太史慈的故事也不赖,从他远赴辽东避难到北海城下报恩,再到单枪匹马求援,虽比孙策不如,但也是个响当当的英雄人物。而正当我渐渐接受太史慈成为故事的新主角时,张秋却犯起坏,话锋再转又跳回孙策。

故事的转场令我犯难起来,我是喜欢孙策的,可太史慈的发展也令人停不下来。我想打断张秋,要他继续讲太史慈,但又怕耽误了正在他口中驰骋沙场的孙策,可若任由他把孙策讲下去,又放不下刚结交的新英雄太史慈。而张秋或许是错判了我的焦急,也有可能是故意犯坏,就在我为难时,他竟然加快了故事,三言两语间,孙策便攻到了扬州东阿,再还没等我反应过来,他便掐嗓凝声沉念道:"我便是东莱太史慈也,特来擒捉孙策!"

张秋的话使我绝望,我开始以提醒打断他:"他俩都是好人,都是英雄!"可张秋却不理我的提醒,嘴里只顾"腾愣愣""哐擦擦"，孙策便与太史慈斗在一起。而看过太多小人书的我很清楚，两虎相斗必有一死。

待孙策与太史慈大战到五十回合时，张秋向羊汤老板要了杯热水，在这空隙我的心情也跌落谷底。我知道，太史慈很厉害，是条英雄好汉，但他马上就要死了，因为五十回合基本已经是高手过招的极限，按照我听过看过的所有故事发展，再往后，便要分生死了。可张秋实在太坏了，他肯定是明知道我的心思，所以在喝完水后又让两位英雄斗了三十回合，而这时的我已经没有心力继续听故事了，过于冗长的渲染，使我越来越不能接受有人战死，于是我对张秋说："你就直接告诉我谁死了吧。"

被我打断故事，张秋露出了微笑，他没答我，而是抽了声鼻涕，问我吃饱了没。我点头，然后他把我从凳子上抱到地上，牵着我的手离开了羊汤铺子。

我俩没有回家，他拉着我的手去往更远方，灯光通明的大马路。我们向前走着，身后莹莹闪烁的钨丝灯不断熄灭，前方马路上汽车的哗啦声也越发真切。终于等我们从小街钻出来，张秋才对我说："谁都没死，孙策与太史慈棋逢对手，英雄惜英雄，两人携手一起争霸江东了。"

听到这个结局我惊呼精彩，完全不顾及这其中的过程，反复向张秋询问这个结局的真实性。在得到肯定的答复后，我幸福得堪比又喝了一碗羊汤，以至于自己在幸福中昏了头，恍惚间便被张秋带进一间开在大道旁的高级饭店。

等张秋与服务员交代几句后，又问我说："你想当英雄么？"

我当然说想，他又说："英雄都是不打不相识，你也学学孙策，和那个孩子也不打不相识吧。等周一上托儿所，你主动点和他说话，握手言和交朋友多好。"

听张秋忽然提起这件事，我摇头，告诉他自己不能和那个孩子成为朋友，因为那个孩子太恨我了。张秋问我："那你想怎么解决这个事？"我告诉他，我向胡老师和陈芙蓉告状了，她们会保护我的。

这次张秋过了好一阵才开口，他说："胡老师不会一直保护你，你妈也不会，等你再长大，就连告状的地方都没有了。那时你想怎么办？一直挨欺负？"

张秋的话令我感到恐惧，他说的明明是"未来"的事，可我在意的却是他所叙述的事实，我，会一直挨欺负。

没过太久，高档饭店的服务员给张秋送来袋子，里面有两个饭盒，一盒散发着炒菜的香气，另一盒看起来鼓鼓的。张秋接过袋子拉着我离开饭店，随后我俩又重回到那条小街。与来时不同，此刻天已黑透，路边零星虽还闪着的钨丝灯完全没了生气，那间羊汤铺子的老板也不再守在汤桶旁，而是坐在自己的铺子里独自喝酒，并不时将叹息声扔在这安静的夜。

张秋也不一样了，他的脚步变得很快，不再愿意与我多说话，就连我经过深思熟虑，告诉他，我不想和那个孩子成为朋友时，他只问了句："为什么？"我答："那孩子有刀。"然后他的脚步短暂停滞，低下头冷冰冰地说："那孩子没有刀，是你在撒谎。如果你再撒谎，我就揍你。"说完，他又迈开急切的步子。

张秋把我吓得不行，虽然我的手在他的手中，但我又开始讨厌他了。一直到回家，当我从陈芙蓉那里又骗来几只饺子后，才消去对我父亲的厌恶。至于陈芙蓉，她也原谅了张秋，原因与我一样，因为高档饭店里的饺子与炒菜。

4

对于四岁的我,一个完整的双休日,好似一世轮回般漫长。无论之前多么清晰或混乱的恐惧,都在两度日出日落中淡去。尤其在周日晚上,当我在祖母家见到了久违的"小叔"非凡时。这个勇敢的大孩子向我保证,世界上绝对没人敢欺负我。

但等到周一,当托儿所教室那扇棕红色的厚重木门再度敞开时,我的记忆竟然也随之苏醒,弥漫在那间教室中的酸乳气,又将许多恐惧重新唤醒。我想起来了,那个拿着刀要杀我的孩子,今天也会出现在这间教室。

在我陷入恐惧时,胡老师开始拿着花名册点名。当她叫到最后一个小朋友,也就是我的名字时,这个令人恐惧的老女人顿了顿,然后下令道:"来,张自民出列。"

我不知道她要做什么,但其他孩子却在这时投来畏惧的眼神,这使我觉得自己好像惹了麻烦。当我站到胡老师身边,讨好似的伸出手拉她,就像每次陈芙蓉把我交出去一样,而胡老师的手却躲开了我,眼睛也没有低下来。我不清楚这意味着什么,却更害怕了,没有具体缘由的害怕。

我低下头,说服自己,胡老师是大人,也是老师,她是不会打人的。我又想,如果她真的打我,陈芙蓉一定替我报仇。想到这我悲伤起来,就算陈芙蓉会报仇,那也得在我挨打之后了。

然而事情的发展却与我的预期完全相反,虽然种种迹象都证明胡老师要发作了,但她的发作对象却不是我。当我规规矩矩在她身边站稳后,这个可怖的老女人又点了另外一个孩子的名字,"王要强"。尔后,那个给我带来很多天恐惧的孩子委屈地站了起来。

得知"王要强"这个名字的主人是那孩子时，我心中忽然滑稽起来。这是个多滑稽的名字啊，按照陈芙蓉的话说，简直就是土老帽。因为"王要强"三个字，我又想到了"王高兴""王生气""王不高兴也不生气"，尝试了几种格式组合后，我终于忍不住笑出了声。

不过，在这间教室里没有人洞悉我的小心思，更没人在意那不合时宜的笑声，所有人的注意力都在王要强身上。当这个委屈的孩子来到胡老师面前后，我身边阴森的老女人对他说："你要向张自民小朋友道歉。"

胡老师的话使我从心中的小笑话中醒来，我看向站在我对面的王要强，他高出我一个头，像个大孩子，穿的衣服不是很好看，发旧且没有卡通图案。他没有看我，而是偏着脑袋一副畏惧的样子。这样的他，让我想起了上周的许多细节，那时的他要比现在勇敢得多。

又过了一会儿，胡老师叹了口气，她似乎对王要强的表现非常不满，便要挟似的问王要强："你还想不想要小红花？"

王要强没有回答，只重重地点了一下头，然后眼泪便流了下来，并对我说："张自民对不起，我不该欺负你，我错了。"

听到他的道歉，我忽然觉得王要强这个名字也没什么意思了，反而有些可怜。于是我摇摇头，原谅了他，并在胡老师的提议下与他握手和好。然后胡老师拉着我俩对所有小朋友宣布："张自民宽宏大量，王要强知错能改，他们两个这周的小红花提前拿了。"

王要强露出笑容，但眼神仍有些憋屈，我也露出笑容，因为所有小朋友都在鼓掌。

而令我没想到的是，当我以为这件事终于彻底结束时，另一种奇怪的痛苦却缠上了我。从胡老师放我俩回到自己的小板凳开始，我的视线便中邪似的离不开王要强了。在我们唱歌时，他仍时不时抽泣一下，鼻子一擤一擤的，像是正在承受持续性的痛苦。这点令我格外想不通，胡老师没有打他，他也得到了梦寐以求的小红花，而且还是在周一就提前预定，这都是好事，结果怎么会使他如此痛苦？

困惑一直持续到我们被放到操场玩，在确认胡老师离开之后，我来到仍情绪低迷的王要强面前，问他为什么会这么难受。他看向我，给出一道使我更加费解的答案。

"你离我远点，我怕你。"

他的回答令我大吃一惊，在我短暂的人生中，自己从来都不是一个令人害怕的存在。相反，我身边的所有人都喜欢我、爱我，对我无条件地好。更何况，王要强的年纪要比我大、长得也比我高，他是一个大孩子，能打一百个我都富余。

因为他的回答，我的好奇心被转移了方向，于是问他："你为什么怕我？"他答我："你厉害，胡老师向着你，我爸会打我。"

他的回答令我更加困惑，无论是胡老师还是他爸爸，实在都与我没什么关系。更何况，我也对那个脸色煞白的老女人感到恐惧。我告诉他："你说得不对，你不应该怕我的。"谁想到他又反问我："那我打你了么？"

我开始搜索记忆，在离开了陈芙蓉与张秋后，我的记忆变得清晰起来，然后用别人听不到的微小声音对他说："你没有，你只推了我一下。"

王要强点点头，又说："但我没想推倒你，是你自己倒下的。"

这次我没有回答，也没有给出任何反应，因为我已经全想起来了，他说得对，是我自己倒下的。他又问我："后来我说要揍你，但我揍了么?"

我仍然没有回答,可心里却有些想哭,我开始觉得自己是个撒谎的坏孩子了。而王要强却没想就此放过我,他果然如我想的那样,是个厉害的大孩子,他继续用语言攻击我:"还有那天晚上,我话都没跟你说,你就让胡老师找到我家了。"

当王要强说完这句话,我忽然理解了他的委屈,因为他说的这件事,我根本没有做过。

看着这个悲愤的大孩子,我想告诉他我没有让胡老师找他,我被冤枉了。可还没等开口解释,心中竟不由自主地将我的这份难过,与王要强承受过的所有委屈混成一团,使我与他的痛苦变得不分彼此。这时,我的鼻子不自控地开始冒泡,但还没等呼号声再次响起,王要强对我动手了,他一把摁住了我的头,手更朝我脸上招呼,而我在这时,竟然觉得挨一次揍也挺好。可最后,王要强没有打我,他只是用手捂住了我的嘴,对我说:"你别哭,我求你。"

王要强的恳求使我心里涌现一种奇特感觉,那是种近乎治愈又像是解脱的轻松感。他捂在我嘴上的手虽然脏兮兮的,却擦拭掉了我心中所有来源不明的痛苦。于是,我轻轻挪开了他的手,向他给出了承诺:"我不哭,以后当你面我永远不哭了。"

那时的我,还不清楚"永远"这个词具有怎样的分量,但这并不影响我确实履行了这份诺言。之后的几天,每当我们被放到操场活动,我都会来到王要强身边,告诉他:"你看,我没哭吧?"到放学时也会主动找上他,说:"我今天也没哭。"

几天下来,我的行为引起了陈芙蓉的注意,她表现得很惊喜,回家刚见到张秋便急不可耐地告诉他:"自民在托儿所找到朋友了。"

张秋对此也很兴奋，甚至停下了电视询问我"朋友"的细节。而我，说实在的，既不能理解这对夫妻兴奋的原因，同时也对他们口中的"朋友"没有太多认知。不过，他们的兴奋太过张扬，以至于我也被感染，于是便说出了"王要强"三个字，毕竟在那些孩子里，我就只记得这么一个人的名字。

我的父母在得到想要的答案后，又开始询问关于"王要强"的细节。张秋问他多大、长多高、平时都爱玩些什么。陈芙蓉问他听不听话、认字了么、家里是做什么的。可惜，关于王要强，我只知道一个名字而已，根本没法回答这对夫妻复杂的问题。但当人类处于幼龄阶段时，似乎不懂得很多问题是可以用"不知道"来回答的，于是我只能回答他们："就是要揍我的那个孩子。"

我的父母沉默了好久，接着陈芙蓉莫名其妙地开始发作了。她紧张地向我打听托儿所生活的所有细节，一直问到我与王要强的约定，到这时，陈芙蓉才稍稍安心，但还是嘱咐我，以后少和王要强来往。可还没等我答应她，张秋发表了不同意见，他批评陈芙蓉"势利眼"，表扬我是"不打不相识"的真英雄。

张秋的赞许令我非常高兴，我兴奋地追问他，我和王要强谁是孙策、谁又是太史慈。可陈芙蓉却又跳出来泼冷水，以一堆我听不懂的道理与之争论。不过这会儿的张秋似乎心情很好，没有与他的妻子计较，只投去一种胜利者的表情，悠悠叹了句："别瞎算计了，小孩没大人那么复杂。"随后又给我讲起新的故事，黑旋风李逵大战浪里白条张顺，也是两个不打不相识的好汉。我很开心，转头便忘了陈芙蓉。

而就在我擅自宣称王要强是我的朋友后，没过太久，那个大我整整两岁的孩子，就真的成了我的朋友。

我与王要强的友情，要归功于陈芙蓉对我的拷问。后来在托儿所的生活中，只要获得自由，我便会贴在王要强身边，转问陈芙蓉的问题。面对我的问题，王要强显得非常有耐心，并且每次回答完，都会反问一句"你呢"，然后我们的对话变成了可笑的一问一答。

我问："你爸爸是做什么的？"

他答："我爸爸是钳工，就在大工厂工作，你呢？"

我先答再问："我爸爸也在大工厂工作，那你妈妈是做什么的？"

他也先答再问："我妈妈也在大工厂工作，你妈妈呢？也在大工厂工作？"

我又先答再问："我妈妈不在大工厂工作，在大楼里工作。你认不认字？会不会学习？"

他也先答再问："我认很多字，但还没开始学习，不过再过两年上学了就可以学习了，你呢？"

这样一问一答持续了很久，从爸爸妈妈到爷爷奶奶，再到姥姥姥爷，最后到叔叔舅舅，我们彼此成为世界上最了解对方的存在。但每天晚上，当我似完成任务般将王要强的一切转告陈芙蓉时，这个女人却每次不会奖励我，甚至没有夸我。而且我细心地观察到，每当我说出"大工厂"三个字，陈芙蓉的眉毛便会向下弯些。直到我讲出王要强的三叔也在大工厂工作那天，陈芙蓉严肃地告诉我："你得再去找些新朋友。"

我没有问陈芙蓉为什么，而是问："那王要强呢？"我的母亲答我，"找到新朋友之前先和他玩，等有了新朋友，再慢慢远离他。"

可惜，陈芙蓉指导我交友的这天是个周五，与之前的周五一样，长达两天的休息日，使我如同忘记曾经的恐吓一般忘记了她的教诲。等到下个周一，在短暂的拥有自由时，我又与王要强凑到一起，继续进行下一轮无聊的问答。只不过，新的游戏规则发生了改变，我不再重复陈芙蓉的问题，也不只局限于简单的对答。

我会问：你听过《隋唐演义》么？他会答：没有。然后我会告诉他"罗成"是谁，有多厉害。当他认为罗成最厉害时，我就会告诉他，其实"伍天锡"比"罗成"还厉害。

得益于小凡舅爷提供的小人书，还有张秋肚子里数不完的故事，在第一场雪之前，我成了班级里最受欢迎的孩子，包括王要强在内，我一共拥有了十个互相知道姓名的朋友。凭借这点，我拥有的小红花也飞速飙升，每到周五，胡老师都会以"融入集体"为名，多发我一朵小红花，再以"教导同学"为名，再多发一朵，加上原本就应得的那朵，每周我都会收获三朵。

这样的进步速度，使王要强那帮每周连一朵小红花都拿不稳的孩子羡慕不已。当他们询问我如此优秀的秘密时，我竟开始重视起那朵从未在我手中停留过的小红花，并会在每个周五邀功似的告诉陈芙蓉，我的小红花数量又超过了谁，现在已经是第几名的好学生了。

我的优秀，在陈芙蓉口中变成了谈资，每当家庭聚会，她便要告诉所有亲戚，自己的儿子有多么善于社交，打小就是当领导的命。但她的夸赞使我觉得羞愧，在托儿所生活的一个多月间，我凭空多出以往不曾有的感觉，害羞正是其中一个。我可太清楚了，自己优秀进步的功劳，其实一多半都在于小凡舅爷与张秋，可陈芙蓉却大言不惭地让我独自占了这份功劳。她的行为让我开始担忧，毕竟在我知道的所有故事里，人做了亏心事，最后都是要遭报应的。

5

  我的报应与冬天的第一场雪同时到来。

  白雪将小操场所有的破旧都掩盖后，胡老师便不再放我们到操场自由活动了。包括我在内，托儿所的可怜孩子们在唱完歌后，仍要被钉在自己的小板凳上保持安静。而这则使我丧失了"融入集体"与"教导同学"的机会。然而，我的报应还未止于此，随着天黑得越来越早，陈芙蓉与张秋似乎也渐渐变得没那么爱我了。

  自从那场雪下完，我的父母开始渐渐对我的生活失去兴趣。陈芙蓉再也不会兴奋地夸我，说我是好儿子，以后一定会当领导。哪怕我撒谎说自己每周仍然得到三朵小红花，她也只会敷衍地说一句："好儿子，真棒！"

  而与张秋相比，陈芙蓉算好的了。入冬以后，这个每天都守在电视前的男人，回家变得越来越晚了。就算回家，他也不怎么爱说话，只顾着一脸苦涩地抽烟看书。更甚的是，当我主动提出想听故事时，他竟然会喊陈芙蓉过来把我领走。

  对这样的父母，我表达了自己的不满，在长达一个多月的托儿所生活中，我已经听说过一个叫"离婚"的词了。于是我问陈芙蓉，她是不是要与张秋离婚，以后张秋就不要我了。陈芙蓉短暂震惊后告诉我，她不会和张秋离婚。我又问为什么，她说："因为你爸爸有出息，大工厂要和德国的大企业合作，而你爸爸是大工厂年轻工程师里英语最好的。"

  陈芙蓉说话时显得非常自豪，甚至说眉飞色舞也未尝不可，远远超过她在人前夸赞我的程度。她的神态，使我相信她与张秋没有要离婚，可还没等我来得及高兴，陈芙蓉便拿起电话，和里面的人没完没了地说起工作。以至于那天晚上，我连电视都没有看好，脑子就只记住一句话："我们要大抓新兴节日经济"。

从这天开始，地上的雪便没化过，天黑得也越来越早，与之相反的是，每天到托儿所接我的陈芙蓉来得也越来越晚。我当然对此表示不满，但陈芙蓉的处理方法却令我大为失望，她告诉我，从此以后，我就要在托儿所上晚班了。听到这个消息，我感到天要塌了。

在托儿所的孩子们中流传着一则传说，晚班。据说在每天重获自由的下午四点半，有些孩子会被囚禁在一处神秘地方，他们要在托儿所吃晚饭，得等到晚上八点以后才能见到家长。

不仅如此，据班里几名短暂在晚班停留过的孩子说，晚班的教室是一处龙盘虎踞的魔窟，晚班的孩子也都是恐怖的恶魔。

那些孩子大都来自单亲家庭，根本没有大人管，脏话漫天而且都擅长打架。最要命的是，他们都很大，有的甚至已经七岁，是能上小学的年纪了，一个人就能打好几个我们这样四五岁的孩子，并且，他们从来乐于如此。我班里有个女孩就亲眼见到过，晚班的孩子将另一名女孩的裙子撕得粉碎，还抢了那可怜女孩的纱花头绳，绑成弹弓打纸团玩。

我向陈芙蓉转述晚班的恐怖，可她却没那么在乎，反而告诉我那些都是小孩子胡说八道的。一天没在托儿所生活过的她，还信誓旦旦地保证，只要乖乖听胡老师的话，整个托儿所都没有任何人敢欺负我。到最后，她还想着收买我，说只要上一个月晚班，她就会在什么"圣诞节"送我一份最想要的礼物。而我，根本就没听说过什么"圣诞节"，也没有什么东西想要，我想要的，只是不去上晚班而已。可作为一个孩子，我无法和陈芙蓉抗衡，当某天的下午四点半，她没有出现在托儿所门口时，一切都变得无可改变了。

那是一个周三,时隔多年我仍记得很清楚。在天已黑透的下午,我站在胡老师身边,听到一个又一个孩子以同情的口吻对我说"再见"。直到托儿所门前的玩具摊开始收拾货物,胡老师对我说:"跟我走。"然后我被带到了那个神秘的地方,关押晚班孩子的教室。

那间教室里的一切,与我听到的传闻几乎一致,全是些看着足够去上小学的孩子,像大人一样说话、聊天,甚至推推搡搡。胡老师把我放在门口,告诉我:"你找个地方待着吧,这里的玩具可以随便玩。"随后她转身离开,多一步都没有深入这间令我畏惧的魔窟,只留我独自看着远处那些可怕的晚班孩子。

在我畏惧地望向未知时,未知也注意到了我。那些大孩子对我露出笑容,我分辨得出,他们的笑容不带有任何善意,再配上轻佻的眼神,每个人都散发着轻蔑与挑衅,甚至就连女孩也是。不,女孩要比男孩更糟,她们不像我班里的女孩那样有礼貌,说话也不是好听的细声细气。女孩们都是侧头斜眼看向我,嘴角轻挑地上扬,全都是一副故作不在意我,实则却对我另有算计的阴险样子。

看着所有这些孩子,我又哭了,我想不明白为何命运会如此憎恶我,将我放到这些孩子当中,等待此刻仍未可知的可怕虐待。而就在我向命运发问时,三个小学生一样的大孩子向我走来,他们脸上带着不怀好意的笑容,摇头晃脑对我上下打量,等他们站到我面前时,最高的那个孩子开了口,他说:"哪儿来的?撂个底吧,兄弟。"

我要被吓死了,虽然我根本没听懂他们的问题,但他们的问题却使我人生中第一次意识到,原来胸膛中有一个内脏器官,名叫心脏。

我沉默地看着他们，而他们的笑容则在我沉默时渐渐消失，直到为首的那个孩子也收起不怀好意的笑容，扬起了他的眉毛。他逼近我，近到非得低下头才能看见我。到这时我才发现，他们远比我想的更高、更大，都快像大人一样强大了。那孩子抬起手落在我肩膀上，问我："怎么的？兄弟看不起我们？"

我听懂了他的问题，却想不通为什么他要这么问，我明明都被吓哭了，难道他看不见么？可我心中虽在质问，但无论是嘴巴还是身体都在这时变得僵硬，尽管我知道再这样下去，自己很可能面临真正的挨揍，但我就是没有办法做出任何反应。我感觉，自己这就要死了。

而就在我的呼吸越发急促、视觉渐渐被黑暗吞噬时，一声清脆的呼喊在我背后响起。

"张自民。"

这声呼喊仿佛神回应他的信徒，我回头看去，所有死亡的先兆都在瞬间退去，甚至为我止住了哭泣。我答应过，在他面前永远不会哭，而如今我履行承诺，他也以朋友的身份来拯救我了。是王要强，他站在我身后，欢乐地向我挥手。

王要强的出现，如同从极乐净土降入地狱的蜘蛛丝，我回头，也呼喊他的名字，"王要强"。我喊得如此竭尽全力，我想要用这声呐喊，向晚班所有的孩子证明，我是有帮手的，我与王要强是一起的。

我的叫喊将那三个围来的孩子吓得一抖，王要强也上前捂住了我的嘴，他紧张地说："小声点，要是把胡老师招来，咱们都要完蛋。"

之后，晚班的孩子放过了我，转而向我的朋友询问所有关于"我"的一切，仿佛我是个并不重要的人。然而，我太欣喜这种忽视了，这意味着我安全了、自由了，可以毫无束缚地躲到王要强身后。而也是在这时，我才发现我的朋友原来也如此高大，也像大人一样。

王要强是认识晚班这些孩子的，他们彼此称兄道弟，看起来关系十分融洽。王要强向他们介绍我，告诉他们我的名字，说我的父亲也在大工厂工作，还说我是班里小红花榜进步最快的孩子。

经过王要强的解释，三个晚班孩子的神情明显善意了许多。但就在他们说完话后，我的朋友却对我说他要走了，让我自己好好待着。而这时，我则做出了迄今为止人生中最果断的行动，死死攥住王要强的胳膊，求他带我一起走。是的，我宁可跟王要强回到他的家，去一个陌生的地方，见两个陌生的大人，也不想再继续在晚班待到八点。

而我是幸运的，王要强没有辜负我的勇敢，他只是稍想了会儿后，便愉快地答应了我。但我从没想到过，当我拽着他的胳膊踏出这间教室，会迎来一个全新的美丽世界。

原来我的朋友王要强是一个自由的精灵，每当夜色降临，这间白天充斥着压迫的托儿所，就会成为他无拘无束的乐园。

在这夜中，他带我潜入被规定不许说话、不许跑跳的教室，拉着我在每个小板凳上蹦蹦跳跳。我们跑到只能上午才可以活动的操场，在背人的角落用雪拼装飞机坦克。直到我们玩累了，便藏到楼梯底下的暗格里休息，指着里面的墩布，讨论它像不像是浑元紫金锤。

王要强令我开心极了，我向他惊呼，原来托儿所是这么好玩的地方。他则告诉我，这才哪儿到哪儿，以后还有更多好玩的。

那晚，我俩一直待到楼梯处的高大柜钟叮当打响，然后王要强对我说："你该回去吃饭了，吃饭时胡老师会在，等吃完饭，你妈妈就会来接你了。"

我问他："你呢？"

他走向楼梯拐角处那台硕大的木头柜钟，打开门，里面竟然是一处藏猫猫的好地方，他在躲进去前答我："我在这儿藏一会儿也回家了。"而当他看到我面露难过后，又多安慰我一句，说："快回去吧，不然要被胡老师发现了，等明天我再带你玩更好玩的。"

晚上，陈芙蓉接我回家时变得尤为热情，不但承诺这个周末就提前带我去买一件礼物，还对我晚班的生活很有兴趣。可这时的我早已学聪明了，在陈芙蓉让我远离王要强后，我便不再对她完全敞露心扉。我只告诉她，晚班的饭很难吃，别的和白天一样。

或许是因为愧疚，陈芙蓉对我的话深信不疑，她带我去了之前张秋给她买饺子的高级饭店，点菜只给我一个人吃，她自己一次筷子都没动。可我在体会王要强带给我的快乐后，其实已经没那么记恨陈芙蓉了，反而有些担心她因愧疚，会结束我的自由晚班。

之后的日子里，我与王要强变得更加要好。每天天还亮时，他会告诉我托儿所还有什么神奇好玩的地方，等熬到了晚班，便会带我到那个地方玩耍，并且每次都会对我说："你看，我没骗你吧？"

这样的日子大概过了一周多几天，我终于游遍了托儿所中每个隐秘的角落，这时，我的口味越加难以满足。甚至很多次，当王要强带我去到一处新的地方时，我竟然会说："这有什么意思？"

我的话使已经习惯了吹捧的王要强大为不满，他摆出了高深莫测的表情，逞强似的告诉我："我还有更有意思的地方，就怕你不敢去。"

从王要强说出这句话开始，我仿佛被施以魔咒，从此开始长达十几年,都听不得"怕你不敢"或"算你厉害"这样的激将法。当我拍着胸膛证明自己有胆量后,王要强拉住我的手,领着我走到了托儿所大门门口,兴奋地对我说:"走,我带你去大舞台!"说完,他向铁架门之外迈出了第一步,而被他拉着的我,仿佛也拥有了他的勇气,跟着往外迈出一步,踩入了托儿所外无边的混沌黑暗。

之后,两个孩子手拉着手,手心里的汗液也黏在一起,朝着黑暗的尽头,那清晰可见的光明行去。

越过漆黑的小街,我们走到了有路灯庇护的大道,看到了慢悠悠的汽车与行色匆匆的行人。而无论是汽车、行人抑或是我们,脚下踩着的都是被污脏沾染的白雪,轮胎与棉鞋也是一样的,前行时都会响起嘎吱碾压声。

我们走着走着,当眼中的景色变得陌生时,我对拉着我的朋友说:"我冷。"他松开我的手,告诉我:"你把手放到兜里。"然后抬起同样冻得红彤彤的手指向前方:"你看,那就是大舞台。"

王要强手指的方向是一处华美的幻境,那里有座宫殿般的建筑,不是古装电视剧那种,而是童话故事书里国王与公主生活的那种。这座宫殿门前,有一片广阔、干净、由亮砖铺砌的广场,广场的棚顶吊着晶莹闪亮的水晶灯。撑起这片晶莹天空的,是好多根碧玉般剔透的高耸圆柱,就像辛德瑞拉起舞的露台一样。我惊讶地看着眼前这些华丽的装饰,猜测《灰姑娘》的作者是否就生活在这里。

在我吃惊时,眼中看到同样场景的王要强跑了起来,他欢快地窜到大舞台之上,转身从容地向我挥手,像是在为我颁发来自梦幻国度的请帖。等我的脚也踩到铺满亮砖的广场上,头顶被晶莹的水晶灯映照时,王要强抬手指向大舞台的深处,兴奋地说:"你看那儿！"我再次顺着他的手看去，随即惊愕地用小手捂住了嘴巴，到这时我才知道，原来童话故事是真的。

大舞台的中央，匍匐着两头异域风情的石象，它们在看守一座旋转大门。透过旋转门旁边的水晶玻璃，我看到了白昼般明亮的宫殿内部，里面的华丽远比大舞台更甚，年幼的我哪怕穷尽词汇，也无法形容其中十分之一的美，宫殿中的每一处，都是童话绘本中都寻不见的景色。

我站在这片颠覆我认知的天地中，慌张地问王要强："咱们要怎么在这里玩？"

他没有立刻回答我，而是先绕着大舞台跑了一圈，等到再回到我面前时才喘着告诉我："想怎么玩就怎么玩，这里是最自由的！"

我兴奋地点头，便同王要强一样跑了起来，随即他撒开脚步追我，等追到我时，再用手拍我一下大喊："我碰到你了，该你抓我了！"我开心得不行，也学着去追逐他，同时我叫喊着问他："这是什么游戏？"他也喊着回答："瞎跑！"

已经忘了我们瞎跑了几轮，大概是在我发现自己的衬衣已经湿透时，王要强猛然停下脚步，如同自由化身的他，像一只被中断了嬉闹的宠物狗，浑身先一激灵，随后浑身紧绷地望向大舞台之外，那片丑陋漆黑的现实世界。

我朋友的怪异也打断了我的自由，当我喘着粗气来到他身边时，很清楚地听见他朝黑暗中喊了一声"爸"。

王要强的呼唤使我从梦幻国度中苏醒，这时我才发现，大舞台外的现实世界中凭空出现了许多东西。

那是一辆辆被称为"倒骑驴"的改装三轮车，由一张大板铺在前面，可以装货也能载人，车的把手座椅被安装在后面，长得挺怪的这种"倒骑驴"在工人家属区那片很常见，我曾跟随祖母乘着它，游遍了工人家属区几乎每一处地方。以前还我问过大人，为什么这种车叫"倒骑驴"，小凡舅爷告诉我，是因为驴跑后面拉车了。我没听懂，追问驴在哪儿呢。然后得到的答案是，骑车那个人就是驴。

而此刻，就在大舞台的水晶灯照射范围外，安静地停着几辆板车，其中有一辆板车的主人，他生得健硕、站得笔直，在暗黑中能一口气将烟头的火光抽得老长。等渐渐走近看得更清楚些，我发现这是一个长着络腮胡，相貌如同小人书中英雄好汉般的男人。这个男人，是王要强的父亲。

当王要强站到自己父亲面前时，他变了，变得如此胆怯、如此慌张，他的手紧紧与我相扣，手心里溢出了黏糊糊的汗，与曾经被他从晚班中拯救的我一般无二。当他的父亲用一口气抽完整整半根烟后，我的胳膊感受到了王要强的颤抖，他的手攥得更有力了，好像攥着救命稻草似的。扔掉烟头，男人终于说话了，但却是对向我，他问："你是王要强托儿所的小朋友？"

我点头，这个男人的声音很有力量，我看着他的络腮胡，感觉像是张飞在与我说话。他又问："你怎么和王要强跑出来的？你爸妈呢？"

听到他提起张秋与陈芙蓉，我的心情忽然沮丧起来，我想起就是这对狠心的父母把我扔到晚班，于是我告诉他："他们要八点以后才来接我。"

男人点点头，然后挥起粗厚的手拍了一下王要强的脑袋瓜子，他训斥自己的儿子："你个小逼崽子胆真肥，还他妈地敢拐别人和你一起偷跑，要出点啥事咋整？再说我和你说过多少回，不让你往这儿跑！不让你往这儿跑！以前没因为这事揍过你？光他妈记吃不记打啊?"

男人训斥时,我斜眼瞄向王要强,他已不光是发抖了,通红的眼圈更在硬憋着什么。而我忽然感觉自己是个罪大恶极的人,如果不是我,王要强根本不用被这个粗犷的汉子训斥。但可惜的是,我的愧疚并不能使我鼓起勇气为我的朋友辩护,毕竟他的父亲像张飞一般壮硕,而我,只是个连王要强都不如的胆小鬼。

就在我惭愧到心中发扭时,王要强的父亲叹息一声,他没再继续恐吓自己的儿子,而是转身骑上板车,用脚将板仓踢得砰砰作响,对我俩说:"上来,送你俩回托儿所。"

男人说完话,古怪的事也在这时发生,就在前一秒,我还是一个不敢为朋友出头的胆小鬼,可当听到自己要被送回幼儿园时,勇气却从颤抖的心脏中迸发出来。我站出来告诉男人,托儿所锁门了,现在回不去了,必须要到八点,我的父母才会在门口等我。

说完我看着男人的双眼,与朋友紧握的手,又变成是我的手心溢出汗液了。是的,我又撒谎了,自从与王要强"不打不相识"开始,我变得越来越擅长用谎言达成自己的诉求。而此刻男人的反应,则成了我精通谎言之道的催化剂,他在与我对视几秒之后,选择相信了我。

王要强的父亲又叹了口气,他想了会儿问道:"你俩疯跑这么久,饿不?"

我与王要强同时点头。男人向旁边不远处一指,我惊奇地发现,就在我在梦幻世界游戏时,那里竟然凭空多出一处面摊,而且煮面的大桶已经烧得滚滚冒烟了。

当我与我的朋友在面摊坐稳,没过太久,老板端来了三碗面条,两碗有肉片,一碗没有。看着桌子上的面条,我担心起没有肉那碗面的归属。作为外人,我知道自己不配吃有肉的那碗,但作为一个已经饥肠辘辘的孩子,我想吃肉。于是我决定告诉男人,让他再换一碗带肉的,之后陈芙蓉会把钱还给他的。可还没等我想好怎么措辞说出需求,男人却把烟头一扔,用粗黑的大手将两碗肉面推了过来,分给我和他的儿子,然后将把没肉的那碗拉到自己面前,往里面狠狠地倒了好多醋,更泼了两勺辣椒。

他的举动令我放心下来,我知道,既然在没肉的那碗里放了辣椒,就说明他不会把那碗面给小孩吃了。更令人安心的是,男人重新料理完没肉的面后,粗声对我们说:"赶紧吃,大冬天的一会儿全凉了!"

多少年以后的今天,我早已不记得这碗面花了多少钱,却对它的味道记得极其深刻,毫不夸张地说,这是我人生中吃过滋味最足的一碗面。

是的,我对它的形容词是"滋味最足",并不是最好吃、最美味。它清澈得连油花都见不到的面汤,鲜美到令口腔止不住地分泌唾液,以至于让我以为自己能变成《葫芦娃》中喷水的水娃。当滑溜溜的面条裹挟着汤汁时,嘴巴便再停不下来了,非得把碗中所有面条都吸干净,再把面汤喝净才罢休。在我把空碗放下的那一刹那,这碗不知名更不知价钱的清汤肉面,便成了我人生中对于面条的参考标签,可惜的是在此后的人生中,无论是华北的炸酱面、西北的臊子面、新疆的拉条面、华东的葱油面、广东的云吞面,甚至浓油重口的川渝系小面,滋味都远远不及这碗不知名的面条。

当我从味觉的震撼中苏醒过来时,王要强的父亲正在眯着眼抽烟,他看到我的空碗,眼中带有些许惊讶,笑呵呵地粗声赞许:"这小伙子,真能吃。"

对于已经听过《水浒传》的我,"能吃"无疑是种高规格的赞美,尤其这赞美是出自一个长着络腮胡,如同"好汉"般的壮硕男人时,我更有种自己成了梁山好汉的错觉。于是本着英雄惜英雄的理，我也对男人夸赞道："你也很能吃，而且比我吃得还快。"

男人哈哈笑着弹飞烟头，抬手间十分利落潇洒，粗壮的手指几乎将烟头弹到汽车行驶的马路上，但他的表情仍是风轻云淡，好像这是件不值一提的小事。他指着我面前的空碗告诉我："像这样的面，我敞开了一顿能吃五碗。"

男人的话令我惊讶得张开了嘴，如同第一次听到武松吃了四斤牛肉时一样。看着男人孔武不乏从容的样子，我由衷觉得，王要强的父亲要比我的父亲厉害多了。

我面前这个别人的父亲，是一位英雄好汉。他又高又大，壮得像一座小山，举手投足间仿佛有使不完的力气，还骑着宽大的板车，更别提他一顿能吃五碗面条。而张秋，他怎么看都是一个瘦弱书生，没有人家高也没有人家壮，脸上还戴着一副老厚的眼镜，平时干过最豪气的事，也不过是逞强多喝二两酒，就这样，回家时还会对着陈芙蓉撒酒疯。张秋的好，只有他肚子里那些数不清的故事，但一个会讲故事的说书人，哪有真实摆在眼前的英雄好汉有魅力？

我怀着羡慕看向王要强，他还没吃完自己的面，这会儿正扬着脑袋望向远处，看起来不太享受面前富有滋味的美食。他的父亲见状抬起粗手扫了一下他的脑袋，语气佯怒催促他快点吃。然而王要强只是低下头，糊弄地往嘴里挑了几根面条，余光还在往远处瞟，样子有些贼眉鼠眼，完全不像他英雄好汉般的父亲。

看着我的朋友，我心中涌起了些许不甘，觉得他不配拥有这样的父亲。于是我似争宠一般主动与他的父亲搭话，对男人询问："你有多少力气？"

听到问题男人露出笑容，他指着面摊外的"倒骑驴"，说把车举起来都不费劲,然后得意地拱起胳膊,棉衣袖子里顿时立起一座小山丘。看着这魔术般的场景,我兴奋得拍手叫好,心中确定,王要强的父亲果然是英雄好汉,他和小人书里的好汉一样,都有硬邦邦的肌肉。而张秋的胳膊就不是,细得只剩下长着疙瘩的皮。我又问他:"怎么才能像你这么有力气?"他教导我:"多吃饭,多干活,多睡觉!"我又啪啪拍手,仿佛掌握了人生最重要的秘密。

而正在我试图更加深入了解这个男人时,王要强忽然打断了我俩,他似乎是嫉妒了,插话对我说:"张自民你听,好像有人在叫你。"我摇摇头,表示自己什么都没听见。他放下筷子,伸手把我的棉帽子往上一提,使我的耳朵露了出来,告诉我:"你再听!"然后不光是我,就连王要强的父亲都听到了呼喊,那是好多越来越近的声音,他们在喊:"张自民。"

当我顺着声音看到许多慌乱的人影时,耳边听到的是王要强父亲的骂声,他拍自己的手表愤道:"破玩意儿又跳字!"

被男人带出面摊时,我见到了陈芙蓉、张秋、胡老师,还有两个陈芙蓉的手下与一个警察。陈芙蓉是第一个看见我的,在短暂的恍惚后,她向我冲了过来,紧紧抱住我,仿佛我是世界上最重要的宝藏。只是她还没抱太久,便挥起胳膊在我屁股上狠狠地打了几下,然后泛着哭音骂我是个臭孩子。

这是陈芙蓉第一次动手打我,可我却一点都不害怕,毕竟棉裤很厚,她又是个没力气的女人,打那两下根本算不上疼。我反倒好奇,打人骂人的都是她,怎么偏偏哭的也是她。王要强的父亲迎上张秋,他掏出烟递了过去,张秋推开,从兜里翻出自己的烟反递回去,接着两个男人一边抽烟一边说着我在这里的原因。但反常的是,男人与张秋只聊了两三句,就变得不再像英雄好汉了。

王要强的父亲,胳膊能拱起小山丘的男人,在张秋面前渐渐变得畏惧起来。他明明比张秋要高整一个头,却弓着背与张秋说话,语气也是软软的,脸上笑呵呵的像个傻瓜。尤其在张秋送走了那个与他称兄道弟的警察后,王要强的父亲更是点头哈腰不断,警察都走了,他还对着人家的背影频频点头哈腰。

男人的举止令我大失所望,看着他,挨打都没哭的我,鼻头竟然阵阵发酸。我想不明白,他明明那么有力量,还豪爽地请我吃了带肉的面条,为何要对张秋如此作态?我难过起来,心中开始同情起王要强,我想他一定比我还难过,看到自己的父亲在张秋那样弱小的男人面前卑躬屈膝。可当我看向我的朋友时,却发现他目光的方向仍然停留在刚才吃面时注视的方向,那仿佛梦幻国度般的大舞台。

我走过去,拉住王要强的手,望向与他相同的方向,然后我听见他轻唤了一声,"妈"。

王要强的声音很轻很轻,在这吵闹的冬夜,我相信只有我一个人听到了他的呼唤。然而我错了,王要强的父亲,正在笑呵呵与张秋说话的男人,在这一瞬间打了个激灵,而后好端端的一个人,发疯似的爆发出怒吼。当我转头看去,明显也被吓了一跳的张秋正愣在原地,而男人则瞪着眼冲到他儿子面前,紧接着便是一手沉重的耳搂子。

耳搂,不是耳光,没有耳光响亮,力道却是更重,重到王要强整个人被"搂"翻在地。可令人惊讶的是,我的朋友竟然没有哭泣,他爬了起来,目光仍停留在大舞台的方向,毫不理会身后凶神恶煞的父亲。同在这时,我看到张秋的脸色开始不对了,像是撞见什么难为情的事情。陈芙蓉的眼神更古怪,她表情虽然没有明显变化,却总给人一种鄙夷与轻蔑的感觉,以至于在这一瞬间,我感觉自己的母亲是一个恶毒的坏女人。

而无论是发怒、难为情、鄙夷，抑或是面无表情，在所有人中，最可怜的当属我的朋友王要强。他的父亲刚给了他一个耳搂，紧接着又用能扛起板车的力气将他拎了起来。这时，男人不再卑躬屈膝，脸上更没有了赔笑，他面无表情地略过了张秋、略过了胡老师，甚至没管他气派的板车，他只拎着自己的儿子越过所有人，默默地走向更远处，那片没有路灯照射的小巷，并边走边粗声恐吓王要强："看老子不把你嘴撕了！"声音洪亮，真像是一位好汉。

男人的离开使冬夜安静下来，张秋显得有些垂头丧气，陈芙蓉也早就收回了目光。此刻她正在看着张秋，趾高气扬的，嘴角还挂着与神态相匹配的浅笑。她轻飘飘地对两个陌生的叔叔交代道："王，你先开车送胡老师回家，然后小李你追过去，买点水果给那个小朋友的爸爸带上。"

两名叔叔点头，随后陪着一口一句"不用"的胡老师离开这里。而直到这时，我才有心思看向远方的大舞台，目睹我朋友眼中的景色。

在那片宛如梦幻国度般的仙境，有一位公主被人抱在怀中，两个人都笑着，每当男人的手摸到公主的屁股上，公主便会奖励男人一个吻。与我同时望向那里的，还有在舞台之下潜伏的板车骑手们，他们有的趴在车把手上、有的坐在板仓中，唯一相似的是，每个人嘴里都叼着烟，眯着的眼睛一闪一闪的，有些凶、有些瘆人，仿佛一把随时会杀人的刀。这时，我开始害怕了，于是对陈芙蓉说："妈，我要回家，我不想再上晚班了。"

陈芙蓉把我抱了起来，她向我承诺："好儿子，咱以后再也不上晚班了！一会儿妈妈给你一个大惊喜。"

听到惊喜我又开心起来，但陈芙蓉却一直卖关子逗我，直到一辆黑色的小轿车在我们面前停下，陈芙蓉笑着问我："想不想坐小轿车？"我开心地说想，陈芙蓉拉开车门对我说："以后咱们天天坐小轿车。"说完她回头瞥了一眼张秋，轻声道："小李可会办事了，放心吧。"

张秋点头上车，然后透过车窗看向那群板车师傅，从此直到小轿车给我们送到家，他的脸一次都没有转回来过，全不知道在和谁闹情绪。

在我对"永远"没有清楚概念的年纪，常常会用它许诺很多期限性的事物。比如与王要强那则永远不哭的约定，又比如我相信与他的友情将要持续到永远。但事实上，自那个梦幻般的冬夜之后，我便再也没见过我的朋友了。

经过大舞台的事，陈芙蓉与张秋决定暂时不让我去托儿所了。而是把我扔到祖父母家，等到周五晚上再接我回到他们的家。

起初我是对这个决定感到高兴的，我喜欢工人家属区的一切，那里没有恐惧与限制，到处都是自由，还有数不尽的小人书与我的"小叔"非凡。但等我又看完了更多故事，已经准备好与我的好朋友王要强分享时，陈芙蓉却告诉我，托儿所关门了，以后我再也不会去那里了。

我问她："那王要强呢？"

她答我："以后你会有新的朋友，更好、更优秀的朋友。"

我追问她："那王要强呢？"

她再答我："你永远都见不到王要强了。"

听到答案我立刻号啕大哭，而万幸那时的我对"永远"仍没有清楚概念，当陈芙蓉如约拿出送给我的礼物后，我立刻止住哭泣。这是一辆遥控汽车，它要比四驱车还好，不但能在路上奔驰，而且还能受我操控。

遥控汽车带来的喜悦冲散了忧伤，从此王要强的身影在我心中渐渐淡去，他的名字也渐渐在我口中消失不见，直到我彻底忘记了这个人。

直到未来，当我也步入其他城市的"梦幻大舞台"时，才想起似乎在儿时，我有一个记不清名字的好朋友。

是的，王要强的名字不叫"王要强"，"王要强"三个字，只是一个被杜撰出的，我自以为滑稽的名字。

现实是，我早已在不知不觉间忘记了这位朋友的名字。到这时，陈芙蓉的谶言完美应验，我永远都见不到王要强了，哪怕他从我身边走过，我也再认不出这个人，曾是我最好的朋友。

第四章

I

在又住到祖母家的这段时光，我只有周五的晚上才能见到张秋与陈芙蓉，然后与这对夫妻回到他们的家，一直待到周日晚上，他们再将我送回祖母家。

偶尔，他们在工作日的晚上也会来祖母家，有时吃饭有时不吃，但无论吃与不吃，两人都会一直纠缠在我身边，有些令人厌烦。

我不总能见到自己父母的这段日子，张秋与陈芙蓉变得越发要好起来，甚至有些夫唱妇随的意味。那是在外面的积雪厚到看不清路面的月份，每次吃饭，张秋都会讲德国人的事。而无论张秋具体说什么，陈芙蓉都要在旁边附和吹捧。

工作日的晚上，张秋告诉祖父母："大工厂的人才太少，懂技术的不懂管理、懂管理的不懂技术，现在德国人来了更麻烦，又得懂外交了。"

陈芙蓉点头赞同："现在厂里就看咱家张秋了，有基层经验懂技术，大学生又懂管理，还会说英语。这可是个省级大项目，就像给咱家张秋量身定做似的。"

周末与朋友喝酒时，张秋会给他的上流友人深刻讲解："德国是个特殊的国家，是发达国家中少见的，有社会主义时期经历记忆的国家。因此，他们对相同体制国家的国情更加了解，也更加同情。这次项目弄好了，不但能改变大工厂现有的困境，对本市的社会经济都有明显促进作用。"

陈芙蓉立刻接话："机关里都传开了，这个项目只要一落地，马上就往省里报，当典型研究材料对待。"

家族聚会时，张秋用筷子指着红烧肘子笑呵呵逗闷子："德国人就爱吃肘子，但他们那人种又聪明又傻的，干什么事都一根筋，只会把肘子腌完烤着吃，腥了吧唧还当个宝。酸菜他们也吃，可还是不会做，要么白水煮，要么干炒，然后和蒸土豆拌在一起吃。"

陈芙蓉笑呵呵地捧着问："对了，这马上圣诞节了，市里今年打算在新百货试办圣诞卖场，你没事带德国专家出来逛逛，圣诞节他们懂，让他们提提指导意见。"

一直到十二月初，他们两个的一唱一和才戛然而止。那是一个工作日的晚上，张秋意外早早回到祖母家，人显得没什么精神。等到陈芙蓉回来才知道，原来大工厂从省城请了个德语翻译，只会英语的张秋变得没那么重要了。

得知这件事后，陈芙蓉远比张秋还要气愤，她以从未在祖母家发出过的高声调愤慨，痛斥大工厂没有远见，这么大的项目不培养自己厂里的年轻才俊，找一个翻译过来顶事。祖母被儿媳的嗓门吓了一跳，但听出来是在替自己儿子鸣不平后，也没有说什么，只是有些惆怅地又回了厨房，给张秋添了一道凉菜。

那天晚上陈芙蓉与张秋走后，祖母问我："你妈现在怎么一惊一乍的，在家时也这样？"我告诉祖母没有，反倒是张秋整天冷不丁喊一声"臭脚"。祖母听后莫名其妙地说了句没头没尾的话："你妈现在倒是越来越有出息了。"

之后的几天，除了在陈芙蓉面前，祖母的脸上总是挂着淡淡失神，晚上看电视剧时，还总冷不丁开口点评剧中的女角色。她会板起脸,嘴角却稍稍上扬说这个谁谁谁贤惠,别看出身不好,但知礼谦让是个好样的。过会儿又嚼着牙根,使声音从鼻子挤出来,骂那个谁谁谁招摇,别看是个大小姐,但太过嚣张准没有好下场。

祖母的剧评人工作干了快两周,直到某天,她儿子再次变得神采奕奕。那是一个周五,回家时张秋手里拎了一袋熟食,还要求祖母晚上拌个凉菜。祖母训他大冬天吃什么凉菜,"胃还要不要了?"张秋说他要喝酒。祖母看出这是有好事了,可刚问两句,张秋便懒散地摆摆手,笑呵呵地催促他的母亲赶紧做饭。

一到晚饭,等陈芙蓉也坐到饭桌前,张秋才慢悠悠地公布了他的好事。现在,他又是德国项目的负责人了,而且那个省城来的德语翻译,以后还要在他手底下干活。他说完,还是陈芙蓉第一个跳出来帮腔,这个女人竟然离奇地给自己丈夫倒了杯酒,同时用她那高亢的声线说道:"就该这样,光会语言有什么!懂技术上的事么?懂大工厂的内部情况么?竟瞎安排,最后怎么样,不还得是你上?"

这次,祖母没有被陈芙蓉吓一跳,反而治好了失神病,往后也不再品评电视中那些男欢女爱的无聊事了。

2

我是一九九一年十二月二十五日出生的,在我四周岁这年,一个满身大红色的蠢老头从天而降,将我的生日剥夺了。

一九九四年十二月末,陈芙蓉几乎每天都会给我讲一遍圣诞节的故事,而且每次讲故事时,剧情与设定都会变得不一样。

最初一个版本，说是西方有位叫圣诞老人的神仙，这圣诞老人有一本小册子，里面记录着全世界孩子的名字。只要我一整年都当个听话的好孩子，等到十二月二十五日的午夜，圣诞老人便降临人间，趁我睡觉时将礼物放在我的枕边。

初次听到这个故事时，我心中只感觉到一阵轻松。我庆幸自己的生日与圣诞老人下凡是一天，这意味着，就算我不是听话的好孩子，最终也能在这天得到礼物。无非就是礼物，圣诞礼物与生日礼物没有什么区别。

但这时我还太年幼，不清楚成年人的险恶。当我兴奋地把自己的结论分享给陈芙蓉后，她却说，如果我不是听话的好孩子，别说圣诞礼物，就连生日礼物也没有了。我问为什么，于是圣诞老人的故事又有了新的剧情设定。陈芙蓉告诉我，圣诞老人小本子有魔力，如果我不听话，他非但不送我圣诞礼物，还会拿走我的生日礼物。

听到两个版本的故事后，我陷入了长达一天的思考，在下一次陈芙蓉光临祖母家时，我提出了解决办法，告诉她，我们可以把生日礼物先藏起来，等到天亮时再拿出来。然后陈芙蓉笑呵呵地抱起我，用最幸福的表情、最温柔的语气，对我讲了圣诞故事中最恐怖的第三个版本。

她告诉我，没用的，圣诞老人有魔法，无论礼物藏在哪里他都知道，只要我不听话，这位白胡子老神仙终归会把礼物收走的。

我问她：把礼物藏柜子呢？陈芙蓉摇头，说圣诞老人知道，一打开就行。我又问她：把礼物藏在沙发底下？她摇头，说圣诞老人也知道，轻轻一抬就把礼物拿走了。这下我犯了难，想了好一阵才再次对陈芙蓉开口，我告诉她，可以把礼物藏在被窝里，这样圣诞老人来偷礼物时，她和张秋就能知道了。陈芙蓉还是摇摇头，这时她似乎对一问一答乏味了，于是反问我："你见过妈妈单位的保险柜么？"

我点头回答："可结实了，要不知道密码，就连警察拿大炮都打不开。"然后陈芙蓉说："就算把礼物放在保险柜里，圣诞老人也能取出来。别忘了，圣诞老人有魔法。"

我的母亲自以为完美解答了问题，而我的恐惧却清晰起来。通过种种描述，一个可怕的真相呼之欲出。在我生日那天的午夜，有一个身穿红衣的老头会凭空降临在我的家，然后这个打扮像喜气鬼一样的老怪物，会阴恻恻地从口袋里掏出一册小本子，并狰狞地从中寻找我的名字。如果我的名字不在那里，他便会偷走我的礼物，就算报警拿大炮轰也阻止不了。

想象中的画面完全丰满后，我痛哭不止，对陈芙蓉央求道："我要去拜观音菩萨。"陈芙蓉被我搞了个没头脑，她问我为什么要拜菩萨，我告诉她："抓鬼。"

生日临近的这段日子，每一天我都备受煎熬，一开始我想的是抵御圣诞老人的对策，比如每天下午对着太阳落山的地方下跪，祈求那里有位神仙佛祖帮忙。

过了二十号，没有得到任何大能回应的我越发焦急，每天都担心圣诞老人会提早到来。而随着最终日期的逼近，恐惧也开始异化，圣诞老人从一个会偷走生日礼物的鬼，变成了会在夜晚杀人的恶魔。甚至在梦中，我预言般见到了这样的场景，躲在保险柜中我的自己，被圣诞老人隔空用魔法杀死，然后这个老魔物阴恻恻地说："以后再也不用来看这小孩了。"

我的恐惧一直持续到十二月二十二日。那天，我本来想问陈芙蓉，孙悟空能不能打过圣诞老人，但因一名叫"王洋"的男人造访，我的母亲以后永远都不用再忍受我的叨扰了。

王洋是从秋天开始担任陈芙蓉的秘书的,当他在我的生活中出现后,这个年纪与陈芙蓉差不多大,皮肤白净,和张秋一样戴了副文质彬彬的眼镜的男人,一定程度上成了陈芙蓉的代言人。

我还在托儿所那会儿,有时是他来接我,每当胡老师表扬我,他会原封不动转述给陈芙蓉,而很偶尔的批评,则帮我隐瞒下来,并向我承诺会替我保密。后来我离开托儿所住到祖母家,这个男人仍然频繁参与着我的生活,几乎每周都带着各种礼盒与柴米油盐光临,然后坐到沙发上陪祖母聊会儿天,讲讲陈芙蓉和张秋最近都在忙些什么。

王洋与我家过于密切的来往,使我在那段时间把他也当成了亲人,并且在"和谁最好"的排名中留了位置给他。而这种关系,与我对待陈芙蓉身边另一个陌生人——司机"小李"形成鲜明对比。

二十二日这天,王洋又在中午来到祖母家,手里依旧提着很多礼物,豆油、大米、熟食、带鱼,那么多的东西,每次我都很惊奇是瘦弱的他独自搬上来的。但对这天的我来说,并不关心王洋是否隐藏了他的肌肉,更别提那些与我毫无关系的柴米油盐。我在男人带来的礼物中看到了一件东西,那是电视动画片一模一样的装甲战士。

从有具体记忆开始,陈芙蓉就一直教导我要矜持。所谓矜持,就是遇到喜欢吃的不能一直吃,遇到喜欢的玩的不能磨人要。在看到装甲战士的那一刻,陈芙蓉的教育成功了,哪怕我的心脏正在怦怦乱跳,但我仍然平静地走到王洋身边,指着玩具告诉他:"你很有眼光,这是在人民商店买的吧?"

王洋笑着低头,却没有把玩具交给我,他说:"错了,不是在人民商店买的。"

听到他的话,我不再看这个笑嘻嘻的男人,而是拱起眉头装出一副专家的样子凑到玩具前面，然后严肃地摇摇头，告诉他："不可能，这商标、这包装都有镭射认证，这肯定是正版的，只有人民商店才有卖正版的。"说完，我指尖轻点在玩具包装上，这样就不会显得是我想要装甲战士，触碰玩具只是在帮王洋验明真假而已。

在我穷尽心计时，王洋仍然笑嘻嘻的，他没有把玩具给我，但也没有收起玩具使我彻底死心，他只是告诉我，这个玩具是在远东百货买的，远东百货是比人民商店更好的商场。听后，我的手仍放在玩具上，同时装模作样地点点头，学了陈芙蓉三分工作时的样子评价道："远东百货也很不错嘛。"

说完话，我忽然想到一条绝妙的计谋，绝对能瞬间确定这个玩具的归属，于是我又对王洋说："以后让我妈也带我去远东百货，就买和你这个一模一样的装甲战士。"然后我的手终于离开了玩具包装盒，抬头看向笑嘻嘻的男人。随后情节的发展完全如我所料，王洋就像我想的那样，乖乖交代了变形金刚的所属权。他将玩具亲手交给我，并说道："可别买一样的，我这个买来就是送给你的，喜不喜欢？"

玩具确定属于我的这一刹那，我尚未完全发育的大脑第一次感受到清明的力量，思维也在心脏的剧烈跳动催促下变得活跃。当我撕开玩具包装的那一瞬间，装甲战士就不再只是一个玩具了。它宣誓着我在现实世界中，彻底战胜了可怕的圣诞老人。从此，他再也不能夺走我的玩具，抑或是在梦中杀了我。还有，我成功算计了大人。

而同时，从王洋身上获取的胜利，使我陷入盲目的骄傲自满。稚嫩的我根本没有意识到，自己与圣诞老人的矛盾是不可调和的。至少，一个玩具远远不能。

3

十二月二十四日是个周六,我在陈芙蓉与张秋的家里醒来。

这天刚起床,陈芙蓉就开始打扮我。她从我从未见过的彩色硬纸袋子中拿出许多件衣服,然后没完没了地让我换上再脱下。一共三套,陈芙蓉让我来回换了七八回,结果累了半天,选的还是最初那身黑色的小西装。可当我以为这就是结束时,陈芙蓉又在外套上纠结起来。好在张秋在这时开口帮我解围,他说西服不能配棉袄,陈芙蓉这才选定一件白色风衣当作我冬天的外套。到这时,早已饥肠辘辘的我才终于被允许吃饭。

逼完我无休止地换衣服,陈芙蓉便对我失去了兴趣,开始去纠缠张秋,要丈夫传授英语。她的野心极大,并不满足于简单的"你好""谢谢""再见",事实上这些常用语,她早不知什么时候就已经学会了。陈芙蓉的学习要求是一句完整、有水平有内涵、大气的英语句子。

张秋经过深思熟虑,凝重地在笔记本上写下一句英文。

"Welcome to Northeast China, This is a beautiful place with a kind and hospitable people."

可陈芙蓉无论如何都记不住"hospitable"这个词,张秋便把这个词删了,还贴心地在这串英文下写了中文注释。

"歪儿坑母兔闹一斯特蹿哪……"

之后整个下午,陈芙蓉都在念叨这句魔咒一般的话,偶尔张秋会点拨她:"再加点语调,扭一点。"

这对夫妻俩一直学习到下午,直到门铃摁响,陈芙蓉停止念叨,转而迅速为我换上早晨就准备好的黑西服、白风衣。然后张秋打开门，如同抱炸药包似的将我塞入怀中，飞奔向楼下的小轿车。待陈芙蓉也慢慢悠悠下楼，司机小李开着温暖的小轿车，载着我的父母还有王洋飞奔而去。这时，天也暗了下来。

由于这段时间我一直待在祖母家的工人家属区，导致我没发现在这短短的一个冬天，城市很多地方都变得不一样了。

陈芙蓉的专属小汽车行驶在灯光明亮的大道上，幼小的我刚好可以站着趴到车窗边，观赏窗外的一切美景。随着窗外小轿车变多，越来越多的路灯被绑上红与绿交织的彩灯绳，被雪盖成馒头似的丛木上，也披着红绿两色的灯带。很多店面的门前，还放有能在冬天也保持绿色的闪亮树木，又因这些树木发出的灯光，我看到了好多红帽子老头，每一个都乐呵呵的。

我问张秋，为什么这些树木在冬天还是绿色的。张秋告诉我，因为那是塑料做的。我又问什么是塑料，他又答："就是假的。"

当轿车停下，我看到了这一路上最惊讶的景色——光海。那是无尽的红绿闪烁，交织于黑色天空与白色大地之上。光芒最盛处，是我面前这栋高到数不清层数的大楼，它犹如北欧神话中连通诸界的圣树，伫立于人间与天堂之间。这棵万丈圣树披着玻璃的钢筋树干，也在闪烁红绿光芒。那光芒太过耀眼，仿佛能融化人间的雪，照亮天堂的星。

在我惊叹于这宛如神迹的建筑时，张秋打开车门，将我又塞入他的棉衣里，然后与陈芙蓉并肩走向这栋建筑，这时我开始兴奋，甚至感到幸福。这种令人愉悦的情绪，并不因我具体得到了什么东西，而是在于我觉得自己与这栋大楼发生了联系。

张秋的脚步很快，使我错过了路上的许多风景，但在我们穿越大楼的玻璃旋转门之后，一切错过的风景都不重要了，因我又目睹了奇迹般的景色。

去过无数次人民商场的我很清楚，自己此刻正身处在一处商场中，可我所知道的也就仅限于此了。这座新商场有太多前所未见的事物了，一眼望不到尽头的广场，透明的玻璃棚顶，有假山、喷泉、巨型彩色滑梯，还有这一路上我见过的最高最粗的发光假树。而这还只是第一层，难以想象我头顶上的那许多倍空间还藏着些什么。

在我吃惊时，张秋悄然离开，换成王洋站到我身边，他笑嘻嘻地说："这就是远东百货，我送你的玩具就是在六层买的，六层一整层都是卖玩具的。"我惊讶地问他："一整层有多大？"他答我："快和整栋人民商场差不多大了。"

王洋的回答启发了我最初的抽象思维，多亏了他，几何一直是我未来学生时期的强项。想清楚"一层"和"一栋"差不多大是什么概念后，我感慨："远东百货可真厉害，是谁建造了它？"王洋抬手指向不远处，我看到了一个身穿貂皮大衣的男人走向陈芙蓉，王洋告诉我："陈斌，远东贸易集团的老总。"

其实，王洋并没有很好回答我的问题，我想知道的是谁、用什么样的神奇办法，建造了这栋天堂一般的远东百货，就像我知道房子是工人叔叔用砖盖的那样。

然而，今晚的世界不再以我为中心了，当那个叫"陈斌"的男人出现后，王洋便不再有耐心回答我的问题。他拉着我快步走到陈芙蓉身边，向身穿貂皮的老总问好，但这位老总似乎对我更有兴趣，他冷不丁把我抱了起来，夸张惊讶地向陈芙蓉发问："哎呀领导，这是你家小公子啊，都这老大了？"

男人的称呼令我想笑，在此之前，除了演员都是长头发的电视剧，我从没听过哪个活生生的人用"小公子"形容别人。而陈芙蓉似乎对没感觉这个称呼哪里奇怪，她只笑着要我叫叔叔。

大多数时候我是听话的，在喊了一声"叔叔好"后，奇怪的男人抬手指向天空，不知道对谁交代道："带小公子去六楼，随便拿！"已经知道六楼有什么的我心中雀跃，但陈芙蓉却从男人手中夺过了我，并告诉对方，别说送，就是让她花钱买都不行，她是最不惯孩子的人。

　　陈芙蓉的话令我感到困惑，她话里的意思听着像是在说"买"要比"送"更好，而这显然是没道理的。不过，这时的我已顾不得细想其中原因，而是抬起头看向陈斌，期望他能辩驳两句，说服陈芙蓉同意我去六层拿玩具。然而这个大方的老总却在这时变得失忆起来，他的目光再也没有落在我身上哪怕一秒，而是投向陈芙蓉身后，咧着嘴对陈芙蓉道："哎呀，领导，你家的高才生终于来了！"

　　张秋重新出现在我的视野中时，身后多出了四个人，其中一个同样戴着眼镜的青年被我自动过滤掉，只因另外三个人实在太过显眼了。这是三个与我、陈芙蓉、张秋是完全不一样的人，三个人两瘦一胖，个头和张秋都差不多，但皮肤却白得吓人，鼻子硕大，头发也不是黑的。尽管陈芙蓉提前说过，今晚会有"外宾"到场，但他们带给我的震撼，无异于几年之后我近距离看到一种名叫"科莫多龙"的蜥蜴。

　　当这三名外宾到场后，与我同样惊讶的还有无数陌生人。他们停下脚步，或说是佯装停下脚步，实际上却在影影绰绰地接近外宾，每个人的目光都毫无避讳地投射到三张大白脸上。

　　随着围上来的人越来越多，我听到了人们的讨论，男人说这应该是美国人，女人说应该是英国人，老头说是苏联人，老太太说这肯定不是日本人。

　　当王洋扫开一条通路后，陈芙蓉第一个迎到外宾面前，然后张秋开口叽里咕噜说起鸟语,三名外国人异口同声说了句"泥猴",只有那名被我忽略的眼镜青年叫了声"嫂子"。

陈芙蓉点点头,微笑着向四位客人伸出手,每握一次手,就要念一遍下午时苦练的咒语,"歪儿坑母……"就连对那个喊"嫂子"的眼镜青年也不例外。当她给每个人都下完咒,大老板陈斌忽然出现,咋咋呼呼地开始给大家排队。

陈斌嘴里念着"哈喽""山丘",把三名外宾排在最中央,叫着"领导"与"大才子",将我的父母安排在了外宾左边,他自己则站在外宾右边,嚷着让王洋与那名连自己名字都没来得及介绍的眼镜青年站最外面。待他安排完,有人拿着照相机从人群中杀出,对准我们一通快门闪光。整个流程快得令人猝不及防,就在张秋的朋友们莫名其妙向他询问时,陈斌招呼起大家:"各位高朋好友,请移步到咱们市唯一的商务级西餐厅,香榭丽舍大饭店,圣诞晚宴即将开始。"

陈斌说完,不知从哪里窜出一帮统一穿着红布裙子的姐姐,她们用黑色舞蹈鞋在地砖上踩出整齐的脆响,高声重复呐喊:"奶思兔迷油,欢迎光临。"同时,那些刚哑火没多久的快门再度噼啪乱响。

在我经历这乱七八糟的一切时,陈芙蓉远远地离开我,与陈斌并排走在最前面,王洋跟在两人后面。张秋也顾不上我,他正在红着脸与三名外宾说话,感觉有些难堪的样子。这时,一只手摁到了我的脑袋上,是那名被我忽视的眼镜青年,他说:"别走丢了。"

后来知道,眼镜青年就是省城来的德语翻译,我不知道他叫什么名字,也没必要知道。在我的生活中,他是个太无足轻重的人了,就像陈芙蓉对待他的态度那样无所谓。但在那晚,他却是张秋最好的朋友。

在昏暗的西餐厅中，张秋对他侃侃而谈："香榭丽舍大饭店不是我们市第一家西餐厅，早在五几年，我们市就有很多家卖焖罐牛肉的俄餐了。包括现在也是，国营的解放大饭店、红星大饭店都能做俄餐。"

作为省城来的德语翻译，眼镜青年是见过大世面的，他赞同张秋的话，并说道："而且西餐厅这个称呼也不对，正经的外国餐厅要分法餐、俄餐、德餐、英国餐，彼此之间区别是很大的。"说着他翻开菜单，找到锅包肉那页，啼笑皆非地继续说："你看看，这成什么了，牛扒、炸鸡、自助餐，还能点锅包肉，这叫什么啊？"

两个男人碎言碎语时，我正在观察这间餐厅。其实我是见过世面的，我每个月都会跟父母去那些开在大道上的高级饭店吃饭，但那些饭店中，没有一家像香榭丽舍大饭店这样灯光昏暗，更别提与其他饭店天差地别的装修风格。就比如此刻陈芙蓉与外宾所在的那个舞台。

香榭丽舍大饭店有一片舞台，舞台被彩色灯光照耀着，上面放着音响与麦克风，就像电视里的晚会现场似的。自从进到这里，陈芙蓉就与三个外宾在上面拍照，足可见他们是多喜欢这里，如此便证明，香榭丽舍大饭店没有张秋与他的朋友说得那么差劲，就算他们都会说外语，但到底不是外国人。

等陈芙蓉与外宾们回来，陈斌已经走了，同时穿着红布裙子的服务员姐姐开始上菜，没过一会儿桌上就堆满了各种样式新奇的美食，有整只被端上来的鸡，有名叫汉堡包的夹肉面包，还有提前就分到盘子里每人一份的牛排，每端上来一份，张秋就得告诉我这是什么。但我其实是见过这些食物的，就在陈芙蓉给我买的硬皮童话绘本中，这满桌饭菜最少有一半，在《卖火柴的小姑娘》的故事中都有画过，只不过我与那个小姑娘一样，都没有吃过就是了。

　　常理说，好看的东西必然不会难吃，以前在看童话时，就对画本中那丰盛的富人美食垂涎三尺，如今入口，味道果然没有辜负我的期望，种种味道虽然新奇，但每种食物都非常可口。味觉带来的刺激加速了大脑多巴胺的分泌，我开始感觉到幸福。这时我看向我的父母，刚过完三十岁的张秋与比他还年轻的陈芙蓉，他们谈笑风生、交杯换盏，聊着这个世界与自己人生的理想。看着他们，我想起在童话中燃尽火柴的小姑娘，然后我拉了拉张秋的衣服，告诉他："爸爸，咱们有钱人可真幸福。"

　　对于我由衷的感慨，张秋没有回话，他只看着我，可惜香榭丽舍大饭店的灯光太暗了，使我看不清他的表情。而在这时，四周忽然响起劲爆的音乐，整间香榭丽舍大饭店忽然变得五彩斑斓。这一瞬间，我看清了张秋的脸，各色鲜艳的彩灯映在他的眼镜上，眼镜遮掩着的神情，与这热闹的氛围格格不入。

　　我，作为一个孩子，在声音与颜色的瞬间刺激下，再无暇顾及自己父亲的细微神情。我扬起头寻找环境变化的源头，很快，目光便被吸引到饭店的舞台之上。那是好多好多金头发的女人，她们露着又长又白的大腿，身上只有一件闪着亮片的短小泳衣，短到裤腿分衩能提到腰，小到遮不住令人羞羞的胸脯。待到音乐劲爆时，她们开始跳舞，先一只脚原地蹦跶，另一只脚再高高抬起。我被吓到了，于是又去拽陈芙蓉，问她："妈妈，这些女外宾在干什么？"陈芙蓉似乎也刚回过神，她没有回答我，而是捂住了我的眼睛。

　　在我经历黑暗的这段时间，张秋与陈芙蓉似乎短暂地沟通了些什么，当我又见到那些飞扬的雪白大腿时，王洋已来到我身边，他要带我去百货商场的六层去挑选玩具。

离开香榭丽舍大饭店后，我经历了一场史诗般的冒险旅途。我与王洋漫步在一望无际的商场大厅，乘坐了全是由玻璃包裹的电梯，最终在六层儿童天地进行了命运的抉择，挑选了一架六个变形金刚组成的超级变形金刚。对我来说，这是一个大胆的决定，在见到这个和我差不多高的大家伙之前，我从未看过关于这架变形金刚的动画片，但我相信假以时日，它的身影一定会出现在电视上。到那时，拥有这个巨大家伙的我，将会获得加倍的幸福，就像是后来炒股一样。

当王洋带着心满意足的我回到香榭丽舍大饭店时，一名女歌手正在舞台上深情唱着流行歌曲，而之前那些露着白花花的女外宾们，则全换了一身衣裳，坐到了我父母的桌上。那桌上除男人，除了张秋，每人身边都坐着至少两名女外宾。同时，早前拿着相机的人又出现了，如同蜜蜂似绕在饭桌旁频频摁下快门。

与我看到同一幅景象的王洋没有立刻回到陈芙蓉身边，她叫来了一个服务员，把我交到这个年轻的小姐姐手中。随后王洋走向陈芙蓉，而我则被带到了饭店角落。一张完全看不见舞台与陈芙蓉的桌子。又过了会儿，小姐姐端来蛋糕、薯条、饮料，她说："你现在就可以玩新玩具了，想吃什么和我说就行，啥玩意儿都随便点。"

想来，陈芙蓉应该很庆幸，这时的我是四周岁，而非只会刨根问底说"为什么"的七八岁，当玩具与美食共同摆在面前，我的念头很容易便从陈芙蓉那桌转移。我拆开新买的玩具，专心致志地将一整个大变形金刚拆分成六个小变形金刚。这时，时间变得难以感知，过了一段说不清长短的工夫，我实现了玩具说明书上的玩法，拥有了六个小变形金刚。大功告成后，我舒服地靠在沙发椅上品尝这份成就感，直到一个陌生的声音将我打断。这是一个大孩子的声音，他说："你玩得不对。"

我抬起头，身旁站着一个非凡差不多大的古怪孩子，他似乎已经在我身边待了挺久，此刻正在从容地吃着我桌上的薯条。看到他，我陷入慌乱，他的出现带来了太多困惑。

这个大孩子在未经我允许的情况下就吃桌上的东西，哪怕我已经发现他了，他仍在一根一根地往嘴里塞着薯条。这种情况，使陈芙蓉教过我的"谢谢"与"不客气"完全没了用处。还有，他说我玩得不对，但我很确定，自己已经完成了玩具说明书上的所有玩点。可他语气的自信却令人难以反驳，更何况，他是一个像非凡那么大的大孩子。

而在所有困惑中最明显的，是这个男孩存在本身，他与我不一样，有着金黄色的头发与在昏暗的灯光下仍然发亮的碧蓝色眼睛。是的，他也是个外宾，是个小外宾，却能说中国话。

大孩子看出了我的困惑，他舔着手指头，从容地对我说："我是俄罗斯人，会说中国话。"

我知道俄罗斯这个国家，陈芙蓉逼我记国旗时，我总会把这个国家与法国搞混。后来还是张秋教了我一道小口诀，说俄国人蛮横，所以横着的就是俄罗斯。我还知道，俄罗斯曾经叫苏联，已经灭国了。

在我思考如何应对小外宾时，这孩子已经坐到了我的身边，并用他更大的屁股把我拱到沙发座里面，他自己坐到了我的玩具面前。然后，他沾满唾液的手摸到了我的玩具上，熟练拆卸的同时还不忘吃着我的薯条。

这时，一种或许是愤怒的未知情绪涌现心头，可我实在对这种情绪太陌生了，完全不知道该怎么运用它，于是，我表达不满的方式变成了内容古怪的叙述，对这个孩子说："我爸爸也认识很多外宾，是德国人。"

男孩点点头，可手上的动作仍没有停止，我已经见到玩具上的镭射贴被油渍洇湿了。看着自己的玩具被糟蹋，我很难过，可我被男孩挤在沙发的里面，连找服务员小姐姐或者王洋都没有办法。这时，过分的委屈几乎使我忘了男孩是一个要礼貌对待的外宾，我觉得自己可能又要哭了。而就在眼泪随时都可能落下前，男孩忽然将四个小变形金刚推到我面前，然后对我说："这四个是坦克。"

男孩的话使我大吃一惊，我看着这些原型是各种汽车的变形金刚，想不明白它们怎么会是坦克，可当这个结论从外宾嘴里说出，哪怕我清楚有履带和炮塔才能叫坦克，现在也不敢叫准了。我只能小声试探："坦克不长这样吧？"

男孩很自信地回答："得假装它们是坦克才好玩。"然后他又指向六合一机器人中最大的身体机器人，问我："你知道这个是什么吗？"

我说："大坦克？"

他摇摇头，告诉我："是运兵车，又叫装甲车，运输士兵跟随坦克一起打仗的。"

到这时，我的愤怒或惧怕之类的奇怪情绪全数消失，取而代之的是好奇。我向他提问："坦克自己就能打仗，干嘛还要带运小兵的装甲车？"

男孩告诉我："坦克没办法打巷战。"说完，还没等我接着问什么叫巷战，他忽然从沙发跳了下去，先抓了我一把薯条，留了句"你等着"便撒开腿跑了。没过太久，男孩气喘吁吁地回来时，他手里抱着一个盒子。我问他去干什么了，他没理我，而是像刚才一样，用屁股将我挤开，然后将盒子往桌子上一倒，数不清的绿色小兵人落在我的变形金刚旁边。

看到男孩的玩具,我心中不免得意起来,同时又觉得,那些整天说外国有多好的大人太没见识了。男孩的绿色小兵人我是见过的,不能说不好玩,但确实很便宜。常常是好几十个一包在卖,就算里面还赠送坦克、飞机,也不会超过十块钱。如果陈芙蓉送给我这些,我甚至不会将之当成礼物。就从这点来看,外宾也没什么了不起的。

男孩不清楚身边的我正在自鸣得意,他闷头先将变形金刚摆好,又用兵人摆出阵形,最后再把桌上的杯子、盘子拉了过来。摆弄一阵后,他说:"假装这些杯子都是楼房,然后小兵手里拿的都是火箭筒。对了,你知道什么是火箭筒么?"

我点头,心想这个小外宾太瞧不起人了,我去年就知道什么叫火箭筒了,一发就能炸掉美帝国主义的碉堡。男孩继续说:"再假装咱们要打这个城市,我给你看一下没有运兵车会怎么样。"

他话说完,一场现代战场在香榭丽舍大饭店的角落上演。

首先,四辆坦克朝城市的方向前进,并用炮火压制住了守军的火力。但当它们逼近城市时,麻烦来了,四辆坦克无法同时涌进狭小的街巷,只能成一字长蛇阵往城市深处前进。可就在这时变故出现,手持火箭筒的士兵从楼房小巷探出,对坦克进行近距离进攻。而这些强大的装甲战车哪怕装有机枪,也无法应对这突如其来的攻击。

"你看,四辆坦克都没了。"男孩的语气很镇定,仿佛久经沙场的将军。而我则被彻底震撼住了,在此之前我从未想过,原来玩具还可以这么玩。

在我被崭新的游戏理念冲击得恍恍惚惚时,男孩将四辆坦克归位,再往硕大的躯干机器人,也就是"运兵车"中塞入好多小兵人，然后他像老师似的提醒我："你再看这回。"

第二场战争的开始没有什么变化，坦克以火力压制住了守军，然后迅速逼近城市。但当它们再次面临狭窄的街巷时，这次开出来的是运兵装甲车。只见在城市外围，坦克与装甲车的机枪同时发动进攻，步兵在火力掩护下从装甲车分散到各有利地形，然后一场人与人的战斗在街巷中爆发。而最终的胜利者，也自然是拥有更好火力掩护的坦克装甲协同兵团。

"怎么样，现在知道运兵车的重要性了吧？"

全程目睹这场战斗的我瞪圆了双眼，脑袋也被炮火轰得嗡嗡的。过了好一会儿平息心情后，我惊讶地对男孩说："你可真厉害，你是从哪里知道这些的？"

男孩用手指将番茄酱送到嘴里，得意地回答："我爸告诉我的，他就是坦克兵。"

"你爸爸可真厉害！那他打过仗么？"我兴奋地问。

"打过阿富汗！"男孩骄傲地说。

"那现在呢？还开坦克打仗么？"我追问。

"现在不打仗了，但还能开坦克，可厉害了！"说着，男孩又开始整理起战场，似要为第三次战争做准备。而此刻的我已经不在乎玩具了，心中所有的好奇都是男孩的父亲。

男孩似乎感受到了我的炙热，他又高傲地说道："等我回俄罗斯，我爸就带我去坐真坦克。"

这一刻，我羡慕死这个孩子了，再也不认为自己的变形金刚有什么好得意的，甚至觉得，陈芙蓉的小轿车反倒是没什么了不起的玩意儿。

正在我心怀嫉妒时，王洋与两个拽着相机的男人走向我们这边。他们本来在说话，但见到我和这名男孩，拿相机的人忽然甩开王洋向我们冲来一通猛摁快门。此刻我正心情不好，忽然莫名其妙挨了一通闪光灯，使我发起了脾气，对王洋喊道："我的眼睛要瞎啦！"

王洋对我很好，听到我发怒，他快步赶来制止两个拍照的男人，语气也变得不善："领导都说了，这里的照片不能用。"

拿相机的男人脸上赔笑，手却把相机捂得很严，他说："先把素材留下，中外小朋友一起玩，多好的国际友好题材啊，万一领导考虑之后同意了呢？"

王洋被男人的话拿住，他面色为难地愣了会儿，然后转而对我说："咱们要回家了。"

我对王洋没有替我报仇感到失望，同时也想再和小外宾玩一会儿，于是没好气地对他说："我不跟你走，等我妈来了我再走。"可我话刚说完，陈芙蓉与张秋也走了出来。陈芙蓉走在前面，脚下的高跟鞋踩得很急促，张秋跟在他后面，沉着脸有些扫兴的样子。

见到我后，我的母亲先是一愣，然后绷着眉头看向王洋，语气不善地询问我身边的小外宾是谁。王洋赔着笑，咳了好几声都没答出个所以然。这时张秋出来，用外语和那孩子说话，而那孩子却用中文回答："我是俄罗斯人，不懂你说啥。"

听到男孩的回答，陈芙蓉脸色变得鄙夷起来，她轻蔑地瞥向身后，三个德国人在七八个女外宾的围拥下走出来。这时，香榭丽舍大饭店门口变得格外国际化，外宾们操着截然不同的咒语，发出那时的中国人所不拥有的放肆笑声，嬉嬉闹闹毫不遮掩自己的欢乐。

在这欢乐的时刻，最有趣的人是我的母亲陈芙蓉。刚刚还对小外宾流露鄙夷的她，这时竟然露出了笑容。但陈芙蓉的笑容很怪，明明嘴角在上扬，双眼却没有任何变化。那时的我还听过"皮笑肉不笑"这个词，我只觉得她像极了童话故事中的坏皇后。

在我望向母亲时，她这个坏皇后开始做坏事了。陈芙蓉对张秋说："你去问那些俄国人，这孩子是谁的。"

陈芙蓉话说完的瞬间，张秋表情变得错愕起来，他先看了看仍在我身边吃薯条的男孩，然后看向自己的妻子，好像没听清女人那句清清楚楚的要求。而陈芙蓉似乎没有打算给自己的丈夫解释，最近，她变得越来越少解释或重复自己的话。

我的母亲走过来将我抱起，嘴里念着"大宝贝"朝饭店外面走去，再走过张秋时，她挤了一下眼睛，似在催促。而张秋在短暂迟疑后，反而走向了那个孩子，他用自己瘦弱的身躯，挡在孩子与越来越近的女外宾们之间，用中国话开口训道："快走，不然揍你！"

那小外宾愣了下，随即留下一串外国话后飞奔而逃，同时顺走了桌上本属于我的玩具。但这场小小的骚动并没引起太多人的注意，因为趴在陈芙蓉肩头目睹了全过程的我，在此时抢走了所有人的目光。

望着那消失的小外宾，我撕心裂肺地叫喊："那是我的变形金刚！"

后来我知道了，十二月二十四日那天是平安夜，与中国年的除夕一样，是圣诞节中最重要的一天。但在我初次体验平安夜那晚，我的父母爆发了激烈的争吵，将这卖点为安宁的夜晚搞得十分热闹。

争吵的起因是我的母亲陈芙蓉。

当我们回到属于父亲、母亲、儿子的三口之家时，陈芙蓉发起了牢骚，在卧室里，她一边在脸上抹着难闻的液体，一边向张秋倾诉自己对俄罗斯人的厌恶,咒弃地说了贫穷的男人与轻浮的女人。

听到妻子的言论,正在看书的张秋没有就这个话题与之辩论,他敷衍地安慰起陈芙蓉。他说,反正照片也拍完了,以后再不去香榭丽舍饭店就好,何必生气诅咒别人?

而陈芙蓉当然没有被这话宽慰,她往脸上抹油的动作戛然而止,木偶似的转身正脸面对丈夫,严肃地问:"难道我说得不对?"

男人瞥了一眼妻子,仍然没有正面回答。他侧身在床头柜摸了根烟点上,然后保持背对着妻子的姿势什么话都没再说。张秋的沉默点燃了陈芙蓉的不悦,但在这时,她的愤怒还没有冲向自己的丈夫,只像撞见老鼠般嫌弃抱怨:"我竟然和一帮妓女在一起吃饭,想想就恶心。"

张秋依然没有回身,仍把他单薄的后背对向妻子,不过这会儿他也有些不耐烦了。于是语气稍夹着些焦急回嘴:"这不也是你要搞的?还什么新兴节日经济,你要的不就是一堆外国人凑齐一起花天酒地么?"

随着这番话出口,冲突的引线被彻底点燃,陈芙蓉忽然愤怒起来,但她作为一名年轻的领导,宣泄情绪的方式自然不会是歇斯底里,相反,她的声音变得更加凝重,口气也像是在问训:"你说的这是什么话?你听懂我的意思了么?听懂我话里的重点了么?我是因为节日经济的事生气么?"

被连续质问了五次的张秋终于转过身,只不过他并没有回答妻子的问题,而是冷声反问一句:"你没完了是吧?"

陈芙蓉眉头忽然一挑,脑袋小幅度往后仰,她已经不习惯有人用这种语气和她说话了。而当她眯起眼睛,反应过来与自己对话的人是丈夫张秋时,她忽然轻蔑地笑了一声,然后压着声音用识破了什么似的语气说道:"只要长得好看,妓女都同情呗?真脏。"说完,她再次转头对向镜子,继续往脸上噼噼啪啪拍油,声音比刚才还响。

陈芙蓉给男人这种生物盖棺定论后,张秋的表情变得有趣极了,在接触电影之前,我从未在一个人的脸上同时见到那么多情绪流出。愤怒、委屈、无奈之余,还要压抑着自己不能发火,因而一旦发火过,他就彻底输了。这种可笑的、不断变化的愤懑表情持续了将近一分钟,张秋才终于重拾起自我,然后他选择用最符合自己性格的办法回应妻子,反击。

"我发现你现在怎么这么恶毒?"

当"恶毒"这个形容词被张秋抛出,陈芙蓉又停下了拍脸,她转过头看向丈夫,圆润的樱桃口惊讶得露出牙齿。在这时,张秋的眉头似乎松动些,像是下一刻就要笑出来,但他终究没有笑,而是义正词严地继续批判起妻子:"你说你,左一句右一句妓女,你咋光说妓女不说嫖客?咋的,嫖客比妓女干净?我看不是,你就是觉得德国人比俄罗斯人高级。"

张秋的话使陈芙蓉一时没反应过来,而这正给了男人乘胜追击的空隙,他清了清嗓子,为妻子的人品盖棺定论:"我太了解你了,你这人从来就这样,整天自命清高,实则嫌贫爱富,眼皮子还贼浅!我告诉你,俄罗斯当初可不是现在这个熊样,以前的德国也没多高级!"

话说完,张秋到底还乐出了声,好像刚识破了一个孩子的滑稽小心思。而陈芙蓉则愤怒地站了起来,她怒视张秋,可却一个字都说不出来。

其实有一点张秋说得没错,陈芙蓉并不是个很聪明的女人。他们自从结婚以来,两人发生过大小战争无数,可每次的胜利者都是张秋。换作别人,早该清楚自己不是对手,从而退避三舍,但陈芙蓉却傻了吧唧频频开战,并且每次都像个愣头青似的猛冲猛打。尤其这次,当了几个月领导的她战斗力不增反退,连最基本的交手能力都丧失了,刚对了几招,便被张秋损得连话都说不出。到最后憋了好久,连眼圈都通红了,才小声说了句与辩论毫无关系的废话。

"你为了一帮外国妓女,说我说得这么难听……"

到这时,我终于听不下去了,这对夫妻太遭人烦。

在这平安夜,已经被夺走变形金刚的我只想赶紧睡着,赌一赌圣诞老人会不会再送我一份礼物。于是我睁开紧闭到发木的双眼,告诉我的父母:"快睡吧,我还要等圣诞老人呢。"

4

在我长大成人的过程中,家族里的亲戚们总在背后议论我,说这个孩子与他的父母不亲近。

很长一段时间,我都把这句点评当成是我父母各自的家族,在将这段失败婚姻的责任推卸给另一户人家。直到某天,那个来自另一个家庭,并要与我组成新家庭的人对我说出同样的话,我才意识到事实或许真的是这样。

一九九四年最后几天,我是世界上最不幸福的孩子。圣诞节那天早上,我的枕边没有玩具,只有臭烘烘的张秋与香喷喷的陈芙蓉。而当这对父母醒后,不但没有对礼物的事多解释半句,他们二人更陷入了令人窒息的冷战。陈芙蓉与张秋不但互相断绝了语言来往,就连眼神都没有交流,他们仅仅在吃饭时才会像动物一样发出"嗯啊"声,来通知对方该进食了。

同时他们也拒绝和我说话。当我问陈芙蓉,王洋是否会帮我找回昨天丢失的六合一变形金刚躯干时,她却白了我一眼,然后将我推开。张秋稍微好些,他至少会出个动静,呵斥我不要打扰他摆臭脸发呆。

万幸的是,这样的生活我只忍受了一个白天,到了周日晚上,这对夫妻便将我又送回工人家属区的祖母家。当他们离开后,我高兴得发狂,在祖母家的客厅飞奔了十几圈,直到楼下敲响暖气管警告,我才稍稍平复心情。这时的我觉得,要是永远见不到张秋与陈芙蓉就好了。

在我幼儿期的生活中,许多人都比我父母参与得多,就连王洋与小李这两个外人都是。

王洋与小李是同一时间出现在我的生活中的,并且他们出现的那一刻,也是很少能见到陈芙蓉与张秋的开始。

王洋是陈芙蓉的秘书,家里亲人们都这么说,但就我自己考证,他的工作的职位其实叫作"办公室"。但当我问他是什么办公室时,他告诉我,没有什么,就只叫办公室。

小李是陈芙蓉的司机,虽然我与他的交往年头比王洋多,但我却从来叫不出他的全名,从小到大一直以"小李叔叔"称呼他。可我很确定,他是说过自己名字的,而且不止一次,但我每次都将之含糊掉了。

小李是一位退伍军人,转业后进到陈芙蓉的单位。他有许多军人特有的习惯,像是永远挺着腰板,又像是动作要比嘴巴快。比如我口渴时,王洋会问我想喝什么,而小李则会直接递给我一瓶矿泉水,哪怕是在我连瓶盖都拧不开的年纪。因为这种生硬感,很长一段时间我都不太喜欢他，同时在那个拥有高度心理敏感度的年纪，我也感觉得到，小李也不太喜欢我。

在对待我时，小李总显得很矛盾。一方面他对我没有耐心，不愿意和我聊天说话，当我提出要求时，他虽然会满足，但却显得不那么心甘情愿。而且不止一次，我听见他用脏话小声抱怨："真他妈是个小祖宗。"

可另一方面，相比于我的大朋友王洋，他又要靠谱得多。王洋当然说话好听，但大多数到最后都会没有结果。还用口渴这个例子，王洋的确会耐心地问我想喝什么，甚至还会告诉我新出的饮料有多好喝，并承诺一会儿就带我去买。但结果却是，每次解渴的都是小李扔过来的那瓶矿泉水。

不过，作为一个孩子，满足口渴只是最正常不过的需求了，就像每天都能吃饱饭一样，没什么大不了的，所以我还是更喜欢王洋多一点。尤其在后来，我不再每天都要去托儿所后，小李更是几乎从我生活中消失，这个人便渐渐变得无关紧要了。如果我不是个记忆力那么好的人，或许在未来，我甚至会忘记有这么个人出现在我的生活中。但生活的发展常常令人难以预料，那时的我从来没想过，真正要彻底与我的人生告别的，是我的大朋友王洋。

元旦之前，我都在祖母家躲避那对夫妻的冷战。直到电视里说，现在是一九九五年了，陈芙蓉与张秋才又出现在我的面前。

他们来到祖母家时，虽然已经恢复了正常交流，但在互相说话时仍显得生硬。不过，赶在祖母看出他们的矛盾前，这对夫妻便以要参加元旦聚餐为名将我掳走，于是，包括王洋与小李在内的我们一家五口，来到了一间门口有两尊石头大象的饭店。

看到石头大象，我就知道这家饭店很高级。虽然这才迈入一九九五年没几天，但已经五岁的我，已经变得更加成熟了。我很清楚，只要门口是有大象大柱子的地方，就是高级的地方，无论是饭店还是商场。进入饭店包间后，我的猜想完美成立，这次聚餐的组织者正是远东百货的老板陈斌，我是知道的，他是个有钱人，就和我的父母一样。

有钱人的聚会都很高级，不说那些鲜艳的饭菜，就连吃饭用的盘子都画着亮晶晶的花纹。还有喝饮料的杯子，更是童话故事书中的水晶高脚杯，虽然陈芙蓉教育过我不能用筷子敲杯子，但我以前偷偷尝试过，这种杯子轻轻一敲就能发出透彻绵长的脆声。

能过上这种高级的有钱生活，是陈芙蓉这对夫妻的优点。我的穷人祖母那里，只有散着淡淡臭味的木头筷子，磕坏了边缘的瓷碗，还有不平整的鼓包搪瓷盆。

菜七七八八上齐后，陈斌举起杯子，像电视中的上流社会一样致祝酒词。令人意外的是，在他口中，这次宴席竟然是为张秋举办的。他说，非常感谢张秋请来了外国友人，使他的远东百货，还有香榭丽舍大饭店成了城市的国际化地标。

在陈斌发言时，张秋一直笑呵呵站着，等人家说完，他连说了好几声"不客气"，随后一仰脖喝掉了杯子里所有的白酒，哪怕对方就只喝了不到三分之一。

这种样子的张秋是我从没见过的，而且看到他喝下这杯酒，我心里忽然觉得有些不好受，可我又说不出来具体是哪里觉得不好受，毕竟在家庭聚会与朋友聚会中，张秋也是爱喝酒的，况且他还一直笑呵呵的。好在，无论张秋到底什么情况，这都是他最后一次在饭桌上有所作为，从这杯酒后，陈斌便只顾着陈芙蓉一个人了。

陈斌又提了一杯酒，说感谢陈芙蓉帮他上了报纸，这极大宣传了远东集团的形象，极大鼓舞了远东集团的士气，极大坚定了远东集团的信心。

和张秋一样，陈芙蓉也笑嘻嘻的，但她没站起来更没有喝酒，只是轻轻抿了口果汁。虽然她平时也不喝酒，但看着她，我觉得一点也不难受，甚至就连张秋带来的那份难受都淡去了。

两轮致辞后，大伙开始吃菜，可还没等圆盘桌转上两圈，陈斌又说话了。他问陈芙蓉，圣诞节的事能不能上一次电视新闻，如果老百姓看到自己的城市有如此国际化的先进商场、如此国际化的高级餐厅，那么幸福感一定会油然而生的。并且对一直指导远东集团事业的各位领导来说，也是春节前经济政绩的一份优秀答卷。

陈斌说话时，陈芙蓉一直笑嘻嘻的，还不断地点头表示肯定。但等人家话说完，她却轻飘飘地说，这个事很好，她一定支持，可她做不了主，上新闻的事得问电视台。

陈斌听后一连说了好几声"是"，噼里啪啦和机关枪似的，然后表情为难起来，再开口时，语气变得好像在对自家亲戚诉苦。他说，电视台告诉他，想上新闻，得本地宣传口同意才行。

陈芙蓉恍然大悟，长长地"哦"了一声，但再没说什么别的，而是突兀地开始夹菜吃，吃了几口后才忽然想起来什么似的反问："那陈总，你问宣传口了么？"

陈斌长长叹了口气，无奈地告诉陈芙蓉："宣传口说，这个事得管市场的牵头才行。"

他两人说到这儿，饭桌又诡异地进入夹菜吃饭阶段。陈斌筷子一指，生硬又自然地告诉大家，桌上这条鱼是日本的什么鱼，比三文鱼还要鲜嫩，大伙一定要试试。等鱼尝完，他又莫名其妙地打听起陈芙蓉家里先祖的事。而等两人报了一通山东地名，陈斌忽然一拍大腿,抽风似的兴奋喊叫:"哎呀,咱是本家陈啊!"

当这句话喊完,这个看着比我姥爷小不了几岁的中年男人,开始叫我的母亲为"大妹子"。而我还没到三十岁的母亲,竟然也改口叫陈斌"大哥"。

然后,这对兄妹开始一通热络,两人对了半天人名,最后确定彼此有可能是上八代的山东老亲。到这会儿,陈芙蓉提起盛着果汁的酒杯,向陈斌敬了杯"酒"。陈斌接得小心翼翼,双手捧着自己的杯子,生怕洒了似的。

等喝完这杯酒,陈芙蓉先叫了声"大哥",随后遗憾地给陈斌解开了真相。原来上电视这个事啊,他陈家大妹子上面的领导研究过,但最后没同意。而具体问题,就卡在香榭丽舍大饭店里面了。

陈斌满脸好奇,询问到底怎么回事,而陈芙蓉却露出了苦笑,她叹息道:"陈大哥啊,那些俄罗斯姑娘的事,让我女人家讲出来可不好听。"

陈斌听后哈哈大笑,他脸上没有任何难堪的表情,反而自信满满地告诉陈芙蓉:"没事,我明天就给他们安排到大学里当国际交换生。这多好,一下成知识分子了,这要上新闻,还有文化氛围了呢!"说完,陈斌看向青年才俊张秋,眉毛还一挑一挑的,像是你懂我懂,一切尽在不言中的意思。

陈芙蓉没看两个男人,她开始闷头吃菜,就吃刚才陈斌介绍的那种日本鱼,而张秋则对陈斌讪笑一下,默默喝了口酒。

从这以后,饭桌上谁都没再提上新闻的事,而是聊起各种五花八门的怪事,什么捣腾五金件的潮汕人,卖鞋和衣服的福建人,深与沪养了牛和熊,香港的黑社会怎么敛财。而离奇的是,这些天南海北的事,到最后都会落到一个点上去,钱。

不过，也不是所有人都聊得性起。当了一辈子的酒桌主讲人的张秋，在他妻子与别人的聊天中插不上半句嘴。

大家聊五金件时，他反倒说起了工业产业链结构，结果连一句完整的结论都没说完，便被人家陈斌讲的击鼓传花挣大钱抢了风头。之后讲福建人，张秋又扯什么轻工业二产，而陈斌讲的是办厂赚大钱。等讲到深沪的牛熊大战，张秋更是离谱，讲起一家叫作"一二三四"的市场。且不说市里有没有这家叫作"一二三四"的市场，就算有，又怎么会比陈斌，全市最大市场远东百货的总经理更懂市场？果不其然，与之前一样，没人爱听他说话，人家陈斌言简意赅地告诉大家买什么挣大钱。最后聊到香港黑社会时，张秋索性不说话了，而陈斌则让包括我这个小孩在内的所有人，都知道了恐怖的"三合会"与"14K"。

大约天黑透时，这场嘴比筷子还勤快的饭局终于结束。饭后，陈斌虽然提议要出去唱歌，但被陈芙蓉以家里有家务活拒绝了。听后陈斌凑到张秋身旁，笑呵呵地感慨："张大才子好福气啊，娶了个能主外又能主内的好媳妇。"

抱着我的张秋没说话，他连笑都没有笑，好在天色足够暗，没人看到他的不礼貌。最后，这位大老总亲自把我们一家送到小轿车，临别之际还抱起我，非得用他充满酒气的臭嘴亲我一口，才肯放我们离开。

归家的路上，张秋一直沉默着，本就在和他冷战的陈芙蓉少言寡语的，就连王洋提起新闻的事，她也只简短回答："等到元旦过后再说。"

渐渐，路上的风景越发变得熟悉，我知道，今晚要回到张秋与陈芙蓉的家了。这个事实使我也变得情绪低落，我想改变现状，可是没有办法，因为马上就要五岁的我，已经明白孩子不喜欢与父母在一起，是一种罪过。

而令我没想到的是，小轿车停到我家楼下，一切已成定局时，我的大朋友王洋成了破局的关键。在陈芙蓉临下车前，王洋从副驾驶的储藏箱中拿出一个男用皮包。皮包的款式是那个年头的流行款，大约笔记本那么大，几乎每个男人都有，大家习惯把它夹在腋下，张秋就是这样，走起路来非常气派。

王洋回身，反常地将男用皮包递给陈芙蓉，说是陈总送的礼物。陈芙蓉接过皮包，摁亮小轿车的照明灯后将之打开，瞬间，张秋皱起了眉，而我却在这时捂着嘴惊呼起来。

我看见那皮包中装有好几沓青色的纸。在托儿所时胡老师教过我们，那些青色的纸是钱，正式叫法是人民币，面值为一百元。每一张都能买好多好多的玩具，是这个世界最珍贵的宝物。而皮包中的人民币，一摞摞堆得令人眼花缭乱，我实在无法想象这世界上有什么东西，是可以换来这么多钱的。

可我的母亲陈芙蓉，她却显得很从容，仅仅是笑了笑，便把皮包拉好还给了王洋，并轻描淡写地说："一会儿回去把包还给人家，然后和我陈大哥说一声，不用这么客气，以后来日方长呢。"

一直到被张秋抱进家门，我都处于对陈芙蓉拒绝皮包的巨大震撼中。我实在想不通，钱难道不是世界上最好的东西么？怎么会有人拒绝别人送钱？况且还是那么多的钱。还有，陈芙蓉与张秋为什么如此轻松，他们明明是大人，难道比我还不懂钱的珍贵么？

而在我困惑时，更离奇的事发生了，冷战了近一周的夫妻俩竟然开始了对话。

是张秋先开的口，他问："这么多钱，就为上个电视新闻？都是上电视，这么多钱直接打广告不行么？打一年估计都够了。"

陈芙蓉摇头，告诉丈夫："陈斌油着呢，他才不想上新闻呢。"

上知天文下知地理的张秋露出莫名其妙的表情，但他的妻子给他面子，没用他问便给出了答案。

"我也是见到这个数才想明白，上新闻只是个由头，陈斌的这笔钱，意向在人大代表上。"

张秋想了半天，结果脸上仍是一副古怪表情，他接着追问妻子："你不是人大的也不是政协的，这事他找你干嘛？"

我的母亲笑笑，一向不怎么聪明的她，这会儿竟然能给她聪明的丈夫讲课了。

"陈斌又不想真代表人民，他走政协的路子选人大也没意义啊。要不我怎么说他油呢，他啊，是想一石二鸟。从我们处里推选进人大，目的达到了，还能结交到工商部门。要怎么说人家是做大生意的呢。"

陈芙蓉说完，张秋恍然大悟，把自己大腿拍得老响才摸出烟点上。而这个从来都把烟抽到烟屁股的男人，却只抽了两口便熄灭了香烟。尔后他走向自己的妻子，做出一件破天荒的离谱事情。

张秋温柔地抱住了自己的妻子，诚恳地、认真地、轻声地夸了陈芙蓉一句。

"你是个好领导。"

此刻，陈芙蓉正在用小喷壶在大衣上喷水，被丈夫抱住时，她轻声说道："王洋以后没法用了。"

第五章

1

在未来,当我洞悉到金钱与权力的纠缠关系时,脑海中总会想起陈芙蓉的许多事。到那时我才意识到,陈芙蓉这个人的本质,其实与一个我并不太亲密的人息息相关。

2

陈复北,山东人,生于一九三七年冬天。这个拥有武侠小说主角般姓名的人,是陈芙蓉的父亲,我的姥爷。

本来,陈复北最初的名字,被批八字的先生定下叫作"祥福",但等他出生时,沦陷区的人们对"复北"的渴求,已远远超过"祥福"这类虚幻的寓意。只是,虽"复北"两个字足够悲壮,但在济南经营商号的陈家,却没有一人投身于抗日报国的壮举,而是为了生意安稳,从威海跑到早已成为沦陷区的大连,苟且着继续他们的生意。

陈复北的童年生长在大连。那时,大连的学校几乎都要教日语,陈家不想让孩子学习侵略者的语言,可又觉得满清书生那套东西没什么用,于是在陈复北蒙学时,陈家不知从哪儿找来个摸不清底细的俄国读书人，在家里教孩子代数、几何一类的科学。读中国书、写中国字，则由商号的账房先生教习。

抗战打了八年，陈复北被关在家里读了四年书。这使得他除了好大好大的风以外，对大连几乎没有什么印象。一直到一九四五年八月，苏联人开着坦克进城，共产党在大连成立特殊解放区，八岁的陈复北才第一次迈出家门。

而在这普天同庆的一年，世代经营商号的陈家也有了新的忧虑。共产党与苏联人到来后，虽然城市秩序为之一振，但许多流言与隐患却在经商人家之间流传。人们都说，以后做买卖的都要被抄家，再把家里的黄鱼银元都分给别人，甚至家里黄鱼多的还要杀头。

流言兴起不久，共产党的干部组织了一次工商业代表大会，摆事实讲道理安抚了大多数商人们的心情。可还有一小部分，则因为各自的原因仍然惴惴不安，就比如说陈家。

陈家不信任新政府的原因说来荒唐。当时去参加代表大会的人是陈复北的爷爷，作为陈家家长、商号大东家，他本已被新政府的干部们说服了，哪怕是那个时期还在萌芽讨论中的公私合营，他也觉得挺合理的。

按这老爷子的话讲，搁过去，满街的三教九流江湖人士哪家不要打点？衙门口里坐的甭管是大花帽、中山装都是吃人一样，更别提那几乎就是明抢的日本人。总之就是一个理，怎么着都要交出去的钱，给谁不是给？大清朝的衙门绿林、民国的官吏大员、鬼子的杀人军官，不都这么一路给过来的么？眼下解放了，难道有商有量、有理有据的新政府，还不如那帮牛鬼蛇神？老爷子决定了，别说现在一切不变，就是往后共产党伸手要股份，他也认。

陈家家主发话，商号上下老小，从家里人到掌柜的再到外姓账房都表示同意，商号的未来也就此决定。但谁也没曾想，就在明面上尘埃落地那天晚上，有一个外人，一个彻头彻尾的外人敲响了陈家老太爷的房门，对陈家家主，还有同在那屋里伺候着的陈家长子说了一些话，而这些话，最终改变了整个家族的命运。

这位外人当然不姓陈，也不是陈家的亲戚，更不参与商号的任何生意，甚至说，他根本就不是中国人。这个人，就是陈复北的家庭教师，那个不知底细的俄国人。

这名俄国人的来历颇为神秘。当初陈复北的爹只是在商号门口捡了个酒鬼，没想到这酒鬼不但会中国话，还精通西学，更表示只要给他一碗饱饭，让他干什么都行。在这个洋人担任陈复北的家庭教师期间，陈家人也问过他的来历，但他除了自己是俄国人外，什么都不肯多说。而在那年月，人们都已经知道北边的邻居改名叫作苏联了。

在寂静背人的夜里，这个来历神秘的家族边缘人物，对陈家的两位主心骨讲了一段故事，那是天书奇谈般，发生在某年十月以后的魔幻人间。

俄国人的话令陈家父子感到恐惧，到这时他们才恍然大悟，为何这个路倒酒鬼会如此博学，为何苏联人的坦克开入大连后，这名家庭教师却没有翻身当成人上人，反而比以往更臊眉耷眼了。不过，历经四朝的陈老太爷，可不会只凭一段故事就相信对方，在听完那些被语言加工到惨绝人寰的往事后，他只安静地问道："你有证据么？"

俄国人点头，从大衣内衬翻出一颗碧玺戒指，随后在烛光之下，经营一辈子商号的老太爷发出了"喔喔"的叹息声。这时，俄国人开口了，将他自己的最终秘密告诉陈家父子，他说："我是俄国的犹太人，犹太人，就是共产党要除掉的资本家。"

这夜过后，俄国人消失了，陈复北的父亲帮他搞到了船票，说是先到上海再去美国，那里是资本家的天堂。而留下来的陈家，也该重新抉择家族的命运了。

作为读书经商的传统人家，陈家老太爷经过深思熟虑，决定借鉴祖宗千百年来的智慧，将陈家产业分切多方押宝。

那是每天都敲锣打鼓的九月，在一个中午，陈家商号早早闭门谢客，陈家老太爷端坐在中堂，他看着自己的三个儿子，脸上虽瞧不出喜怒，但心里一定非常得意。他有三个好小子，虽然脾气品性各有不同，却没一个是败家子。这要是搁在过去有皇帝那会儿，他们陈家可就又能立住一代人了。

把三个儿子看了好一会儿，老太爷终于开口。他先把自己的老儿子叫出来，这是个机灵会来事的小伙子。老太爷交给老小一个盒子，里面是山东老家的契纸，他要小儿子带着地契回老家看看，如果还能用，就在老家把根扎下来，如果不能，便赶紧回大连。

接着，老太爷叫出二儿子，这是个井井有条的踏实汉子，交给他的是一本账本与一方印。对于二儿子的安排，是去又改名回沈阳的奉天，那里有陈家商号的货栈，老爷子要二儿子把货栈变成分号，不求挣钱，但求立住脚。

当轮到陈复北的父亲，家族的长子时，老太爷叹了口气拿出一摞纸。他对大儿子说："这里是辽中一片荒地的地契，都是以前兵荒马乱时人家抵来换吃食的，你拿着，安安心心种几年地吧。"

最后，老太爷宣布了对自己的安排，留在大连。

对这份押宝计划，陈老爷子非常满意，但一直到老二与老三相继离开大连，也没对儿子们解释如此安排的原因。可到了大儿子也将动身的晚上，他却如同交代遗嘱般，把一切都告诉了接下最苦差事的长子。

老家是根基，进可攻退可守，日后要是北边得势，山东可以和大连犄角相望，若是南边得势也好沟通江南，哪怕南北相抗，山东也是不偏不倚的好地方。奉天与大连是押宝，若东北真有一决雌雄的时候，国民政府与人民政府无论谁胜，陈家都有产业托底。至于种地，则是韬光养晦的退路。

与人打了一辈子交道的陈老太爷，太清楚人世间究竟是个怎么回事了。要是没有命数加持，人这玩意儿永远是一辈穷辈辈穷、一辈富辈辈富。而富人的秘密，不在于大黄鱼也不在于商号，这些不过都是从"有"变成"更有"的身外之物。人想要富，最重要的是地，只有地，才能把人从"无"变到"有"。

另外，关于安排老大去农村种地，老太爷隐瞒了一道模糊的，或说是他自己都还没想透彻的道理，那晚俄国人故事里藏着的道理。世道，可能真的要变。

3

自陈家老太爷押宝之后，整个中国是见天出大事。先是南北一边在重庆谈判，一边在山西打仗。山西打完刚消停一阵，一九四六年东北、中原、山东、江苏也打起来了。

天下越乱，陈老太爷越庆幸自己的押宝计划。三个散在各地的儿子，每个月都给他来信，告诉父亲自己的近况。

山东的契纸还能用，机灵的老三赶在打仗前典卖大多数产业，之后不管是银元、法币还是银子，全被他一股脑儿换成了黄金。中原战乱后，小儿子这一手可堪比发了横财，他在一九四六年寄给老爷子的信上说，等往后仗打完了，自己能买下济南半条街。

老奉天的陈家分号也建起来了，买卖虽然不行，但胜在安稳。老二寄信告诉父亲，美国人的吉普车、坦克进沈阳了，小半天进来了足有上百辆，看样子南边还是底气足。他给老爹出主意，趁着现在道路还算通顺，尽量把家财运到沈阳也算安心，毕竟明眼人都瞧出来了，东北肯定会有一场大战。

与两个弟弟相比，在辽中种地的老大则没有什么新情况，他只告诉老爹，地契的地很肥，但他和伙计却忙不过来，他住的村子里没几户人家，壮劳力更少，连个佃户都找不到。还有，他遇到过赶路的共产党军队，军队对他秋毫无犯，军纪很好。他和当兵的聊过几句，人都挺和善的，没有杀气，瞅着不像是要打仗的样子。他寻思，不如先把自己的儿子陈复北送回大连，也不至于断了读书。

对待三个儿子，老太爷唯一给出回信的是在乡野种地的老大。他告诉大儿子，万事少安毋躁，短则三年长则五年，一定要他衣锦还乡。并且在寄信之外，他还送去一位教书先生，说是前清的读书人。

一九四七年春节，陈老太爷很风光。这年，辽中的老大与沈阳的老二都回大连过的年，老三因山东战乱不方便回来，但也来信报了平安。一九四六年年景不好，天下大乱，市井间的爷们但凡聚在一起，便必会谈及时情局势，而这正巧给了陈老太爷卖弄的机会。在年节的各种聚会上，只要有人起个头，老爷子便会吹嘘自己的押宝大计。

这个牛一直吹到正月初八，累得老爷子有些力不从心了。但吹牛逼这种事比喝酒还上头，他虽累，但止不住瘾，只好换个法子继续吹。那年头南北打得凶悍，老百姓也吵得热闹，往往是住东边的夸一句北，住西边的赞一句南，两边说着说着就会辩论起来。

人们的辩论，往往与南北好赖无关，毕竟谁都知道国民政府是什么尿性，他们辩的是战争的胜负。只是，辩论的过程却与快一百年后没什么区别，大多是各说各话，谁也容不下别人。常常是一人说北边的兵能打，另一人说南边有飞机大炮，一人说北边的将军厉害，另一人说美国人的坦克犀利。聊着聊着，两人就会开始互相质问，一人问，南边厉害怎么整编74师叫人打没了？另一人问，就算整编74师没了，但你看济南在谁手里呢？

这样的聊天到最后往往是两个结局，不欢而散，或是被人敬一杯和气酒了结争端。但要真遇到那种肚子里没墨水，一张嘴全是干屎稀屁的，闹得大打出手也不少见。

而陈老爷子新的吹牛方法，则是利用了人们对时局的讨论。

在亲戚朋友的聚会中，老头那七十多岁还清明的耳朵便会像雷达似的，到处寻觅谈及时局的人。但凡遇到，他老人家便会慢悠悠地凑过去，安静倾听辩论或吵架，等到两边人吵到急赤白脸时，陈老爷子则会笑呵呵地把话插进来，他会说："打算做得好，谁赢都不怕。老头我在解放区坐北边，我家老二在沈阳坐南边，老三在山东进可攻退可守，我什么都不怕！"

大多数时候，人家都会笑呵呵地恭维这个老头子，但也有好奇的人会多问一嘴，问他大儿子呢？这时，老头便会一反常态收起笑容，无论之前喝了多少酒，都会认真地答道："天机不可泄。"

一九四七年过完年，老大、老二各回各处，陈家又冷清下来了。好在从三月开始，老三每个月都会寄来好几封信，这些内容含量巨大的信件，很大程度上填补了陈老爷子的寂寞。

三月时，老三说南边在山东开始占优势了，六十万人搞齐头并进法，打得北边连连叫苦。六月的连续三封信，老三都在讲胡琏的整编11师有多狠，整得挺玄乎。七月初，北边在鲁中的指挥所都被打没了。到了八月，山东黄河以南基本都被南军攻下，十月，南军又拿下了胶东和烟台。

从十月以后，老三便开始在信中劝老爷子，他说北边看来是不行了，后劲乏力。他要老爹早做打算，趁着现在山东与大连还能通航，赶紧从解放区回山东算了。而陈老爷子没做回应，因为从入秋开始，沈阳的老二来信也变得频繁了。

老二的信与老三相差很大。老二讲，从秋天开始，沈阳就人心惶惶的。到了十月，连城里的记者和报社都被控制起来了，城里人都猜是南军在东北打败仗了，但谁也不知道具体在哪里打输的。他在信中向父亲询问，解放区那边是什么情况，有没有说东北眼下是个啥局势？

至于老大，倒也常来信，只不过信里从不见南北，都是报平安问家常而已。硬说能算是正事的事，老大的许多封信中只提过一次。十一月，他说荒田野垄上的溃兵多了，路上不太平，但好在他那座村子住进解放军伤员了，很安全。

到年尾，面对三个儿子持续一年的来信，陈老太爷决定这次过年谁也不准回大连，都留在原地各自安好。他在通知这一决定的信中安慰儿子们，说大势很快就要尘埃落定了，再缓一年，陈家一定能有稳当着落。

陈老爷子的预想很准确，孤独过完年后，整个中国大地开始了反常的平静，但街面上但凡有些见识的人都明白，平静，意味着更汹涌的东西要来了。

一九四八年刚入春，大连的买卖人便最先瞧出预兆。北军先是持续了一整个月的换防，天天都有解放军喊着响亮的号子进城，汽车、马车、驴车、人力小推车载着军用品进进出出。这段时间，陈老太爷每天都会在书房待上很久，他会铺好一张宣纸，提起笔沉默地干杵着，直到砚台的墨干了，再放下笔，收起仍是一片空白的毛宣纸。

到了五月份，东北的形势越来越清晰，解放军的干部在大连召开了一次工商业大会，大量采购纱布、棉花、药材等军用物资。可局势都到了这一步，陈老爷子仍旧没有将押宝计划收尾。

六月，中原开战的消息传开了，沈阳的老二与济南的老三也开始频繁来信。

从这时起，陈老爷子睡得越来越少，卧房那盏灯每日都是天蒙亮才熄灭。陈家商号从账房到伙计都知道老东家的押宝大计，同时，也都能看出这个七十多岁老人的憔悴。于是有人开始劝他，让儿子们回来吧，老头却每次都摇摇头，用越发低沉无力的声音回答："还不是时候。"

没人清楚陈老爷子在等什么，一直到七月，就连黄百韬一兵团被击溃的事都见报了，老头还迟迟不肯做出决定。

在外人看着，陈老爷子这是年纪大了，办事犹豫迟钝了，就连商号的小伙计们都在暗地嘀咕，是不是该到辽中把大少爷找回来主持大局。尤其在七月末，一个海风大作的夜晚，又熬了整宿的老爷子受了风热病倒。这时，几个跟着陈家一路从山东到东北的忠心伙计再也沉不住气，打算天亮就去辽中请大少爷回来，而转机恰恰就在天亮之前，又一封信从山东寄来。

老三的信很简短，他对近况只字不提，只告诉父亲，济南不安稳了，他要趁着还能走时提前跑到上海，等到了上海再往大连寄信报平安。看完这封信，陈老太爷撑着病躯又坐到了书房，提起笔，终于把墨迹点在那堆空白的宣纸上。

他简短交代在沈阳的老二，立刻关掉铺子，带着分号的资产去辽中找老大，等他们兄弟见面后，一切听从老大安排。

先将一封信寄出，老爷子又提笔给老大写信，而这封信，也是他近些年写给三个儿子的信件中最长的一封。

陈老爷子在信里交代了三件事。先是对现状的安排，他要大儿子放下这封信后，立刻到村子外面挖一处地窖。挖地窖时千万注意些，要背着点村里的解放军伤员。等地窖挖完，便每天天亮后到北边大路上等老二，天不黑不准回家。见到老二时，两人不吃饭也得先把财货藏到地窖里，然后兄弟俩一同留在辽中种地。只要东北局势一日不落定，他俩就谁也不能动。

之后，是陈老爷子对未来的打算。他说，现在看来，东北也好，山东也罢，最终都要归北军，以后的中国怕是要南北分治了。往后，老大老二两兄弟就一同待在辽中，而他自己则留在大连等老三的消息。而若这期间他这个老头死了，则老二回大连，接替自己等老三的来信，老大仍留下种地。

最后，是老爷子喂给长子的定心丸。他安抚老大，一定要安心经营土地，别看守着地苦，但土地却是发家的根基，只要有土地，咋都能东山再起。开商号搞经营看似风光，实则却是浮萍之草，但凡有个风吹草动，最先倒霉的就是这营事。更何况，北边的朝廷眼看就是共产党坐了，人人都听说了，在他们的天下，种地的农民是最得势的。种地种地，种的其实是香火。

三件事交代完，陈老爷子还向大儿子保证，自己把家产的大头都留给他了。往后如果共产党的天下还能做生意，老大可以直接拿走商号自己经营，无论老二老三是啥想法。如此，也算是他对长子在农村受苦的补偿。而若共产党真像俄国人讲得那么邪乎，老二带过去的财货就归老大了，毕竟在那时，恐怕也没有什么陈家商号了。

不同于先寄给老二的信，给老大的信，陈老爷子特意安排家里最忠心的几个伙计亲自送到辽中。

伙计送信那天，陈家商号像是为贵客送行一般重视，大清早就煮了一锅红烧肉，还包了鲅鱼馅的饺子，给几个年轻伙计吃得满嘴冒胡话，说断头饭都没这么丰盛，结果几个壮小伙子每人都挨了老爷子一烟袋。临别前，陈老爷子对伙计交代，说到了辽中就不用回来了，安心帮衬大少爷，等往后稳当了，他们全都是陈家肱股，到时候陈家给爷们娶媳妇。

信送到时已是半夜，一共三页纸，陈老大看了足有小半个时辰。等撂下信，他二话不说立刻按照老爷子交代的去挖地窖，连饭都没让伙计们先垫一口。地窖挖完已是天亮，陈老大没回家补觉，而继续遵照信里的安排，直接守到村北边的大路旁等老二，一直等到日头下山才回家。再之后，他每天便都是这样作息了。

好些日子过去，陈老大一直也没有等到弟弟，反倒见到不少当兵的。

国民党的兵看见他一个人在路边坐着，就问他有没有吃的，陈老大会回答，"没有，昨天刚路过一批共产党，粮食都给收走了。"听到回答，国民党的兵便不再纠缠，脚步加快灰溜溜地跑走。

共产党的兵看见他也会搭话，但不是问着要什么，而是嘱咐他赶紧回村，别遇到国民党的溃兵遭祸害。对他们，陈老大会说，"没事，不怕，咱村里住着解放军呢。"听他说完，共产党的兵大多都拿出地图看两眼，然后对他夸道："你是好同志！"

又过了一段，陈老大仍然没等到二弟，反倒是路上的共产党军队越来越多，队伍也越来越庞长，甚至还能看到坦克和大炮，这些军队正在往北进发。

一直等到八月立秋，打心里来说，陈老大有些觉得没指望了。沈阳到他住的村子比大连要近得多，家里伙计从大连过来才赶了一天一宿，老二没道理拖了这么久都见不到人。只是，他心里虽然已经预想到了些什么,却不打算就此结束等待,他觉得,若自己不守在村口了,那陈老二才算真的没了。

八月中旬一个老晒老晒的下午,陈老大正躺在竹椅上犯迷糊。可大道上不断有军队行进,吵吵嚷嚷的又搞得他睡不着。正厌烦着呢,忽然有人喊了一声"老乡"。陈老大睁开眼去看,见是个带兵的共产党军官。军官走近后对陈老大问:"老乡,你们村里的伤员还在么?"

陈老大点头,军官又问:"他们是哪部分的?"

陈老大如实回答,军官从四四方方的军装口袋里翻出一封信交给他,说:"伤员我先接收走了,以后要有人来找,你把信交给找来的人。"陈老大又点头,乖乖收拾起东西,准备为这名军官带路进村。

他先折好竹椅,再将水壶、线装书放入木盒子里,最后收起挂在树上幡伞,慢条斯理得像个司仪官。似乎在用这份从容,为自己这些日子的等待做以了断。今天,是他第一次在太阳没下山前就离开村口大道,明天,他就不会再来了。

而就在他收拾好东西,打算就此放弃心中那不合理的念想,准备迎接之后的巨大悲伤时,一声"大哥"从他身后响起。陈老大转头,是一个衣衫褴褛的男人在叫他,陈老大沉默了会儿,答道:"人没事就好,回家。"

4

陈老二在沈阳经营了三年,生意虽不温不火,但也攒下了两车财物。

夏天那会儿他接到父亲寄来的信，便带着妻儿与伙计往辽中赶。快到辽阳时，遇到了一伙国民党溃兵，把财货抢了个精光，但好在是没杀人，只打伤了几个伙计。他们没辙，只能继续赶路。

刚过鞍山，在群山间赶路的他们又遇到了躲在山涧子里的溃兵，这次也没杀人，只剥去了陈老二身上的缎子面衣裳、掠走了他的漂亮媳妇。那是一个烟台文墨店家的小姐，能写字、会画画，头发又黑又直。陈老二疼了她一辈子，最后还是给交出去了。

等快到海城时，衣衫褴褛乞丐一样的陈老二几人又遇到了兵。这时再看到穿军装的，陈老二不怕了，他已经没有什么可抢的了。再说，国民党兵比日本人强多了，好歹是不杀人的。但等当兵的走近，事情变得不一样了，这些兵在大夏天还穿着不透风的黄布军装，每一张脏兮兮、红彤彤的面孔都很年轻。更古怪的是这些兵的眼神，他们看向陈老二时，显得同情与悲愤。

当兵的把陈老二一伙围了起来，搭话之前先递来水和吃的，然后一个长官的对小兵们说道："看啊，老百姓被国民党反动派逼得活不下去了，就和咱们的爹娘亲哥一样。"

长官向小兵喊完话，转头亲切地捧起陈老二的手，问他从哪里来，要到哪里去。陈老二又不傻，早已看出这些都是共产党的兵，如此，他在面对国民党溃兵时不得施展的聪明才智终于派上用场。于是，他卖着苦脸撒谎："俺是苏家屯村里人，那边国民党的兵祸害人，实在活不下去了。俺要去辽中投奔俺大哥，俺大哥是农民，他说他家那边解放了，要俺过去。"

陈老二往日最喜南方清雅格调，讲话从来怪里怪气的，但这次，他一口气说了五次"俺"。不过，尽管他的台词功力很拙劣，但共产党的长官更好骗。那长官听后愁眉苦脸叹了口气，好像是自己亲戚家遭了惨似的,他对陈老二说:"老哥,我们正好有队伍要去辽中接伤员,带你们赶一段路吧。"

这支共产党队伍走得很慢,几乎在每个有人的村子都会停下来接收伤员,很多时候还会被村里的老乡逼着吃喝留宿一晚。队伍晃晃荡荡走了好几天,过了海城走在辽中腹地时,终于在某一个村子,陈老二见到了自己的亲大哥。

陈老二讲完一路上的遭遇后闷头不语,陈老大话少也不会安慰人,两兄弟都沉默着,谁也没哭。过了好一阵,陈老大才开口问,你带着的伙计呢?陈老二答,被共产党把魂勾走了,当兵去了。陈老大又问,二弟妹是在哪里被掠走了?陈老二答,鞍山南边,白大岭。陈老大再问,那侄子呢?这下,陈老二终于号啕大哭,他说大哥啊,咱家就剩复北一个种了,以后继承老陈家的也是复北了。陈老大摆摆手,嘬了老长一口烟,没有任何变化的表情显得很凝重。

三年面朝黑土的生活使陈老大越来越像个农民,很多心思,他不知道该咋说了,于是告诉弟弟:"不是说这个,我是说,你得把地方记死,等稳当了,回去找找二弟妹,兴许能找着呢。"

接到弟弟当晚,陈老大提笔给父亲写信,犹豫再三,最终还是将老二把家丢了的事写进信里。他寻思着,父亲这辈子图的都是家族繁盛,每一步都有所打算,别因为自己的隐瞒,让老爷子蒙头想后招。可令陈老大没想到的是,与大连回信同来的,还有一份报丧。

历史将辽沈战役的爆发日期定在一九四八年九月十二日,陈老爷子是在九月十四日晚上没的。

送信的伙计说,本来老爷子这年的身体就不好,陈老大来信后,老爷子又闷头想了好几天,好不容易写好回信,可还没等寄出,沈阳开炮了。沈阳开打,对于东北乃至整个中国的影响是巨大的,老爷子只好烧掉了还没寄出的信,又熬了两个通宵,才憋出这封送来的回信。之后,陈老爷子回了卧室,睡去就再也没醒来。

拿到回信,陈老大和陈老二先是猛号一阵,然后共同打开信件。结果他们发现,这封所谓想了好几天的回信,其实是一份遗嘱。

未来,陈老爷子的安排是陈老二回大连,暂时打理陈家商号。如果老三有来信,就告诉他不用回来了,并且往后也不要把老三的名字写进家谱。如果没来信,就权当这个弟弟没了,但名字则要进家谱。至于陈老大,不准奔丧,继续留在辽中种地。

至于陈家商号,如果以后世道太平了,生意还能做,老大回大连继承,但要分给老二股份。如果难以经营,就一切全听共产党安排,就算让交出去也得听话,然后老二去辽中投奔老大。

而除了三个儿子的安排,老爷子还单独嘱咐了家族独苗陈复北一段。他告诉陈老大,虽然孙子在农村,但一定要让他学经营、学技术。以后商号要是能办,经营就看他了,而若不行,技术则可以糊口。

最后,老爷子说,他死后可以按照共产党干部的倡导,直接烧了完事,但一定要把他葬回山东,哪怕暂时不行,以后也一定要回去。

对这份遗嘱,陈老二很认同的,陈老大除了不准自己奔丧外,也是认同的。但无论他俩认还是不认,都得按照亲爹的交代做。

送别弟弟回大连那天,两人分离前,陈老二问陈老大:往后家里的事是不都得是大哥安排了?陈老大答他,听爹的安排。陈老二摇摇头,他说不是眼么前的事,是再往后的事。陈老大想了会儿,告诉弟弟,再以后的事不用安排了,过啥河搭啥桥吧。

两兄弟分手后,陈老大刚回家就开始喝酒,这会儿的陈复北已经挺大了，大到足够理解家族的种种。他问父亲："咱家咋了，咋现在和被拆家了似的？"

而这个问题的答案，一直要等到几十年后，陈老大临去世前的两年才告诉陈复北，他说："人不能整得太贪，啥都想占着，结果就是啥都得丢。"

5

陈复北的问题像是一则预言，在后来那段不算长也不算短的时光中，拆家缓慢而不可察觉地成为了事实。

陈老三的最后一封信是淮海战役之后到的。他在信中说，自己一切都好，已把钱都存进了美国的银行，无论中国怎么打，美国银行都是安全的。陈老二按照来信地址给弟弟回信，写了父亲的死讯，还有东北的现状，但这封信一直到世界换了模样也没有得到回音。

一九四九年十月一日，中国人拥有了国家。陈老二寄信问大哥，要不要回大连，他想去趟白大岭，看看能不能找到媳妇。陈老大回信，说你去吧，但自己不能回去，爹交代过，不能离开农村。后来陈老二又来信，说又不想去了，一是新中国刚成立就关店显得不好看，二是假如真找到了媳妇，他不知道该说什么。

一九五零年十月，在朝鲜和美国人干起来了。一直打到一九五三年七月，最后中国赢了，美国也说自己赢了。

胜利的消息传到辽中小村时，陈老大告诉陈复北，中国这就算在世界立棍了。陈复北问：啥是立棍了？陈老大告诉儿子，就是厉害了，谁也不怵了。陈复北又问：那咱能揍小日本了么？陈老大答，你们这代人要是能把棍立住了，小日本子随便削。陈复北咯咯乐，他觉得父亲越来越像一个农民了。

一九五四年冬天，陈老二寄信，说大连工商业下通知，以后定准公私合营了。陈老大回信，说要配合，直接把商号交出去吧，以后一家人在辽中种地挺好。一九五五年春天，陈老大在大道旁等到了抱着骨灰盒的弟弟。陈老二行李不多，带着一个老头，是跟了陈家一辈子的老账房。陈老大把人接回家，问弟弟，伙计们呢？陈老二告诉他，都各自留在大连工作了。然后陈老大对账房先生说，以后你就是我们兄弟俩的二爹。

一九五五年，陈复北考上了海城的高中，那个当初被陈老爷子送来的教书先生，如今也是一个老头了，他告诉陈老大，以陈复北的天资能去上大学院。陈复北问他什么叫大学院，教书先生说，college，相当于前清的翰林院。

陈复北上高中的第二年，老账房先生去世，陈老大合计了半宿，把他和父亲的骨灰同葬在当初计划藏财宝的地窖。地窖封土那天，陈老大磕了三个响头，他说，爹，你回山东没人伺候你，就在这儿待着吧，旁边还有个伴，以后啊，咱家就是东北人了。

一九五七年，陈复北考上了东北工学院，教书先生牛逼得不行。他对陈老大说，别拿前朝文人不当人物，改朝换代，也照样能教出翰林，以后等自己死了，陈家高低得给他立个供奉牌位。陈老大满口答应下来，晚上杵到地窖前面向陈老爷子报告了一遍。

一九五九年春天，陈老二种地把腰闪了，在床上躺了几天后又开始发烧，请了大夫开了些药，养到夏天人才算好些。但从这时开始，他就整天念叨着要去趟白大岭。

陈老大挺有耐心，每次都说，想去就去呗，也没多远，现在路上也太平了，趁着夏天天长赶紧去。可同样的，每次陈老二听后又会说不去了，原因还和以前一样，他说怕找着了不知道说啥。

陈老二的古怪在当时没有立即引起注意。直到夏末，天头开始变短那天。那是一个彤红彤红的傍晚，抬头能看见火烧一样的云彩，低头却瞧不清楚十步外的小道。兄弟俩扛着农具走在村路上，忽然听到树丛子里传来三声狐狸叫。这时，陈老二忽然问陈老大，他说："大哥，老三会不会把钱独吞跑了？"

陈老大被搞了个蒙，他没听懂弟弟的问题，随口反问："往哪儿跑？"

陈老二像煞有介事地回答："跑美国去了呗，他跑美国当资本家，把咱俩甩了。"

陈老大停住脚，他看向弟弟，但天太黑了，看不清陈老二的脸。陈老二憋了会儿，又说："我合计他是把钱卷跑了，自己跑美国享福去了，要不咋不回来找咱俩？"

陈老大没说话，只卸下扛在肩头的爬犁，冲着路旁藏在树丛中吱吱呀呀的畜生咒骂："不修好的畜生，再闹人就剥了你们的皮！"骂完，陈老大使劲跺脚，然后抡起爬犁对着野树枝乱扫，惊得已经黑透了的天响起一阵阵鸟叫。

从这天起，陈老二变癫了。他不再干农活，每天就跟在陈老大身后，瞪着两个不大的眼珠子死盯着。无论陈老大是干活还是歇着，他都要盯着看，除了问他饿不饿、渴不渴，这人几乎不说话，说话也就只说一个事，他要去白大岭找媳妇。但和以前一样，陈老大说你去呗，陈老二就说他不去了，怕不知道说啥。

村里人都说，陈老二得的是外病，搁在以前，找个萨满跳跳就能好，但现在没萨满了，就算有也不敢跳。陈老大不太信邪，他问和自己住在一起的教书先生,先生告诉他,陈老二得的应该是"歇斯底里病",这是一种在外国都不好治的病。陈老大犯愁了,说那咋办,也不能不治啊?先生合计了会儿,指点他,说可以带陈老二去沈阳找陈复北,陈复北在大学院,兴许能有认识的科学家给瞧病。

等到陈老大要带弟弟去沈阳的两天前,一个老太太在晚上敲响了陈家院门。陈老大刚开门,老太太便直接就往里闯。陈老大倒是没说什么,都乡里乡亲地处了好些年了,哪怕和这老太太没说过几句话,但也几乎天天撞个面熟。谁料,老太太比他还拿自己不当外人,陈老大刚把院门关上,老太太便夸张地说了一堆大不敬的鬼话。她说,陈老二的病是畜生磨的,得找个马家仙来,帮陈老二把畜生请进家门供上,要不然,畜生能把陈老二磨死。

陈老大听后塞给老太太一筐苞米,将人恭恭敬敬送出门外。其实他并非不相信老太太的冒险相告,而是一旦自己家里摆上供畜生的牌位,传出去,这个家的活人也就完蛋了。

带弟弟去沈阳那天,陈老大赶了一辆马车。马和车曾经都是他的,但现在,他要借来才能用。陈老大是见过世面的人,不像别人那样对出远门充满了慌张,他计划做得很好,先赶马车到镇子里,然后将马车交给陪他一起走的村人,自己则带着弟弟乘汽车到海城,再从海城换乘火车到沈阳。

陈老大坐在马车上,他有些兴奋。多少年了,他终于要离开这座小山村了,虽然结果与过程都与十年前初来乍到时想的不一样,但最终,他到底还是要走出这里。只是,这场令他期待的旅途并没有真正开始,如同他父亲赋予他的人生意义并没有就此结束。

当马车路过陈家地窖时,陈老二忽然跳了出去,狂奔向那实质上已成为坟冢的土丘。陈老大追过去时,陈老二在用头撞他父亲的墓碑,同时,这个疯子在狂吠:"爹,老三卷钱跑了!"

陈老大跑过去要拽人，陈老二却站起身回头向他冲来，接着一个猛子给他扑在地上。躺在地上，陈老二的嘴贴到了哥哥耳边，贼兮兮地说："大哥，昨儿晚上老三来找我了，让我去他家玩。那家那叫个好，石头砌的两层大房子，还带个院。完了他媳妇也带劲，洋女人，胯骨轴子那老宽。"

陈老大被这话吓到了，一把推开弟弟，左右开弓就是俩嘴巴，同时大骂："浑蛋畜生，光天化日的也敢出来闹，给我滚！"可这两巴掌，并没有吓退他迷信的精怪。陈老二笑呵呵地，语气仍旧像是在嬉闹，他说："哥，你别着急啊，老三没说不让你去。他啊，就是有点害怕，怕你揍他。我先过去，好好骂他一顿，让他把钱交出来，完了再让他给你磕头赔不是。再往后，咱家不就又齐整了？"

撂下话，陈老二抽冷子一下又冲向墓碑，紧接着便是噗的一声响，闷脆闷脆的。等陈老大反应过来，他脚没动弹，只说道："家没了。"

6

一九六二年初，大学院毕业的陈复北被分配到辽中一座城市的化工厂。

迁工作关系时他回到村子，一打听才知道自己原来不是农村人。也就是前几年的事，政府重做规划时，将他长大的村子划分到了县里，他就此成为县城人。这个小意外挺好，使陈复北省了办事的工夫，能踏实地在家休息一段时间。

回家的前几天，他如同儿时那样与父亲下地干活，这几年，很多乱七八糟折腾的破事已经过去了，村里的气氛也不似他少年时那样剑拔弩张。曾经会跳脚对骂，高喊要打倒对方的人，现在打照面时也会互相点点头。说到底，都是靠土地活着的人，一起挨了三年饿，谁和谁也没有那么大恨了。

到了晚上，陈复北会与那位把自己教到大学院的先生聊天。自从上了高中，他便越发觉得这个来路古怪的老光棍厉害。他根本猜不到有什么原因，能让一个精通英吉利语，懂基础科学知识的人留在农村教习自己。而这么多年来，这位先生对于自己的事，也只说他是旗人，留过洋。

陈复北与先生的聊天内容很杂，他们最开始聊的是"自动化"，结果二两酒还没喝完，观点就发生了分歧。

陈复北认为，自动化必然要朝着集成化的方向发展，这样才有工业意义，才符合工业逻辑。先生笑陈复北幼稚，他说没有什么可必然的，无论是自动化还是仍处于设想中的集成化，都只是一种效率设计而已，就连工业本身，也不过是效率工具的一种。他教导陈复北，效率是要服务于需求的，是被迫于压力的，如果没有需求、没有压力，大清朝用老牛种地也能千秋万代。

当话聊到大清朝上，陈复北开始劝先生不要说这样反动的话，旁人听不懂话里的真章，指不定又折腾他一顿。先生被吓得一哆嗦，赶紧喝酒说别的，问陈复北国学有没有落下。陈复北说现在不兴学国学了，对建设国家没用，大学院里也不教。先生惊呼，不教国学，往后中国人岂不是连三皇五帝都不认了？陈复北说，历史还是学的，但要以批判的眼光审视过去。接着，他又举了好几个例子，都是些历史名人，但现在已经成为历史中的坏分子了。先生听后唏嘘，说史书成册便盖棺定论了，读史读的是个品鉴，古代又没有德意志的社会哲学，非较这个劲干嘛。陈复北赶紧摆手，说这话往后也别说，虽然现在社会上不讲究，但大学院内部已经开始有讨论了。先生问他讨论啥，陈复北答，讨论啥他也不清楚，但不向着先生的想法。

俩人如此东深西浅聊了好几天，憋得同在饭桌上的陈老大直发愁。如今年过五旬的陈老大，已经完全是一个农民德行，他虽念过书，但学的道理却和儿子讲的这些对不上缝。闷头吃了好几顿饭，陈老大实在憋不住，硬把话插了进来，他对儿子说，"这次回来给你说个亲事，把家成了，到新地方工作也算有个家。"

之后的几天，村子里但凡是有姑娘的人家，便都会迎来一个小伙子与两个小老头，同时还会收到鸡蛋与糕点。

陈家三个男人一共看了十个姑娘。有三个，陈老大没看上，说是话太多，眼神乱瞧，吃饭还吧唧嘴，不敦厚。陈复北没看上七个，说那七个话太少，眼神死板，讲什么都听不懂，不聪明。先生是十个都没看上，说全都是俗气女子，配不上他的翰林学生。如此挑挑拣拣，最后搞得他们只好跑到镇子里去看姑娘。

镇子里的姑娘看了五个，陈老大与陈复北各看上一个，但不是同一个姑娘。可惜，两个姑娘都没看上陈复北，一个说是女儿不远嫁，另一个说陈家成分不好。先生还是一样，五个都没看上。

晃晃荡荡到了第六家，陈家父、师、子三人来到一户过分谨小慎微的人家。这家的女儿古怪，长得很白，一看就是从不干活的样子，但人却大方有礼，说话清晰通顺。这家的父母也古怪，他们谈吐很好，可无论是坐着站着还是走着，总显得畏畏缩缩，尤其当女方的父亲不小心冒出两句之乎者也时，女儿和娘的肩膀都明显抖了一下。

一顿饭吃完，女方家庭看上了陈复北，说女儿能外嫁，不讲究陈家成分不好。陈复北也相中人家闺女,他吃饭时就傻乐得合不上嘴了。只是,等到饭吃完,陈老大却留了句"下回带当娘的再来串门",便带着儿子离开了这户人家。

陈复北清楚父亲的态度。这两天,但凡是陈老大没相中的姑娘,他就会说下次带着自己媳妇再来串门。陈复北早看出来了,说亲事不带他娘,就是为了在他爹不同意时有个说辞。而对于这户人家,陈老大不同意的理由是,他家太怪了,像是藏着事,来路不明的媳妇不能娶。

而这次,陈复北没有像之前那样顺从父亲,他说,自己相亲相累了,就这个,想再接触一下。陈老大看向儿子,脸上倒没有被忤逆的愤怒,自从他成了一个彻头彻尾的老农民后,脸上的表情就越来越少了。令人意想不到的是另一个老头,陈复北的先生,他拽住陈老大,告诉自己的老东家,陈复北一定要娶这户人家的女儿。陈老大询问自己的老兄弟原因,先生告诉他:"这是前朝的格格,搁过去,我得下跪请安。"

7

陈复北妻子的特殊身份,并没有给这个新家庭带来怎样的荣光。相反的,反倒成为他们在未来一半苦难的来源。

一九六六年初,陈复北成了化工厂的技术主管,而他的格格媳妇竟然在当地中学当了体育老师。两人结婚有几年了,陈复北仍觉得不可置信,他那看起来养尊处优的媳妇,竟然打得一手好排球。

这个小家庭还不错，住着分配的房子，工资级别也高，日常生活单调却美满。他们每天早上一同上班，下班后再一同回家，吃完饭后散散步，晚上再聊些生活上的琐碎事，一直到睡觉。这种单调，使时间过得很快，不知不觉就好些年过去了。

而陈家似乎背负着一种诅咒，总会被信件带来厄运。这年夏末，陈复北的安逸被一封来自沈阳的挂号信打破，信是他大学院的师兄寄来的，没什么要紧事，满满的两页纸都是在闲聊天。

师兄说，沈阳那边乱套了，学校停课，满街都是半大孩子乱逛，吵吵闹闹的。他们的大学院教授也不好过，有一个算一个全被关进小屋里，和一帮刚学数理化的高中生搞辩论。但说是辩论，可教授们既不能辩也不能论，开口说不到三句话就得挨大嘴巴。工厂也不安生，生产线虽然还在，但效率不行了，工人们都被聚起来学习。结果学了不到一个月，工厂就和土匪窝似的，变得整天喊打喊杀的。最后，师兄告诉他，未来一定要低调做人，无论怎样都要忍着。

看完信，陈复北开始纳闷，他想不明白师兄的这封信到底是什么意思。既没通知什么，也不寻求帮助，只是流水账似的讲了一堆身边的事。包括最后那句劝告，含含糊糊的毫无力度，就像是按照格式写信似的收尾段落。至于这信中提到的那些场景，陈复北并不担心，他生活在一个不大的县城，新闻里的风几乎都刮不到这里来。更何况，他工作的化工厂是生产支柱型资源的，如果搞运动停产，将会影响整条大工业链的运转，这是不可能被国家允许的。

于是他回信给师兄，说如果觉得沈阳不安生，可以申请调到自己这里，但这封信一直没有得到回复。从此之后，陈复北的生活变了，虽然变化过程不那么剧烈。

不久之后,他妻子的学校停课了,但半大孩子们仍然会聚到学校,以呐喊他们自己都不理解的口号,来发泄旺盛分泌的荷尔蒙。直到某天,光凭呐喊已不够发泄青春期的愤怒时,一名音乐老师被学生用他自己的黑管砸死了。从这时起,学校所有的玻璃都被陆续砸烂,课桌被堆砌成堡垒,操场成了战壕。

在这期间,陈复北官运亨通。短短一月间,他就从主任升到了副厂长,而每一次升官同时,便会有另一个人被推出去折磨。到了一九六六年年末,当上厂长的陈复北在任职讲话时,看着底下沉默的工人,感到了恐惧。他觉得自己不是当上了厂长,而是成了一头年猪。

一九六七年年初,轮到陈复北了。

陈复北是当权派、走资派、资本家的孙子、地主家的儿子。每天他要戴着一顶滑稽的帽子,挂上涂有他称谓的木名片,在这个不大的县城中散步。好在他从小种过地,身体好些,是累是疼,好歹都能撑下来。

没过太久,陈复北的格格媳妇也暴露了,成了封建主义复辟分子。到这时这对夫妻惊喜地发现,兜了一圈,他们的生活原来没有变化,仍是早上一同出门,晚上一同回家,只是把工作后的散步,换成整天都在散步。

这年夏天,辽中农村来人报丧了,陈复北的先生死了。

报丧那人是当年陈老大带到辽中的伙计,早好些年就分出去单独成家了。这名中年人见到陈复北后,先朝小少爷脸上吐了口痰,然后以"打倒"开头,嘹亮地念出陈复北胸口木名片的名头。但等陈复北结束散步回到家,这名一直等在他家门口的中年人又呜呜傻哭,并用脏手一个劲抹陈复北的脸,然后把先生去世那天的事告诉陈复北。

那是一个下午，半大孩子们聚到了格格媳妇的娘家，先生也在那里，不能算巧合，他们这些之间走得很近。半大孩子们把格格媳妇家砸个稀巴烂，但有一对瓷器瓶子，却被孩子头领保下要拿走。这时先生开口了，他说，你们可以砸，但不能偷。然后孩子首领走了过来，给了先生一个大嘴巴，牙打掉了。先生当时可能被打糊涂了，把牙吐出来后竟然破口大骂。不过，虽说是骂，但也没说什么脏话，最重的一句也就是"数典忘祖"。

先生骂完，孩子们开始与他"辩论"，说他搞倒行逆施的复辟阴谋，想再次压迫老百姓，说他是满清狗杂种，肚子里藏着猪尾巴辫子。被骂了好一阵后，先生回嘴，说你们要是再多念几年书就不会这么说了。学生们听后更气，又开始打他，把那些关于满清的腌臜话又说了一遍，还补充道，他是杂种中的杂种。

学生们打了好一阵，先生疼得受不了了，他冷不丁狂号一声，趁着学生被惊到的空隙，窜出去在院里捡起一把镰刀。这时孩子头领站出来又要讲道理，但先生却用镰刀把自己肚子刨开，肠子流得稀里哗啦，然后问那帮孩子，这是辫子么？

而陈老大，他是散完步才赶到亲家的，那会儿已经是晚上了，先生早没气了。

伙计讲完这些后连夜走了，饭也没吃。陈复北把他送出院子时，伙计又喊了一长串"打倒"，结果引来隔壁院子一声叫骂："瞎吵吵啥！"

当天晚上，陈复北与他的格格媳妇躺在床上，灯也没点，互相也不说话。几个小时过去，忽然陈复北翻身对妻子说："历史无论好坏都是过去，是结果，无法改变。同样的，历史也是原因，有过去才有现在，所以我们现在的所有人，在历史面前都是平等的。我们每个人都是历史生出来的，没有区别。"

格格媳妇只淡淡回了句:"没事。"

然后俩人又沉默了好一会儿,陈复北又说:"我有点害怕了,咱俩生个孩子吧。"

格格媳妇问他:"害怕还敢生,这要怀孕,以后可咋熬?"

陈复北答:"我合计,你怀孕兴许能好熬点,但凡是个人,咋的都得剩点人性吧?"

格格媳妇又问:"那万一没有呢?"

陈复北答:"要真没有,怀不怀孕也没啥区别了。"

或许是因为营养不良,这场赌局一直到一九六八年年尾才押上注。到了一九六九年春天,格格媳妇的肚子已经鼓起时,陈复北似乎是赌赢了。

胜利的先兆发生在一个大风天,正在散步的格格媳妇忽然走不动了,可往常那些陪在她身边的孩子们,却没有如曾经那样推搡叫骂,而是安静地站在她身后等待着。等格格媳妇休息好了,用手撑着腰继续她这天的路途,孩子们便跟上她。

在那个反常的下午,所有人都慢慢地挪着脚,当嘴巴沉默下来时,他们仿佛回到了过去,像是一名老师领着她正要去训练的排球队。当这一天的散步结束,在格格媳妇的家门前,老师对她曾经学生们说了这几年来唯一的一句话:"你们都长高了。"

当晚,陈复北听到妻子的经历,他虽然兴奋,但嘴上却仍然对赌局的结果持保守态度。他说,也可能是那些半大孩子腻味了,遛狗都有个腻呢,别说这好几年就遛一个大活人。

从动机来说,没人知道那些孩子们到底是腻了还是激发了人性,但从结果来看,陈复北确实是赌赢了。之后的几个月,带着他们散步的孩子变得越来越少,当他们散步时,以往那些围观起哄的人也变得意兴阑珊。甚至等到夏天,格格媳妇已经不用散步了，每天要做的仅仅是拿着扫把扫大街，对于肚子已经很大的她来说，这是无比珍贵的养胎优待。

一九六九年的深秋，在一个风吹得哗啦哗啦的夜晚，刚散完步的陈复北恭敬目送走喊着"冷死了"的孩子们，然后他摘下头顶滑稽的纸帽子，撑着腰往家走去。路上，陈复北被风吹得有些冷，于是他把圆锥形的纸帽子撕开，打算把这张硬实的壳子纸塞到后腰挡风。而就在他欲行不轨时，那个冲他骂了好几年"清算"的邻居迎面冲来，陈复北立刻将帽子又戴回头上，安静地鞠躬行礼。

几年来的散步，他已练就出从容不迫的气质，尤其近两年，人们变得懒得动手后，他更是有恃无恐了。但这次不一样，凶神恶煞了好几年的邻居竟然叫了他一声"老陈"，然后告诉他，格格媳妇要生了。

在那一刻，陈复北是诧异的，他觉得自己才三十出头，怎么会被人喊"老陈"，之后，才是意识到自己有孩子了。

8

陈芙蓉出生后，陈老大带着媳妇从辽中赶来，看到孙女的第一眼有些哀愁。他遗憾地对陈复北说，要是个儿子就好了。陈复北告诉他男女平等，妇女能顶半边天。陈老大摇头，说："不介，不是那个事。世道不好，女人不好熬。"

格格媳妇的父母是陈老大走后的几天，趁着夜色偷偷摸摸来的。他们告诉女婿陈复北，民族一定要填汉族。陈复北说那肯定啊，我就是汉族。老两口长舒一口气，说："对，就上汉族。"

一九七零年是一个分水岭，这年开始，大多数人都开始变得懈怠，又开始回去做以前的事情了，种地的种地，掌鞋的掌鞋，蒸馒头的蒸馒头。那些仍然乐在其中的人，大多数是激素分泌失衡的孩子，少部分是晨勃仍然严重的年轻工人。几年下来，他们对敌人的选择越加挑剔，而折腾陈复北这帮打不还口的废物显然是无趣的，于是便将矛头转移到更强大的对手，彼此。随后，古怪的场景在县城中频繁发生，孩子们和孩子们打到了一起，工人们和工人们斗得如有杀父之仇。而对于普通老百姓，日子倒是消停了不少。

陈复北是从这年开始不用再散步的，他被安排到工厂的厕所搞卫生，四月卫星上天那天，厂里还破天荒地发了他两个包子。从这两个包子开始，陈复北的日子越过越好，五月的时候，有人到厕所找他，问一些化学层面上的问题。时间一长，人们都改口叫他"老陈"了。

县里第一座化肥厂成立之后，陈复北从厕所被调到档案室打扫卫生。活不多，但比以前更累，毕竟每天都要谦卑地、恭敬地、虔诚地回答无数与化学相关的问题，确实是件累嘴皮子的事，尤其对于陈复北这个好些年来几乎不开口的人。

"工作"调动的那天晚上，陈复北在睡觉时用毛巾被蒙住自己的头，格格媳妇问他作什么妖，陈复北微微发抖的声音从被子里传出，他答："我乐呢。"

格格媳妇问他乐什么，陈复北答："乐我可能又要得势了。"

格格媳妇又问他干嘛蒙着被子乐，陈复北答："我害怕让人听见。"

此后的日子，陈复北的快乐变得越发肆无忌惮，到后来，他已经来不及等到天黑了，只要回到家，脸上就一直挂着肆无忌惮的笑容。到一九七一年夏天,格格媳妇的高中复课后,这个家庭就更开心了,每天晚上变成两个大人一起傻乐,只有小孩呆乎乎地看着父母。这样快乐的气氛,以至于陈芙蓉稍长大些后,陈复北又动了要孩子的心思,但格格媳妇却对他说,那样就太招摇了,得寸进尺可没有好结果。

一九七三年,发生了两件大事,一件事发生在十月,很大,在天上,以至于听完广播的陈复北一整夜都没睡好。另一件事发生在十一月,也很大,至少对陈复北来说是这样。

这几年,陈复北的日子虽然消停些了,但县城里却打成一锅烂炖了,半大孩子们竟然敢在县政府门口约战较量,而年轻的工人们则更邪乎,甚至敢抢工厂保卫科的枪去干仗。可对于这帮疯小子,警察几乎都是睁一只眼闭一只眼,除非闹出人命,不然就只当个和事佬。

但在一九七三年冬天,"大联合"和"铁靠山"进行第十七次会战时,警察的摩托大队竟然浩浩荡荡地杀到战场,逮捕了近百名"犯罪分子"。得知这一消息的陈复北高兴极了,他对格格媳妇说,"犯罪分子"这个称呼很好、很有寓意,这日子终于能看到头了。只不过,陈复北高兴还没到三天,那些年轻的犯罪分子便被放了出来。这个结果令陈复北很失望,不过他的预言却很准确。

一九七六年一月初的某天早上,八岁的陈芙蓉捡完粪球回家,刚一进家门就把手伸进水缸中取暖,等手缓过来了,再用湿漉漉的手掌去捂冻得发紫的脸蛋。往常见她这样,格格媳妇总会吓唬她,说这样会把脸弄烂的,然后再用猪油给小丫头擦脸。但这天早上,家里的大人没有搭理她。

陈芙蓉推门进到烧着火炕的大屋,她的父母正面带忧伤地坐着,她问发生什么事了,陈复北告诉她,天下最好的人去世了。

从这天开始,陈复北变得谨小慎微起来,白天有人向他请教时,无论对方坐与不坐,他都一直是站着的,晚上睡觉前也不再蒙着被子傻乐。格格媳妇问他在想什么,他说:"这回我是想不明白了。"

九月初,悲伤的气氛又弥漫在这个小家庭,这次,陈复北对女儿说,天下最厉害的人去世了。而与最好的人去世不同,这次陈芙蓉哇哇大哭,而按照东北算虚岁已经四十岁的陈复北,也不知道怎的,也跟着一个小丫头号啕大哭。他边哭边喊:"太阳没了,日子还有啥盼头?没指望了!"

然而谁也没想到,坚持了十年乐观的陈复北,竟然在他崩溃后的短短一个月彻底翻身。

十月之后,他,陈复北这个人,在性质上与别人一样了,再不比谁下贱了。又过了一个月,工厂领导登门拜访,告诉他以后都不用打扫卫生了,先休息几个月养养身子,等过完年厂子都会有安排的。

领导走后,陈复北跳到了炕上,爆发出这十年来最大声的呐喊:"老夫聊发少年狂,左牵黄,右擎苍!"格格媳妇吓得赶紧拽他裤子,提醒他,"可别再往下念了,让人听见又定性你个资本阶级剥削分子!"陈复北一脚踢开妻子的手,狂喜地说:"资本阶级!这是又要得势啦!"

重新获得"人"的身份后,陈复北带着媳妇先回了趟辽中老家。这场新时代的相聚,父子二人并没有抱头而泣,陈老大只是平静地说了声:"回来了。"陈复北应了声:"嗯。"之后两人谁也没有就过去这十年说些什么。

回到家的第一件事是吃一碗面条,面是陈复北的娘擀的,卧的鸡蛋是陈老大从鸡窝掏的,烫熟的小白菜是自己家地里种的。吃完面,陈老大带儿子下到田里,那座陈老爷子交代陈老大建的地窖,如今已经成了陈家的祖坟,里面装着陈老爷子、老账房、陈老二的骨灰,还有陈老三的一件衣服。而先生,则被埋在地窖旁边的土包里。

父子俩先烧纸再给死人摆供果,最后磕头。磕完头俩人就在地窖前干杵着,陈老大不言语,陈复北闷得有些难受,开始找话茬和他爹说话。陈复北看向田地外面的那条路,原来挺窄的,路两旁还有几棵树,现在树没了,路也变得不平整了。他问陈老大:树呢?陈老大告诉他,政府要修新路,拓宽。陈复北说,拓路是好事,既然都被并到了县里,未来一定都会发展的。

话说到这,陈复北打开了话匣子,他向陈老大描绘对未来的期望。他说,自己回工厂后要重新整理流水线制度,现在的效率太低。等流水线制度调整好,再扩大产能,尽快做到满足本地需求量,甚至在省里也占有一席之地。产能扩大后,就要研发新产品了,这个需要时间积累与投入。

陈复北说了好多好多,四十岁的他,开心得像个正要去庙会的傻小子。但陈老大不比先生,他只是闷头听着,偶尔嗯啊两声,没有半句回语。陈复北兴奋地说了好久,在大冬天里给自己说口渴了。歇了会儿,他问:"爹你觉得我说得不对啊?"

陈老大看着破路,表情像是一根冬天拉人的干苞米,又闷了好久才对儿子说:"你说的这些我也不懂啊。"

陈复北感到诧异,又问:"大连的商号你不是管过?"

陈老大又闷了一阵,声音如同烂土路的碎疙瘩般干涸,他说:"早忘了,算盘都不会打了。"

陈复北叹了口气,这回轮到他发呆了,但他的定力不如陈老大,嘴刚停下来没一会儿就感觉冷了,然后俩人一起回家。陈老大背着手走在前面,脚踩在干草上咔嚓咔嚓的,刚走出田地,他冷不丁对儿子说道:"我合计,你再稳当两年吧,不定啥形势呢。"

人生停滞十年,陈复北的心亦如而立之年,甚至因为忍了太久,他的激情要比十年前更加炙热。最终,陈复北无视了父亲的劝告,离开辽中老家第二天就去了工厂。

或许是因终于可以抬起头来走路,陈复北这才发现,原来他朝思暮想的工业圣殿已经如此残破了。工厂大门那张白底油黑字的牌子,现已褪色发黄,每一栋房子、车间,都被爬墙虎的枯枝侵袭得看不出原本的砖红色。陈复北感到怅然,他觉得这可能就是所谓的"烂柯",但想想又不对,"烂柯"是一种恍然感,而这间工厂,他可是在十几年前就守在这里了,却直到这天才发觉它的衰败。

可陈复北心中的怅然并没有太过发酵,倒不是他务实,却是重新投胎成人后,他的鼻子变灵巧了。也就是从工厂大门往里走不到一百米,阵阵屎尿屁的臭味混杂着油馊袭来。这股味道不但影响了陈复北的沉思,更点燃了他久违的愤怒。

屎尿屁的味道,证明化工品生产车间出问题了,或是操作不规范、或是产线老化。油馊味,意味着人在非食堂区域生火做饭,这代表着职工制度已经完全失效。而对于一间化工厂来说,这两项问题叠加起来,则预示着极其严重的生产事故。

陈复北加快脚步,似救火英雄般闯入一号生产车间,然后以戏剧般的凝重口吻对里面的工人喊话,质问车间主任在哪里。可回应他的,却只有一双双麻木、懈怠、缺乏生机的眼睛。这些眼睛的主人都很年轻,他们的肩膀还没有成熟到足够宽阔,撑不起藏蓝色的工服,再加头上歪七扭八戴着的帽子,每个人都看起来松垮垮的。

这些年轻工人中，有几个陈复北是认识的，在过去的岁月，还是孩子的他们可不是现在这副样子，那时的他们，瘦削的身板中藏着永不熄灭的怒火。看着他们，陈复北不自控地抖了一下，而这时，年轻工人也认出了他。

一个长着稀疏胡子的工人走了出来，他没有如曾经那样动手，而是询问陈复北来这里做什么。陈复北先用力跺脚给自己壮胆，然后反问他们：车间主任在哪里？年轻工人眼角抖了下，回了句不知道。这突如其来的正常对话激发了陈复北的勇气，他向前踏了一步，对年轻工人要求："你去把车间主任叫来。"

听到陈复北的话，工人的表情瞬间变得愤怒，可他实在太年轻了，尽管眉眼已经拧得极为扭曲，但额头却没有一丝皱纹。然后，这位毛刚长齐但还不够硬的孩子，抡起胳膊给了四十岁的老陈一个大嘴巴。他说："别以为改朝换代了，天还是我们无产阶级的天！"

那会儿的陈复北还很瘦，人被大嘴巴抡退了两三步，但多年来的散步也不是白练的，他身体还行，没有就此晕过去，并且挨完一巴掌，他倒也不怎么怕了。陈复北晃晃荡荡站了起来，眼睛虽然有点虚影，看不太清那名工人，但至少冲着的方向是对的，他说道："辩证来看，我才是无产阶级，你们不是！权利本质也是一种资产，尽管野蛮，但确实占有着支配权！"

那名年轻工人皱起眉头，嘴巴吧唧吧唧的，他应该是没听明白陈复北的话，正在寻思。而陈复北则趁对方分神，转身一溜烟地跑了。

这一嘴巴给陈复北打慌了，好一段都没再明目张胆地笑，没事就闷头寻思，偶尔还会问一嘴格格媳妇："你说，现在到底是个啥形势？不会是搂草打兔子吧？"快到年前，陈复北变得越发魔障，有天下晚黑，他贴到格格媳妇身边，一开口讲的竟然是他爹陈老大。

陈复北说，他爹其实早看出现在是假象了，所以从老家回来前才让自己再端着几年。还有以前，陈老大连自己儿子都骗了，但凡是正经事，全都一问三不知，装得和个老农民似的，可实际那都是假的。他爹从小读私塾学经商，从山东到大连再到辽中，走过几千里路，在大清朝、北洋政府、民国政府、小日本子、新中国的天下都过过日子，啥没经历过？那都活得精精的。最后一看，能熬下来的都是会装的，但凡没有那个深沉劲的，结果都没撑住。

最后陈复北还总结："爹说等两三年，我合计着，现在应该就是最后一次坑，咱再熬熬，学学爹，早晚能出头。"

格格媳妇被陈复北弄得有些沮丧，于是第一次反驳了丈夫的论点，她说："我感觉不会，咱们学校都计划搞教研了。"陈复北则斩钉截铁告诉妻子，"你可千万别参加，那都是下的套子。这回是我错了，爹是对的。"

陈复北的信誓旦旦一直持续到腊月二十三，他打算在家过完小年就回辽中老家，然后就一直待在农村，想着要是再搞运动，农村没有城里那么折腾人。但这天晚上，陈复北家里刚包完饺子，化工厂的老厂长便上门拜访，通知同为运动幸存者的陈复北，厂里急缺人，要他十四号下个星期一直接来上班。

当时听到这个消息陈复北一屁股坐在炕上，眉头是拧着的，但嘴角却是弯的，像是脑血管被堵住了。好不容易把嘴回正后，他不可思议地感慨："我操，爹合计错了？"老厂长莫名其妙地盯着陈复北，然后说道："小陈，我记得以前不说脏话啊。"陈复北听后给了自己一嘴巴，说："操，对啊。"

恢复工作后，陈复北的职务与之前一样，还是主管技术的副厂长。他回任的第一天穿得很精神，身上那套大学毕业时做的呢子中山装，十几年后仍然合身。可惜就是皮鞋不行，鞋底磨烂了，原来掌鞋的老头前年老死了，没人会修。不过陈复北倒不担心，眼看着要过年，他再选一双新皮鞋就好。

那天中午，他去食堂打饭，几乎所有人和他打招呼，都叫他陈厂长，但他不认识这些人，于是在点头回应之余，也在四顾寻找熟悉的身影。县城不大，工厂也不大，但时间却是很庞然的事物，他也不确定那些熟人是否还在。但令人没想到的是，在陈复北将目光投到远处时，一名熟人已站到了他面前。

这个人，曾经与陈复北有过一段很密切的交往，以至于此时此刻与对方四目相对时，已经四十岁的陈厂长仍然记忆犹新。或者说，他脑中记忆本来就是新的，毕竟就在半个月前，他俩刚又打完交道，一嘴巴的交道。

看着面前这名长着稀疏胡须的年轻工人，陈复北双腿不自控地后退，他紧张地询问对方想干啥。那名工人的气势仍然很盛，昂着头歪着下巴告诉陈复北，想报复就赶紧来，他扛得住，别玩阴的，要和他玩阴的，他敢舍得一身剐。

年轻工人耍混不吝时，围观的工人们开始交头接耳，很快便将陈大厂长与小工人的恩怨普及开来。然后人们开始叹息，站得近的人都说那名工人要完蛋了，站得远的人则说陈复北是还乡团。

而就在所有观众都期待一场复仇大戏上演时，陈复北却给出了最不可思议同时也是最无趣的结局，他抬起胳膊，抡圆了抽在那名年轻工人的脸上，可别看动作挺大，耳光却不咋响亮。然后陈复北揉着自己的手，告诉那名工人，他的仇报完了，俩人以后没事了。那名年轻工人有些不可思议，他的脸似乎不疼，没有捂着，只是惊奇地问道:"这就完了?"

　　陈复北移开目光,远眺着继续寻觅熟悉的人,同时心不在焉地回答:"完了,再以前的事和你也没啥大关系。"说完他叹了口气,抱着饭盒坐到餐桌上,他最终还是没见到哪怕一名熟悉的人。这时他忽然觉得,自己的这记耳光消解的并不是仇恨,而是一个时代。然后陈复北转头对那名年轻工人说:"一起吃饭吧。"

9

　　二零一三年,熬过"世界末日"的我赶上中国经济腾飞,刚从学校出来便随大流创业经商。成功完成第一个项目后,我衣锦还乡似的选择回家休假。这时的我是盲目自信的,将大经济形势赐予我的成功,当成个人才华的体现。

　　这份傲慢,一直持续到我与陈复北进行生命中最后一次长谈。

　　那时,被成功忽悠得近乎傲慢的我,恨不得将肚子里那堆屎一样的"互联网商业词汇"掏干净,给这老头来一点现代震撼。但他却总能点破那堆狗屎理论的伪装,直达逻辑链的核心,并以无可辩驳的真相告诉我这些现代理论的虚伪之处。

　　而当谈话细致到原理层面时,我则像是气枪游戏的气球墙,陈复北一开口,一颗气球便会在我脑中爆炸。也多亏了他,我才及时认清自己是一个多么平庸又幸运的人,以不至于在未来为这份傲慢付出惨烈代价。

　　谈话的最后,我沮丧地问他:为什么教科书上没有他口中这些原理?他告诉我,其实是有的,只不过用词叫法不一样。我又问他,他的本事是谁教的。他说,不用谁教,几千年都是这个样子,看都看会了。我难以置信,说现代与古代一定还是有区别的。他摇头,很凝重地告诉我:"没区别,斗的都是人性。"

这句话,使我不得不进行更深层次的思考,但还没等我得出哪怕最简陋的结论,陈复北又开口进行了自我否定。他说:"不对,还是有区别,古代可能更狠,但现代人一定更脏。"

这句话,一直到陈复北入土很多年后,越来越多的人才终于意识到。

而因他那堆预言一般的理论,使未来的我每当想找个娱乐故事放松一下时,唯独对穿越题材不感兴趣。陈复北的存在使我很清楚,来自现代的普通人大多像我这样自负、无知且懦弱。

陈复北回到工厂后,生活变得日新月异起来。他像是一个商业小说中的主角,在短期完成一个又一个奇迹,又凭着这些奇迹,逐步完成了"得势"的梦想,一路飞黄腾达,不断地将成功变为更大的成功。

刚到一九八零年,他已经富到拥有电视机、缝纫机,后来还有了一台冰箱。那年快入冬时,陈芙蓉按往常那样去仓库找篓子和叉子,陈复北拦住女儿,告诉她,家里以后再也不用"粑粑"生火了,不管炕还是灶,全改用木炭,而且是买来的木炭。

陈芙蓉问爸爸:"那学校上交的份咋整?"

陈复北趾高气扬地答:"我找你校长。"

陈芙蓉想了一会儿,又问:"那我放学不捡粑粑干啥?"

陈复北告诉女儿:"你乐意干啥干啥,干点小姐家干的,唱歌、跳舞、弹琴。"

说完,陈复北拿出磁带放到新买的磁带机里,一阵滋啦啦,里面传来悠扬的钢琴曲,然后他问女儿:"好听么?"

陈芙蓉答:"老好听了。"

陈复北点点头,告诉女儿:"以后你就学钢琴了,还有,小姐家的说话不能说'老',得说'特别好听'。"

过了一个月后,陈复北的新家多了台钢琴,钢琴上面还放着一个荧光纸包着的盒子,陈芙蓉拆开,里面是一件带亮片的白纱裙子。换上这件裙子的瞬间,那个被北风吹红脸蛋的姑娘不见了,陈芙蓉成了富人家的小姐。

陈复北一生都在遗憾自己生了个女儿,但对这个唯一的孩子,他又极其宠爱。当他翻身之后,对陈芙蓉已经到了溺爱的程度。很多时候,就连陈老大与格格媳妇都看不下去了,但陈复北却总说,他的孩子吃了太多苦,往后再享多少福都受得住。尤其当陈复北变老之后,他更将对孩子的溺爱当成一种炫耀,无论陈芙蓉已经是一个多大的官了,只要聊起女儿,他就会说,自己这辈子除了一件事外,所有的一切都纵容了女儿。

很长一段时间,我都笃定陈复北说的这件事,是指自己女儿与一个工人后代的婚姻。是的,我的姥爷一直看不大起张秋,看不起张秋那个扎根在工人家属区的家庭,尤其当社会的唯一规则变成金钱之后,他的鄙夷总是显得那么直白。但当陈复北再也无法解答这个问题时,陈芙蓉的忏悔哭诉使我回忆起童年,那时我才恍然,他们陈家的遗憾实在与张秋无关。

陈芙蓉这个女人,聪明、善良、机敏,但不如陈复北、陈老大与陈老爷子。

第六章

I

记忆中,我第一次也是最后一次见到外曾祖父,是在一九九六年夏天。

这场决别的契机是陈家要迁祖坟,我与父母的三口之家,要去一处叫作"老家"的陌生地方,参加名为"祖先们"的陌生人的迁坟仪式。

那天,小李叔叔开着车,载着陈芙蓉、张秋与我去往一座县城。车沿着国道开了好久,路程上的事我大多想不起来了,只记得道路两旁栽着数不清的树,还有张秋讲的风水典故。这次旅程,使我第一次对"距离"有了认知。好远好漫长的路途,使我发觉有时想见一个人,是要付出代价的。

车变得颠簸,并总能听见压碎石头的声音时,陈芙蓉摇下车窗,看着远方乱糟糟的大地,说快到了。我被张秋抱出来时,目睹到了这片未知土地的全貌,脚下与视野的尽头,满眼都是荒芜的黑色土地。土地之上,无序生长着杂草与叫不出名的农作物,而夹杂在这片黑色世界之中的,是一些零星的小房子,每一栋看着都脏兮兮的,有些还能透过残碎的围墙,看到里面房子破碎的玻璃。

目睹这些不美好的事物,我转头回望陈芙蓉的小轿车,与这片混乱的天地相比，我更想到那里去。等张秋前行到小轿车再不会变远时，有人拍了下我的后背，我回头，见到一个苍老得近乎骇人的老头。

我与老头对视的瞬间，他张开了嘴，他似乎在笑，可嘴角却无力撑起脸颊上的褶皱。同时，他向我伸出烂蜡烛一般的双手，嘴巴黏连了好几下，嘶哑的声音才从喉咙里挤出，他说："我抱抱。"

这时的我已经六岁，基本丧失了随意哭泣的能力，可尽管没流眼泪，这个人仍给我带来极大的恐惧。我完全不能理解，一个人类，是如何变成他现在的模样，以及他这个模样的人，为何还能走路说话？而我虽不清楚苍老意味着什么，却知道什么叫作妖怪，于是我紧紧地攥住张秋的领口，小声告诉他："我害怕。"

张秋，我的父亲在这时给予了我足够的安全感，他也抱紧了我，对这个老头说："小孩沉，你老可整不动，等会儿坐下再让你稀罕。"而张秋说完话又过了好几秒，恐怖老头才缓缓地点了两下头，并从口中传出不清不楚不连续的一声"啊"，仿佛两人的对话需要穿梭时空才能传达。

迁坟仪式开始时，许多人围到一座小山的前面，张秋抱着我站在人群不近不远的中间，陈芙蓉和她的父亲，这场活动的主角陈复北站在最前面。我越过人群看向小山，发现小山旁还有座坟包，坟碑上的名字不姓陈，于是我问张秋那是谁的坟。他摇头，并让我先别说话。

在我对坟包的主人好奇时，一个和尚越过我走到最前面，他先念了声阿弥陀佛，然后扯着嗓子对人们喊道："属羊的、属牛的、属马的亲朋好友请移步到东家歇茶。"

和尚喊完，我的姥爷陈复北问他："我属牛，但我不能走啊！"

和尚听后连忙又说:"主家没事,留着吧。"

和尚吩咐完,张秋把我交给了小李,然后我被带到一间院子,院子里还有几个大人,他们凑到我面前开始问问题,什么你和你爸你妈谁好。认识多少个字了。啥时候上小学。我回答了几个,可除了一连串不明所以的笑,我没有得到任何奖励,于是也就懒得搭理他们了。而他们对我的好奇却仿佛无穷,哪怕我都不说话了,他们却还是伸手掐我的脸。小李看出我的厌烦,他又把我抱起来,告诉那些无聊的大人:"小孩困了,带他睡会儿。"然后便抱着我进到院中的破房子里。

与外面看着不一样,这间房子意外整洁,而且没有臭味。小李抱着我穿过一间小厅,进到有土炕的大屋,然后他点了根烟,伸着懒腰抽了一大口,样子挺放松的。和他一样,我也挺放松的,身子下面的炕比我想象得舒服,虽然硬,但很干净、很大,还有点凉快,我躺在上面可以来回摆动手和脚,假装自己在游泳。

就在我俩都很惬意时,外面响起鞭炮声,噼里啪啦的,吓我一跳。我身子立刻紧绷起来,问小李是怎么回事。他要比我镇定得多,说外面要做法事了。我又问什么是法事,他告诉我,就是和死人打交道。

小李的回答令我害怕起来。其实就在不到一个小时前,我对死亡还没有太清楚的概念,只知道死人就是没了,是以后再也见不到的人,与路上匆匆走过的陌生人没啥大区别。可就在刚刚,接触到那个恐怖的老头后,死亡便在我脑海中不知不觉具象起来,我大概知道了,死人是比那个老头更恐怖的存在。于是,我不再假装游泳了,想到身下趴着的炕,是那个无限近乎于死亡的老头睡过的地方,我立刻跳了起来,再不愿用自己的身子去接触这凉飕飕的土炕。

小李不知我的脑海中正在推演生与死的哲学，他傻乎乎地问我干啥。我没回答，而是反问他：谁死了？小李说，谁也没死，做法事是和以前的死人打交道。我又问：以前是谁死了？他说，你的祖宗。

与死亡一样，我也不太能理解祖宗这个词的具体含义。除了刚才见到的恐怖老头，我见过最老的人，就是祖母的父母，但他们还活蹦乱跳的，能给我切西瓜、带我喂鸽子。或许再给我几分钟，我能像思考出"生死"一样，弄清楚祖宗的概念，但在这天，老天注定要对我来一通拔苗助长，屋子的门被从外面推开，我的祖宗正站在门外。

恐怖老头的到来，使我退化成只剩本能避难反应的猴子，几乎不经思考地躲到小李身后，而小李却令人失望，撇下我去搀扶那个老头，并还亲切地问："大姥爷，你咋过来了？"

老头如刚才回答张秋时一样迟缓，过了好几秒，才嘶啊嘶啊地回答，他说："开门了，先生不让我往前凑。"说完，这个老头便以缓慢的速度向我走来，而在这一过程中，我无数次想跳下土炕逃跑，可直到他的屁股也坐到炕上，我都没胆量迈开腿。

老头坐稳后，脑袋像生锈的旗杆似的扭向我，他问："你知道我是谁不？"我看向小李，可我的保护神却在这时离开了屋子，使我与老头成了独处关系。

老头没等到我的回答，便再次对我伸出了毒手，他枯骨般的手指朝着我的脑袋接近，眼看指尖就要触碰到我时，我的腿终于在恐惧的压迫下迸发出力量，全不管自己离地面有多高，直接从土炕蹦到了地上，然后以烟臭味当作线索，逃命似的去寻找小李。

重新见到小李后，这个将我抛弃的人问我怎么了。但这会儿我已经看出，那个老头拥有很高的地位，别说小李，估计就连张秋也管不了他。于是为了能躲避恐惧，我只能撒谎说屋子里味道不好闻。

之后我一直待在小李身边，好一会儿过去，好多之前没见过的大人来到院子外面。他们在踏入院子前先在门口放了一串鞭炮，然后进进出出搬来桌子、大锅、火灶和青色大桶，很快将院子搭成了张秋工厂食堂的样子。

等这群人把活干完，就坐在他们搬来的椅子上歇着。过了会儿，和尚进到院里，掏出烟递给一个粗脖子的胖子，大喊一声："主家请火了！"然后，开始他给每一个坐着的人都点烟，同时还会把一包新烟塞给对方。

等和尚一人不落地散完烟，坐着的人笑呵呵离开椅子，开始分工明确地择菜、切肉、兑调料、搅酱汁，最后将收拾好的食物交给粗脖子的胖子。胖子再一歪粗腰，灶台便哗的一声喷出烈焰，像是战斗器的引擎，接着他翻弄面前的大铁锅，如同在烈火中起舞，每当他用炒勺重敲铁锅，一道新菜便会进入搪瓷大盆中。这个充满香气的过程令我感到痴迷，至于胖子只要敲锅，我便要跟着喊一声"耶"。

大概是炒了七八个菜的样子，张秋、陈芙蓉与陈复北也回到院子里，在他们身后还跟着更多的人，有些是刚才我见过的，有些不是。张秋来到我身边，手按在我的脑袋上，问我看啥呢。我说炒菜。他又问炒菜有啥意思。我说战斗机一喷，就把东西喷成好吃的了。张秋合计了会儿，问我啥是战斗机，我指向粗脖子面前的灶台，张秋哈哈哈大笑，见他笑，我也跟着笑，这是我今天最开心的时候。

正在我俩开心时，陈芙蓉叫了声"张秋"，我的快乐也就此结束。因为我母亲的打搅，我叫了无数声"大大好""叔叔好"，张秋还更麻烦,他要说"刘主任你好""孙经理你好",比我多说好几个字。

叫了一大圈人后,陈复北不知道从哪儿扯来一个麦克,开始文质彬彬地对大家讲话,害得我每听一句话就得问张秋,什么是"莅临",什么又是"祖产"。讲了半天,我就听懂了最后一句,他要陈芙蓉去屋里请老太爷。

过一会儿,那个恐怖的老头迟缓地从屋里出来,这时我问张秋,这个人到底是谁。张秋说:"你太姥爷,不对,太姥爷是我姥爷。"接着他也困惑起来,想了好久才又回答:"你曾外祖父,你妈的爷。"

我张大了嘴,无法想象我美丽的妈妈竟然是那个骷髅老头的孙女。同时心中也悲哀起来,得知这一真相后,我明白自己怎么着也要被骷髅老头掐一次脸了。

待老头入座,陈复北又开始举杯祝词,然后大家开始喝酒吃菜。我坐在张秋与陈芙蓉中间,他俩喂我什么我就吃什么,这满桌菜做的时候挺好玩,看着也挺香,但吃起来都是一个味,爆三样滑溜溜的,溜肉段和软炸里脊一样软趴趴。而且,我的注意力全在恐怖老头身上,自从知道他的真实身份后,我便感觉与这个人产生了某种说不清道不明的联系。

一直到我吃饱,恐怖老头只吃了一只虾,说了一句话,而这唯一的话,也是关于虾的。他说:"白灼不香,不如油焖。"说完话,老头喝了口酒,然后起身往屋里走,陈复北叫了一声"爸",问他是要睡觉么,老头啊了一声,身子没停,从始至终都以缓慢而均匀的速度朝屋里走着。

老头离开后,陈复北与人喝酒聊天,陈芙蓉则小声和几个凑到她身边的人聊着工作,他们说话的内容我听不懂,只好趴在张秋腿上,听他跟和尚扯淡。

他问和尚,说你咋也喝酒吃肉啊。和尚说,这就叫酒肉穿肠过,佛祖心中留。张秋乐了,说老哥你有点鲁提辖的风度。和尚听后双手一抱拳,应了声"谢谢兄弟",拿着酒杯向张秋敬酒。张秋喝完酒又问他,说你刚才做法事那套子丑寅卯,那不是道士的本事么?和尚念了声"阿弥陀佛",告诉张秋,佛道本是一家亲,原理都相通。张秋乐得更厉害了,问和尚:是不是就和灵鹫山元觉洞那燃灯老道似的?和尚说啥,张秋问:没看过封神榜啊?和尚哈哈大笑,端起酒杯豪迈地喊了声:"喝酒!"

又过了会儿,我开始犯迷糊打哈欠,陈复北的媳妇把我抱走了,再之后的事就什么也不记得了。

等我醒来时,正躺在一张陌生的小床上,旁边没有人,这使我有点害怕,于是赶紧跳下床去找大人。见到陈芙蓉和张秋时,他俩正在堂屋里坐着,小李站在他俩身边。这会儿天已经黑了,外面很安静,白天乱糟糟的人与战斗机都没有了。陈芙蓉看到我便一招手,我自然而然地扑到了她的身上,问她:"天黑了,咱啥时候回家?"

陈芙蓉说等会儿,同时略带有忧色地看向张秋,张秋伸出手拍了拍陈芙蓉的腿,什么话都没说。我们一家三口就这样沉默着,一直到陈复北从有大炕的那个屋里出来。这时,陈芙蓉问他,我爷还睡呢?陈复北点头。张秋也问:我爷发烧么?陈复北摇头。

张秋看陈芙蓉发愁,便对陈复北提议,说不行去医院吧。谁料他刚说完,便挨了陈复北一个白眼,还遭了通没好气。陈复北怼他,说去医院跟大夫说啥,"睡觉病啊?"张秋似乎很习惯陈复北的态度,倒也没掉脸子,仍是好声劝丈人,说他以前在生物杂志上看过,睡眠其实是一种保护机制,如果在非生物钟入睡时间陷入长时间睡眠，很可能是身体出现问题了。陈复北听后点了根烟，臭他道："我比你早上几十年大学院！"

陈芙蓉听后拍了拍张秋，歪着声调叫了声"爸"，感觉是十分向着自己丈夫。挨女儿说完，陈复北也不吱声了，闷头自己抽着烟。等一整根烟抽完，他开始嘀咕，说能不能是今天办事没整立正，"给冲着了？"陈芙蓉搭话，问啥冲着了。陈复北回答，说和尚让属牛的离场，但他属牛啊。听后，陈芙蓉明显慌了起来，自从她当上领导后，已经很少有这种表现了。她紧张兮兮地问：先生不是说亲属不避讳么？陈复北没说话，手却又掏出一根烟点上。

张秋看这俩人气氛不对，他宽慰自己媳妇，说别听那假和尚胡说八道，他都和那和尚聊了会儿，纯是个骗子，封建迷信都玩不明白，还扯啥佛道一体，就是个假和尚。

可谁想，张秋劝完陈芙蓉却更慌了，她的表情从忧愁变为惊恐，慌叨叨地说："那完了，不会真把事给办坏了吧？"

陈复北瞪了张秋一眼，但开口却是在训女儿："别胡说八道，你姥你姥爷那事不也是他办的，整得不挺漂亮？咱家没得后福？"

陈芙蓉点点头，恐惧淡去不少，毕竟她的厂长父亲这几年一直在发财。而她身边的张秋似乎听出老丈人这话是说给自己的，于是默默放开陈芙蓉的手，独自跑到院子里抽烟去了。

张秋走后，陈芙蓉让小王去车里拿衣服，等外人离开，她批评起陈复北，说张秋再怎么样也是钢厂的年轻干部，别总拿话甩蹬人家。陈复北没言语，憋了会儿才岔开话题和女儿说，让她两口子先回去，别在这儿守着了。陈芙蓉忧虑地点点头，到外面把张秋叫了回来。然后陈复北的语气变好了些，告诉女儿女婿，说看一眼你爷就回去吧。而这时，陈复北的媳妇从屋里出来，告诉我们:"人醒了。"

陈复北长舒一口气,笑着对我们说,瞧瞧,这老头还是舍不得他大孙女。可打趣完,我姥却没跟着笑,而是拧着眉头挤了下眼睛。陈复北意识到了不对,也拧起眉头,三两步窜进了屋。

当所有人都围到炕沿时,恐怖老头的眼神没有投向我们任何人,他望着天花板,两片嘴唇轻轻开合,但胸口却没太大起伏。陈复北用手去摸老头的额头,然后又把手贴在自己头上,念叨了句:"这也不烧啊。"我姥拿出一根温度计,对陈复北说:"刚量完,三十六度,是不发烧。"然后陈芙蓉给老头披了披被子,说:"爷,我给你倒杯水啊。"张秋站得远点,看着陈家人忙碌有些手足无措。

大人们围着老头转圈时,只有我一个人在观察老头,随后我发现一件当时并不觉得奇怪,但未来回忆时却总能令我大呼惊奇的事情。恐怖老头望向天花板的双眼很有神,瞳孔甚至都聚焦了,像是在观察什么有趣的东西。这样的眼神,使我毫不怀疑他会在下一瞬间猛地坐起来,然后告诉大家伙自己饿了。结果,我的预感很快就应验,就在我观察老头时,他轻微闭合的双唇,在大人们猝不及防的时机蹦出了话。

骷髅老头说:"爹,我太委屈了,忍了一辈子,一辈子没翻身啊。"

这段话铿锵有力,清楚得像二十多岁小伙子喊出的,这犹如穿越时光的声音,使所有大人在同时窒息了一秒。作为与老头认识最久的人,陈复北最先扑到老头面前,他用手在老头眼前晃晃,问:"爹,你说啥呢?"

老头没看陈复北,仍是炯炯有神地看着天花板。陈复北这时似乎明白过来了,他扶着老头的肩膀吆喝起来:"爹,咱家早翻身了，现在儿子自己又开了间大工厂，钱都挣得花不过来，你孙女更有出息，当大官了，咱老陈家上一个官可还是大清朝呢！爹，你赶紧告诉我爷吧，让他老人家舒服到新家歇着去吧。"

陈复北的一通吆喝似乎真有点作用，老头听后竟然侧头看向陈复北。只是奇怪，他眼中的精气却在此刻消散而去，微微颤动双唇缓慢开合，但隔了好几秒，虚弱的声音才从他嘴里半清不楚地飘出。

老头说："钱叫个啥，鞭子里最低等的。"说着，他又看向陈芙蓉："她的鞭子高等，是真鞭子，可她是个丫头。"

说完，老头回正脑袋又看回天花板，眼神变得越来越直勾。大人们见状又喊又问折腾了好一会儿，最后陈复北伸出手指往老头鼻子底下一比画，忽然号啕大哭，长长地叫了一声"爹"。

陈复北的呐喊使陈家乱了分寸，只有张秋还算冷静，立刻找电话打了120，但急救车来后也没管什么用，几个大夫在屋里站了还不到五分钟，就把殡仪馆的单子交给了陈复北，于是张秋又给殡仪馆打电话。

殡仪馆的车来得比救护车要快，几个愁眉苦脸的师傅用床单一兜，老头就被轻飘飘地装车上了。之后殡仪馆的人问陈复北想咋办。陈复北说明天再说，几个师傅听后赶紧劝，说白事得赶紧定，不一样的办法走不一样的流程，弄错了对后人不好。陈复北撑着腰坐到椅子上，先给自己点了根烟，凝重地告诉殡仪馆的人："往死里大办。"

殡仪馆的人走后，我们全家都坐了下来，谁也不说话，男的一边抽烟一边叹气，女的一边哭泣一边叹气。大人们的样子把我吓到了，可我却一直都没哭，哪怕见到了死人，哪怕陈芙蓉与陈复北都哭了，我也没流下一滴眼泪。

好一阵过后，大人们停止抽泣时，陈芙蓉问陈复北："爸，我爷说的鞭子是什么意思？"

陈复北叹着气一甩手，不想回答女儿的样子。张秋见状叹了口气，回答他的妻子："鞭子就是拿着人的物件呗。"

陈芙蓉泪眼蒙眬地看着张秋，又问了句什么意思。张秋又叹了一口气，幽幽地继续答："金钱和权力都是支配权的体现，而权力要比金钱更高级。"可他说完，还没等陈芙蓉恍然大悟，陈复北就囔了他一嗓子，吼道："就你懂得多！"

张秋咽了下嗓子，没理丈人，站起来对妻子说："我去打个电话，咱俩明天请假吧。"

恐怖老头的葬礼办得很隆重，尤其豆腐饭那天，足足摆了二十桌。

这顿饭，张秋的父母也来了，而从来都有些看不起亲家的陈复北，则不知抽了什么风，一改往日的做派，拉着我祖父母亲切地絮叨家常。对张秋也是，豆腐饭吃了一个下午，其中一半的时间，陈复北都在拉着女婿挨桌给人敬酒，同时向那一帮子"总经理""总经销""领导""干部"介绍张秋，讲他的女婿是大学生，是大钢厂的年轻干部。

那些被敬酒的人大多不认识张秋，但看在敬酒的人是知名企业家陈复北，倒酒的人是市里领导陈芙蓉，便都会笑着和张秋寒暄两句，再一口闷掉杯子里的白酒。

一顿豆腐饭，张秋的父母吃得迷迷糊糊，坐了几个小时车都到家了，也没想明白亲家这是中了什么邪。而张秋则是吃得飘飘然，一进家门就贴到陈芙蓉身上，醉醺醺说了好多腻歪话，说以后一定会照顾好陈芙蓉，陈芙蓉的爷在下面绝对能安心，女婿也算亲儿子。

而陈芙蓉这回也没嫌弃张秋的酒气，反倒罕见地委屈巴巴对丈夫说，你就是咱家的顶梁柱，我和爸都盼着你呢，说完还给张秋泡了杯茶。

很长时间我都想不明白，为什么在恐怖老头死后，张秋与陈芙蓉会变得那般要好。可我实在是个无关紧要的人，想不明白的事，几天过后就不在脑子里打转了，忘记就忘记了，倒没什么大不了。真正要命的是，有一位真正重要的当事人，竟然与我一般糊涂，最终鲁莽地摧毁了几代人的处心积虑。

2

一九九六年夏天刚开始热的时候，我告别了工人家属区的散养生活，进到陈芙蓉新找的一间托儿所。或者按照她的话说，一间"国际教育双语幼儿园"。

在陈芙蓉口中，那是一处神圣者才能造访的应许之地，只有"贵族"家的孩子才能在那里学习，每个小朋友的家庭均是非富即贵。同时，也只有这样家庭的孩子，才配享受国际幼儿园的微机室，得到师范学院毕业的老师的教诲。

陈芙蓉每次夸完新托儿所，我便越发不想去那里。随着年纪增长，我已经知道陈芙蓉与张秋是多么厉害的人了，他们是领导，连有钱人都得尊敬他们。因此我一直打算，等再回到以前的托儿所，一定要变得厉害些，让谁都不敢惹我。还有几个我一直都有点害怕的孩子，等再见到他们时，我一定要去找他们的茬，让他们永远也不敢在远处对着我边笑边窃窃私语。

但现在，都怪陈芙蓉，我的计划全部落空了。不，还不止落空，如果那间托儿所真像陈芙蓉说的那般，每个小朋友都有极厉害的"贵族"家长，那我不就又变成一个普通的小孩了？每每想到这里，我的痛苦便会浓厚起来，甚至掩盖了我将永远见不到最好的朋友王要强所产生的那份痛苦。

去新托儿所的第一天，我认识了一个新的大人。这是个喷香水喷到呛鼻的女人，长得很奇怪，挺长的头发烫得全都是小卷，像是顶了满头死蜈蚣，看人的时候总是歪着眼，常是鼻子对这里，眼睛却看向别处。她是陈芙蓉的新秘书，我叫她小黄阿姨，从此以后，就由她每天接我下幼儿园。

从接我这份工作的角度来说，小黄阿姨远远比不上王洋。

每天晚上当我从新托儿所出来，她都在和别人聊天说笑，遇到女的，她就一个劲夸人家这也好看那里也美；遇到男的，便会一边说话一边扭屁股，偶尔谄媚地笑两声。更过分的是，哪怕我都从托儿所出来了，她仍然会和人聊天，直到人家也走了，她才会带着我去找陈芙蓉。

不过，这个女人到处搞社交也给我带来了一些好处。因为她，我认识了许多厉害的孩子，小黄阿姨说，这些孩子每个我都惹不起，一定要和他们做朋友。

在这个话痨女人的介绍下，我迅速融入厉害的孩子当中，成了"惹不起"的一分子。这使我在脱离第一周的老师保护期后，顺利达成不被人欺负的目标。甚至说，我想变厉害些的计划也一定程度上实现了。

但得到这一切，我也是要付出代价的，那就是，其实和厉害孩子当朋友挺没意思的。

在每天所有的自由活动时间，我们这些厉害孩子都会凑在一起，倒也不具体玩什么，全是干些极无聊的事。比如随便叫来一个不认识的小孩，问他爸爸妈妈是做什么的，人家说完，我们就一起高喊"垃圾"。再不然，就是我们几个孩子聚在一起说脏话，比谁说得更多、更脏、更有花样。

我们当中最厉害的孩子，父亲是市里的大领导，他比所有人都擅长骂脏话，就连正常说话，都要以"他妈的"开头，"狗鸡巴"结尾。一开始，我感觉这样说话特别有意思，刺激、痛快，像是干了件大事。但在一起待久了，便开始觉得说脏话有些无聊了，没有一丁点新意。

有天下午的体育课，我们几个厉害孩子又窝在树底下，乘着阴凉骂天上那颗懒坨坨的太阳。轮到我时，我也不知道哪里抽风了，竟然把心里话说了出来，叹了声："这有什么意思？"

我说完，所有的厉害孩子都看向我，眼神中尽是惊讶与不可思议，仿佛我是一个得了失心疯的叛道者。他们的眼神令我感到恐惧，这使我忽然想起，对于他们来说，我只是一个新加入其中的外人，我这个厉害孩子的身份，是因为他们才存在的。没有他们，我与那些被叫过来辱骂为垃圾的普通孩子没有任何区别。

想起这层关系，我鼻头开始发酸，渐渐红肿的下眼皮随时可能决堤，只要有人在这时说我一句，我便会用哭泣把自己保护起来。然而，我们的头领，那个大领导家的孩子却在此刻轻轻一叹，而他叹息虽短，意味像是无奈的长吁，仿佛他的人生是被命运所勒令一般。

这声意料之外的叹息将我哭泣的念头勾走，我开始困惑，到底是出于怎样的心绪，才会使他会如此面对我这个变节者。当我迷惑时，头领又挤出一抹勉励的微笑。看到他的笑容，我的心境明朗起来，或许事情不会变成我想象的那么糟，同时也是因为这抹笑，使我对这个一直在心底隐隐惧怕着的"朋友"好奇起来。我想知道，与我一般年纪的他，到底懂了些什么道理，才能像大人一样叹气、微笑。

我的头领朋友笑过又是一声叹息，与刚才一般无二的无奈，他意味深长地告诉我，或说是我们这群厉害孩子，说："等你们上小学就知道了。"

头领的回答令我的时间感官放慢了，空间也是，仿佛我身处的这片树荫间隙脱离了这个世界，成为与宇宙平行的独立空间。

小学，我清楚再过几年我就要去那里了，但对这时的我来说，那里还是一个已知与未知并存的矛盾概念。仿佛一面镜子，我可以看到甚至触碰到它，却永远不能进入其中的世界。

我问头领：小学是什么样子？他抬头，越过我的肩膀看向远方，告诉我们，或是他自己："小学很吓人，你不会说脏话，别人就当你是老实孩子，会挑着你揍。"

他的问答令我在炎热的夏天感到毛骨悚然，而在我还没弄清自己具体恐惧些什么时，忽然一阵风将树叶吹得沙沙的，然后我打了个喷嚏。

这个不期而来的喷嚏，使我的脑瓜忽然灵光，因为小学、又因为挨揍，我很快想起了自己最尊敬的人，我的小叔叔非凡。在短暂地回忆非凡的所作所为后，我立刻便确认了，头领孩子的话一点都没错。这时，我感激地望向他，并且忏悔自己错怪他了，他其实是个大好人，不愧是领导家的孩子，真的在替我们这帮朋友着想。

可是，得到头领孩子别样的宽恕后，恐惧却没有就此消失，反而变得清晰具体。是这名因小学而陷入沉思的头领孩子，才使我认清了自己真正的恐惧。

与所有厉害孩子不同，我惧怕的并不是小学，而是在每一段此时此刻中存在着的危险、抛弃与背叛。我需要想一个办法，让自己在厉害孩子中取得一席之地，永远不再陷入刚才那般生动仓促的恐惧。于是大声告诉所有孩子，我认识一个极为厉害的小学生，他连初中生都不怕。

至此为起始，我用了差不多一周的时间，在托儿所筑起了一尊神祇。神祇的名字叫作非凡，他拥有无上的勇气、权力与势力。在这群孩子们所陌生的铁西工人家属区，非凡完成了属于他的成神十二试炼。现在的非凡，手下掌管着铁西所有小学的大棍，普通的初中生见了他都要递烟，甚至就连高中生见了他也要敬一杯啤酒。

传唱非凡的传奇故事时，我这位先知圣人的地位也飞速上升，很快就成了厉害孩子中的第二把交椅，甚至拥有了代替头领选"喊垃圾"目标的权利，而这意味着，在厉害孩子当中，我是真正的一人之下好几人之上。

只是可惜，这样超然的权力我只动用过一次。那是一个女孩，每天都穿着不同颜色的纱裙，有白色的、粉色的，偶尔还穿红色的，但无论什么颜色，款式都一样，裙子蓬蓬松松的，像个小公主。

其实一开始我挺喜欢她的，觉得她像是新娘子，浑身都纱纱的很漂亮。可倒霉的是，当我把这想法和一个厉害孩子说完，再不到一个下午，就连头领都说我喜欢这个女孩。过了几天，这帮孩子竟然会跑到那个女孩面前，和她说："张自民想和你结婚。"

我的同伴们的行为令我十分苦恼，他们把我弄得像是个流氓，尤其当小黄阿姨不知从哪儿听到这个事后，就连陈芙蓉都天天告诉别人，说我喜欢一个穿纱裙的小女孩。不过这些烦恼，却不是真正使我决定对这个女孩下手的原因。

在被诬陷过后的一段时间里，我渐渐发现，非凡的影响力在缓慢退去。当我讲述非凡的事迹时，已经有人开始心不在焉了，甚至直接打断我，问我结婚的事。同伴们的玩笑，令我嗅到了危险的前兆，我意识到非凡所带来的威严，很可能会在短期被那个纱裙女孩葬送。而这样的结局是我完全不能接受的，我再也不要当一个不起眼的孩子，小心翼翼怀揣着恐惧，对别人的一言一行患得患失。于是，我独自躲到了背人的角落，发着抖，为自我救赎谋划了一条计策。

那是一个越来越热的下午，被赶到小操场玩耍的孩子们大多无精打采，我们这些厉害孩子们躲在操场上最好的树荫之下，看着几个傻孩子乐此不疲地滑滑梯，当他们捂着屁股喊"烫死了"时，我们就一起嘲笑他们。但我与其他厉害孩子不一样，虽也笑，但却在寻找纱裙女孩的身影。

当我在操场发现那亮到反光的裙子时，我跑到树荫的边缘，大声叫喊那个女孩的名字。纱裙女孩听后向我走来，她的小皮鞋也反光，走在路上踢踢踏踏的十分可爱。我的行为引起了厉害孩子们的起哄，他们扯着嗓子用所有人都能听到声量问我："你要求婚啦？"

我没理他们，等女孩来到我面前，用好听的声音问我"干嘛"时，他们又不喊了。我回头看了一眼，同伴们正一个个憋着坏笑交头接耳。他们的样子，使我想起以前惴惴不安的自己，我再也不想因为别人的态度担惊受怕了，于是我勇敢地实施了计划。

我问女孩："你爸爸妈妈是做什么的？"

女孩回答："我爸爸妈妈都在工会工作。"

我不知道什么是工会，但因为陈芙蓉，我知道与"工"字沾边的事，大多都是低等的，譬如"工人"。因此我放心大胆地哈哈大笑，指着她高呼："垃圾！"

可当我喊后，女孩却似乎没理解我的行为，她又问了一句："啥？"

这下我骑虎难下了，她似乎不清楚，我要用羞辱来彻底与她划清界限，并让我的同伴们知道，我一点都不想和她结婚，而且还是个不好惹的坏孩子。可是，女孩的一句"啥"，把我的计划彻底搞乱。无奈，我只能向她解释，告诉她："我们爸爸妈妈都是领导，你爸爸妈妈不是，所以你和你爸爸妈妈都是垃圾。"

解释完，纱裙女孩号啕大哭，我的计划有惊无险地成功了。

3

这世上大多数阴谋其实都是自作聪明，除了阴谋家本人能暗自得意一段外，实际上解决不了任何真实存在的问题。而我，就是一个例子。

那名纱裙女孩的哭泣，确实让我成功地变成了坏孩子，那以后，再没有人用结婚的事羞辱我了，为此我得意好几天。可当这种虚无的成就感退去，我才发现，纱裙女孩的痛苦，根本没有改变最根本的问题，非凡在厉害孩子中的信仰正在不可阻挡地退去。

在我讲述非凡的伟业时，越来越多的孩子会开口质疑，有的甚至会怀疑我是在胡说八道。对他们的质疑，我没有办法解决，因为他们说得没错。

事实上，除了最开始的两则故事，后来我所有关于非凡的叙述都是在胡说八道，比如非凡曾经赤手空拳打倒了一名大人。当然,我也试过用瞎话去圆谎,但谎言这种东西,往往第一层被识破了,那么再多几层都没有意义。

眼看着事态渐渐失控,一直在我心底苟活的恐惧再度清晰起来。我似乎预见到未来,我的朋友全部离我而去,托儿所的孩子们都指着我,说这是个骗人精,甚至某一天,我的厉害朋友们会把形单影只的我叫去,问张秋和陈芙蓉是做什么的,然后齐声呼喊:"垃圾。"

意识到自己将要面临的悲惨后,我不再讲述非凡的故事,同时也变得安静起来,与厉害孩子厮混的每一刻,我处在自己将要被驱逐出这个群体的恐惧中。而安静与恐惧,又在我心中催化出一场更庞大的计划。

从这以后,我成为了一个处心积虑的复仇者,在托儿所保持沉默的同时,无时无刻不在打磨新计划的各种细节,并在脑中幻想每一步可能遇到的各种情况与对话。但与这些准备相比,我最需要的是时机。

大约在秋天的时候,我心中已无限趋近于完美的计划终于等来了时机。陈芙蓉当领导后,我家分到了一间大房子,说是一百二十平方米的三室两厅。陈芙蓉工作忙,装修的事便全落在张秋一个人身上,但张秋也并不清闲,于是新房子的装修指导工作就全被排在了晚上,这导致他们俩都没工夫管我了,便又把我扔回工人家属区的祖母家。而这,就是我最需要的时机。

铁西工人家属区是我的福地,当我呼入那微焦味道的灰色空气,幸运便会眷顾起我这个工人的后嗣。譬如这次,当我带着完美的计划回到那里,准备使之一一实现时,意外的美好便不期而遇。刚第一天,我就在下楼玩时撞见了计划的主角——非凡。

那是在傍晚,秋日的天空飘着暗红色的柳条云,家家户户的窗户里面，铲子都把铁锅敲得噼啪脆响，我们这些在楼下瞎跑的孩子，每经过一扇窗户，肚子便会"咕"的一声，直到头顶或身边的某扇窗户打开，里面的人高喊一声回家吃饭。

此刻的非凡，站在与我同一片天空之下的阴暗处，他背靠在一间饭店的后墙，头上的排风机轰鸣着，偶尔震落下几滴黑色的油。非凡没有看见我这个丁点大的人，在他身旁，有两个初中生模样的人，他们正在开心地说笑。然后，我见到非凡从口袋里摸出香烟，熟练地点燃深吸。这时，我的脚步停了下来，不清楚缘故，但这一刻，非凡使我感觉到了陌生，也许还有恐惧。

当我站住时，非凡终于看到了我，然后他露出令人熟悉的微笑，这抹微笑，使我再次获得迈开步子的勇气，同时非凡也向我迎来，最终我们在黄昏与黑暗的分割线处相会。

非凡笑着问我："你又回我大姨家住喽？"

我点头，虽然非凡的笑容给了我一些安全感，但我仍然不敢贸然做些什么，我不再确定，这个已经像大人一般抽烟的小学生，是否还像以前那样喜欢我，我需要找一个办法来验证这一点，于是我问他："你咋抽烟了？"

非凡笑着吸了口烟，轻描淡写地回答："以前就抽，没让你看见。"我"哦"了一声，没敢再多说话，但非凡却又补了一句："别告诉我大姨嗷。"

这句语气并不像是请求的请求，使我瞬间露出了笑容，很明显，非凡不想让亲戚们知道他抽烟，这说明他依然在意我们这些亲戚，他也仍是我的好叔叔。这种重新获得亲情的兴奋，使我在当下这个场景中，跳过了脑海中几个月以来预演过无数遍的步骤，直接向非凡公布了我的计划。

我对我最亲爱的小叔叔说："你明天能不能来幼儿园接我，

最好再叫上你的厉害朋友。"

非凡将烟头弹飞，好像看破一切似的没有询问缘由，很轻易地就答应了我，说："等着吧。"

伴随着这份承诺，"非凡"那古老的名讳又重新在我的托儿所中响起。从那天早上开始，我每见到一个朋友都会问："你还记得非凡么？"而无论回答是什么，我都会告诉他们："非凡今天要来接我了。"

对这个消息的反应，我的厉害朋友们要比我更加兴奋，尤其是头领孩子，他在听到消息的瞬间，便成了比我还狂热的宣传分子，他告诉每一个我不认识但他认识的孩子："非凡要来了，到时候你就知道小学是不是我说的那样了。"他语气里的笃定与熟络，好像非凡是他的小叔叔。

临近放学时，我开始变得忧虑，随着知道非凡到来的人越来越多，我开始担心托儿所铁门打开后，非凡没有如约站在外面。想到这，我开始憎恨起头领孩子。如果非凡莅临的事只有几个厉害孩子知道，那失约也就算了，大不了编几句谎话搪塞过去，反正非凡又不是我瞎编出来的人，想见总会见到的。但都怪头领孩子，现在这事闹得人尽皆知，如果非凡失约，那么我就再也没有脸面在托儿所待下去了。

而因理清了这层关系，我这才想起，其实我并没有将非凡的存在告诉很多人，但那些被头领孩子告知非凡即将到来的孩子，他们却都知道我的小叔叔。这意味着，在我对非凡传奇偃旗息鼓的这段日子，仍有人在传唱非凡的故事，并把我与非凡的亲密占为己有。这一刻，我发现自己被背叛与利用了，而当我意识到这点，心中又多了一道更难以平复的心情——悲凉。是的，就算我遭到背叛与利用又能怎样？在这座托儿所中，我何尝不也在利用着别人，以便更安全地生活下去。未来，我还是要和头领孩子做朋友的。

熬过了下午最后一段不安的时光，托儿所的铁门终于将要打开，铁门之内，我与我认识或不认识的朋友们挤在一起，铁门之外，是荣耀或湮灭。当光从铁门的间隙射出，这场豪赌终于开始，铁门崭新的滑道，使这场赌注高昂的博弈变得异常迅速，这使我还没来得及调整好心态，结果便几乎忽略过程般开牌了。

在熙熙攘攘的家长包围外面，有一个大孩子站在槐树下，他抽着烟，正挂着轻松的笑容与两个初中生聊天。与在同一瞬间涌上来的大人相比，他像是一只遗世而独立的精灵。

我赢了，非凡的如约而至，宣告着我靠自己战胜了生活带来的痛苦。我指向那棵长了不知道几十年的大槐树，呼喊着："看，那就是非凡，我的小叔叔！"

随着这声稚嫩的战吼，无数孩子越过如恶魔扑来的家长，从成年人麻秆般的瘦弱双腿间向槐树冲刺，紧接着，这条街所有在唯物主义世界长大的人们，目睹到一场对神祇的朝圣。而我，则站在朝圣的最中心，享受着神明赏赐下来的最盛荣誉。

作为孩子们的信仰，非凡不光信守承诺如约而至，更在他的信众中展现出超乎我们理解的气度。当他被一群小豆丁围住时，脸上仍然挂着从容的笑容，他不慌不忙地对两个罗汉护法般的初中生下旨，让他们把东西搬过来，接着，每个小豆丁都收到了来自初中生亲手颁发的恩赏，一瓶苹果味汽水。而这场朝拜的高潮，是非凡对孩子们的喊话，他说："你们以后都罩着点我小侄啊！"

这一刻，我体会到一种无上的幸福，那是大人们虚无的表扬与触之可及的玩具都无法比拟的幸福。我难以形容这种幸福感达到了怎样庞然的程度，但这一瞬间的感受，却在我之后的漫长人生中,成为了判断幸福的锚定点,而且至今它还没有被超过。

最终,这场来自天堂的云雾,是被小黄阿姨驱散的。在我们引起骚动后,作为主角之一的"家长",小黄阿姨凑了过来,然后像一个典型的大人那样,在关键时刻破坏掉所有好事,警惕地对非凡问东问西。

而面对大人时,我则更有优势,毕竟到今天为止,我还没见过哪个大人胆敢不喜欢我。我气势汹汹地告诉小黄阿姨,说非凡是我的小叔叔。同时,非凡也保持住了他神明的气质,先给了小黄阿姨一个不屑白眼,然后问我:"我嫂子又换了个秘书?"

4

自非凡降临,托儿所的厉害孩子们又多了一个头领。甚至说,在隐隐约约间,我还要凌驾于另一名头领少许。毕竟他成为头领的资本,是靠先知般传达"小学"的种种信息,而我的存在,则恰好成为他权力的佐证。同时,我也需要一个人来渲染小学的恐怖,只有这样,非凡这个小学之神才有存在的意义。从某种意义上来说,我们两名头领之间,达成了完美的平衡。

当然,如同动物世界里的狮子,与地位相匹配的永远是责任。尽管我并不愿意,但在成为头领那一刻,便注定我也要说更多的脏话了。

直到初冬,第一场雪在天气预报忽悠了全市人民四五遍时,一次我们三口之家在饭店吃饭时,我当着陈芙蓉与张秋的面,指着一道菜说:"真难吃,这是什么傻逼玩意儿。"

自陈芙蓉当上领导，她的脑瓜二次进化般变得越发聪明，几乎在我说完话的瞬间，她便回忆起了秋日的某天，秘书小黄提起过的一名少年。然后她看向还没反应过来的张秋，认定了我嘴里脏话的元凶，说："听你那宝贝表弟教的好话！"

陈芙蓉那好似天塌下来的语气，使我意识到了即将上演的恐怖灾难。在这场浩劫中，最先发作的人是张秋，他这个最常说脏话的人反应过来后，抬手越过饭店的玻璃面方桌直接给了我一个嘴巴，手劲大到抽飞我一颗乳牙。而因这颗牙齿落地，使我丧失了对疼痛的具体感知，我捂着脸，爆发出似被追杀般尖锐的童声。

与很多生物不同，人类在危险时会尖叫是一种本能。在我看过的许多种解释中，生物学给出的答案最令人信服。猿类，作为我们的祖先，是一种社会型动物，当社会型动物在遇到危险时，以声音进行求援与预警，永远是拯救自己的最优选。而作为猿猴的延续，动物本能也这时拯救了我。

被我的尖叫惊扰到的人，不仅有饭店中寥寥无几的食客，当然还有我的母亲陈芙蓉。在我尖叫的同时，她脸上又显现出许久未见的恐惧神情，只是，她的恐惧稍纵即逝，在张秋还没注意到时，便换成了愤怒。愤怒，是冲向张秋的，而这意味着，我被忽视、被原谅了。

陈芙蓉将地上的乳牙捡起来，然后看向丈夫，问："你干嘛打他？"

张秋显得有些莫名其妙，他看向妻子的眼神充满了迷惑，像是被问了一道世界上最难的问题。陈芙蓉将乳牙轻轻放在碟子里，轻咳一声，她这样已经有一段时间了，说话之前要轻咳，说完之后要喝水。陈芙蓉问丈夫："你难道不应该去打元凶么？"

张秋屁股坐回椅子，一直到点燃香烟，脸上的困惑都没有消失。憋了好一阵,他终于承认了自己的愚蠢,开口对妻子询问:"你什么意思?"

陈芙蓉的表情管理要比张秋好,而且好上很多,她平静从容却不过分懈怠地告诉丈夫:"你得去打非凡啊,是他把你儿子教坏的。"说完,陈芙蓉如大多数时候一样,轻轻抿了口水,然后温柔地安抚起我。

作为工人家属楼第一才子的张秋,于此时没有识破她妻子设下的陷阱,如果再给他几分钟,他一定不会说:"这关非凡什么事?"然而,他说了。

而此刻的陈芙蓉,则像一名耐心的猎人,她本可以立即杀死自己囚笼中的野兽,但为了完整精美的皮毛,这个女人选择了更耐心的捕猎方式。陈芙蓉仍然很平静,如果将她此刻的面孔描绘成画,甚至能在她嘴角阅读出隐然的笑意。她轻声却清楚地问道:"不然是谁教的?苟市的儿子,还是吕局的儿子?"

到女人的这句话落地,张秋才终于兑现了他的自负,几乎在瞬间,便洞悉了自己妻子言语里的恶意。紧接着,这个才华横溢的男人勃然大怒,用手掌再次炸响了饭店。他愤怒地指向陈芙蓉,如同他们这么多年婚姻中的每一次,怒斥道:"你什么意思!咋的,领导家的小孩全是贵族啊,舌头上开的都是花呗?多大点事,小逼崽子冒瞎话,你扯那没用的干啥!"

而若生活有史官记录的话,那么这场争吵,则是张秋与陈芙蓉斗争的重要转折点。男人虽如曾经的每一次那样,但女人却变了。谁也不知在什么时候,陈芙蓉变得再也不会被粗话吓到瞳孔发颤了。面对猛兽的抵抗,她精准地给出致命一击,她说:"哦,不是非凡啊。那看来是你教的了。"

短暂的安静过去,张秋承认了自己的失败,而他的认输方式是将桌上的饭菜一股脑儿扫到地上，摔得噼里啪啦，然后歇斯底里地用语言发泄暴怒。而在这个过程中，陈芙蓉将我护住，向被惊动的饭店老板与其他食客道歉，她唯一没有去做的，就是安抚自己的丈夫。因此，人们看到了这样的两口子，一个发疯的丈夫，与他可怜的、瘦弱的、独自抱着孩子四处赔不是的妻子。

这次，张秋又赢了，却赢得很别扭；陈芙蓉也赢了，可赢得很隐秘。

但从事实的角度来说，在这场突发战争中，最先冷静下来的人是张秋。当陈芙蓉还在为胜利而暗自雀跃时，张秋已经酝酿出一道他自以为完美的解决方案了。

是的，从头至尾他都没有忘记，这场战争的导火索，是我嘴里的脏话。张秋，我的父亲，要解决的这件事本身。但从后来的结果看，他解决问题的动力并不全是因为自己的孩子。

那天晚上，这对夫妻如往常一样扔下孩子，返回了他们的家。当他们独处时，丈夫难得开口说了句"对不起"，妻子或许厌倦了"没关系"这类安抚的话，便什么都没说。但没想到这一次，丈夫和以前不一样了。

作为陈芙蓉亲自选定的男人，冷静下来的张秋表现出他该有的素质。他对妻子说，无论这件事的元凶是谁，都意味着父母教育的缺失。为了弥补这点，他决定以后亲自到幼儿园接送孩子，晚饭则在母亲家或单位食堂解决，吃完饭也不多在外面停留，直接回家陪伴教育孩子。至于装修，可以等陈芙蓉下班回家接替他后，他再去工地，反正也快装完了，每天盯一眼就行。

张秋的计划，使陈芙蓉久违地体会到为人妻的幸福，一时间她感动、欣慰，脑子里满是美好的情绪。但终究这么多年过去了，生活上的方方面面，早已将感情磨炼出了耐受性。陈芙蓉能感受到美好，但美好在她身上停留得太短暂了，短暂到她刚幸福地切完一盘水果，心情便又忧虑起来。

她问张秋："那钢厂的项目呢？现在不是正节骨眼，你走得开？"

陈芙蓉的问题，直抵张秋计划中隐藏的私心，当女人把话问出口，无论男人刚才是否也同样幸福，但在此刻，他赧然了。

张秋说："我想从项目里退出来。"

男人说完，女人露出了之前男人那样困惑的表情，仿佛这也是一道世界上最难的问题。陈芙蓉坐到丈夫身边，但没有立刻评断什么，只是沉默地坐着。或许，女人在思考，自己该用怎样的方式与丈夫交流，但当她过了很久才开口时，却选择了最直接的问题："为什么？"

张秋想了好一阵子，可给出的答案却很轻薄，他说："就觉得挺没劲的。"

这个问答，使陈芙蓉的表情变得极为丰富，惊讶、荒谬、无奈、戏谑，还有一丝丝轻蔑。此后的人生，我从未在任何一个人的脸上，见到如此多的夸张神情同时出现，哪怕是那些以夸张糊口的演员。可之后，这张复杂脸庞的主人，又像极了她的丈夫，将一切化繁为简，清清淡淡地说了句："别胡说八道，尽想些没用的。"

张秋没再多说话，点上烟长舒一口，如大多数傍晚那样开始和电视里的"臭脚"较劲。陈芙蓉则默默回屋，往脸上涂抹各种各样的水。而我犯下的巨大罪恶，则被这对隐藏心事的夫妻，默契地忽视了。我，也成了这场冲突中唯一的受益方。

如同历史中的大多数战争，沉默与平静，总是用来掩盖紧随其后的雷霆手段。默不作声周末过去，陈芙蓉在周一便忙碌起来，开始串联所有与张秋工作有交集的熟人，打听丈夫在"伟大事业"

中的近况。结果出乎意料，几乎每一个人都对张秋表现出不加掩饰的赞许，说这名高才生的业务能力，无论中外同事都是佩服的。尤其是德国人，这帮只认死理的老外，不知怎么搞的与张秋处得极其对路，甚至公开表示，只愿意与张秋进行工作对洽。关于这个情况，有一个矿场办公室的负责人讲得最离谱，说德国人看上张秋，打算把他挖走，给德国人工作挣年薪。关于这点，同在体制内的陈芙蓉自然不信，张秋的人事关系在大钢厂，那可是比市委机关还俏亮的地方，能是好走的？能是让走的？可这事无论真假，陈芙蓉仍然挺高兴，从那天她回家时的笑容来看，远比很多年后听到我考了个半吊子大学兴奋多了。但当这份喜悦迎向张秋时，结果却有些令人扫兴。

面对眼中满满都是成就的妻子，张秋认下了被德国人挖角的事实，并且还很冷静讲解了这事是怎么操作的。说德企打算和大钢厂成立一个第三方部门，专门经手矿产项目事宜，但现在还没商量好，是成立一个办事处，还是一家合资公司。但无论结果是什么，德国人都想让张秋去负责这个部门。

听到这个消息，陈芙蓉高兴得连连感叹好几声"哎呀"，说这是大好事，要是合作部门的话，张秋留在大钢厂也能挣外企的年薪，属于两手各端一口金饭碗了。张秋则没对此发表什么评论，话讲清楚就回屋里看书去了。他这时的态度无疑是反常的，但陈芙蓉太得意忘形了，在她诸多没有发觉的怪异中，这实在是最不值一提的。如果她当时还保有些清醒脑子，该能想起，如果这真的是件大好事，他的丈夫会早在一切落定前，便四处或醉或醒地吹牛逼。而就算陈芙蓉并不是细致的女人，她也该记得，自己这番调查的起因是什么。

丈夫带来的成就感，使陈芙蓉沉醉了好一段时间。这段日子，她和许多人说起过张秋的事情，在每个周末对我的教导中，也多了"像你爸学习"的鼓励。有时这两口子聊天，她还会很少见地，用一些小女人才喜欢的古怪问题"刁难"丈夫，比如如果什么事都不考虑，会在德企和钢厂之间选哪个工作？还有，假如去新部门后，发现德企和大钢厂出现矛盾，他会偏向谁？

如同每一个被逼问亲妈与媳妇落水问题的男人，张秋表现得非常消极，每次都回答"随便"或者干脆装听不见，但陈芙蓉却乐此不疲地给"落水"问题添加各种条件，然后假装那是一个新问题继续拷问丈夫。被如此折磨了大半个月后，有一晚我们三口人在饭店吃饭时，张秋彻底被烦到极限，他冷不丁认真起来，反问了陈芙蓉一个问题："你知道为啥汉奸最可恨不？"

陈芙蓉没回答，她那会儿仍在笑着，但神情却变得有些困惑。张秋没理会妻子的反应，就像对方自说自话提问那样，他也自说自话着给出答案,回答："汉奸比外人更清楚自己人的软肋在哪儿，所以坑起自己人，比外人更狠更毒。"

话说完，张秋闷头吃饭，看都没看妻子一眼。陈芙蓉反应了半天才回过味来，明白张秋的这番莫名其妙的自问自答，实则是在"点"自己，于是她也不高兴了，皱着眉头歪着声调甩了句，"这不说话聊天嘛，谁让你当汉奸了？"而张秋则用鼻子哼出一声，再多一句话没说。

陈芙蓉，其实是一个很奇怪的人。平心而论，在我遇到过的所有女性中，她的聪明程度能排到前十，若只单论城府的话，甚至能排到前三。但就是这样一个"强大"的女人，在处理张秋的问题上，却总显得像是个蠢货。这件由我引发的事件，毫不遮掩地暴露时，她才意识到自己最亲密的男人到底想做什么，并且对那一切感到震惊与诧异。更可笑的是，作为事件根源的张秋，其实从头到尾都没有瞒过她什么,只是在闷头执行自己的计划而已。

真相大白的那天,是一个周四。我这个只被允许周末出现在家里的人,意外地坐在陈芙蓉的房子里看电视。而把我带到这里人,是我的父亲张秋。我的出现,使陈芙蓉大感意外,但当她在书房撞见另一个同样不该出现的人时,我又变得不值一提了。

她问张秋:"今天怎么回来这么早?"

张秋合上书,说自己最近一直都回来这么早,只不过陈芙蓉不知道。回答时,他没看自己的妻子,而是点了个烟。

陈芙蓉继续问:"和德企合作的事不忙了?"

我不清楚,我的母亲在询问这句话时,是否已经预料到了什么。但无论是与否,她都太迟钝了,张秋摊牌了。抽了好长一口烟后,张秋告诉妻子,他不干了,退出这个项目了。

傻乎乎的陈芙蓉愣了好一会儿,结果就只问了一句:"为什么?"

张秋老气横秋地吁声回答:"要是再干下去,我快被逼成汉奸了。"

话到这一步,陈芙蓉终于是跟不上了,她找了个地方坐了下来,一声不吭,也不看张秋,像是被人点了穴。而反观张秋,他则像是换了新电池的四驱车,这大半个月间的疲态一扫而光,虎呲呲地说了好一连串的话。

张秋说,这个项目不好,根本就是一个骗局,是德国人在骗中国人,中国人明知道被骗,却还要自己人骗自己人。他管不了别人,可绝不愿意与坏人同流合污。

中心思想表达完,他没给妻子半点插嘴的计划,狠叨叨地从书桌拿起老厚一本书,并用其猛敲书桌,以当作下一段话的开场。他告诉陈芙蓉,这些书都是她的,那么她应该很清楚什么叫"能源市场",“期货"的概念又是什么。经过勘探,大钢厂下属矿区的矿储量极为庞大,甚至达到了能源垄断级别。而德国人的这个项目,说得好听是合资建厂,以设备换资源,可本质却是空手套白狼,是骗中国人。设备这东西总是要更新换代的,要是按照现代财务审计进行折旧计算,十几年后,就相当于就是一堆机械垃圾。而我们,则是实打实白送了十几年的矿产资源。

陈芙蓉仍没有回答,也没看张秋。她这个行为使张秋变得更加急躁,他站了起来,将手里的书几乎贴到陈芙蓉脸上,焦急地说:"我看的这都是你的书啊,你应该比我更清楚啊?"

陈芙蓉推开丈夫,神情也终于有了变化,却不是好的变化,同时质问道:"市场行为有买有卖,这怎么能说骗呢?"

张秋坐回书桌,掐灭香烟又点起一根。他手一挥,说陈芙蓉说得不对,这种矿石很重要,造汽车、造飞机、造轮船都离不开它,有了这个量级的矿石储备,相当于国家有了全工业链深化发展的基石。这些矿石都是国家的宝藏,根本就不应该卖,更别提叫人空手套白狼去卖。

而且毫不严重地说,德国人的行径,完全就是帝国主义殖民行为。他们用技术优势,开采我们的资源,然后分给我们米粒丁点的产量,最后带着技术一走了之,留下一堆破烂和空荡荡的矿区。

说完这些,张秋还撂下一句狠话,他说:"这就是马哲里最典型的殖民经济,作为共产党员,我们每个人都应该最最清楚这点!"

而听到这儿,陈芙蓉竟然笑了一声,然后对丈夫说:"你说微观些,别总国家国家的。"

陈芙蓉的话弄得张秋气势泄大半,好在一口猛烟把架势顶住了,他说:"行,那咱们先不提工业。"然后他指向妻子:"你也是懂经济的,我就问你,这个体量的矿石,如果咱们自己建厂持续开采，围绕一座矿场，能养活多少口子人？开采出来的矿就算咱们自己不用，全拿到国际市场交易，你想想，那得挣出多少财政？都能垄断了个屁的了！"

陈芙蓉听后表情凝重地点了点头，终于拿出主管市场的领导该有的样子，问了句："那你想怎么处理这件事？"

听到妻子这么问，张秋眉头一扬，虽然没有笑嘻嘻，但感觉却像是一个找到志同道合好玩伴的孩子。他指着桌上的纸笔说道："我正在整理材料，准备找组织去谈，提议宁可高价去买德国的机械，也不要让这个殖民工厂落地！"

张秋兴致高昂地说完，陈芙蓉抬手，声音平静地说了句："给我看看。"张秋愣了一下，但没多说什么，就像是面对领导似的，将桌上的材料递给了陈芙蓉。而对这张轻轻薄薄的纸，陈芙蓉却是只扫了一眼便放在腿上，然后用手指有节奏地轻点着它，同时声色仍然平静地叹了句："我听明白了。"这时，张秋露出了笑容。可随后，陈芙蓉忽然认真起来，提出了一个关键性问题。

"但这和你有什么关系？"

这个问题，使张秋的思维陷入了混乱，他不解地看向陈芙蓉，怀疑这位大领导根本没听明白。可他又很清楚，自己的妻子是明白的，毕竟屋子里那堆经济学书籍，原可不属于他这个工科生。同时，他也不敢相信陈芙蓉不懂这些，若这样，那座城市就太可悲了。

张秋在困惑中挣扎时，陈芙蓉以最亲密的身份、用最理所应当的语气给出了解释，她说："张秋，你比所有人都聪明么？这些利弊只有你一个人能想到么？好，就算是你比别人都聪明，可既然厂里想干，你又能做什么？非得把所有人都得罪了，把自己前途搞没了，最后再亲眼看着别人把这事干成了？到时候，事你没阻止，自己落一身埋怨，官还让别人升了，你说你可不可怜啊？"

抛出一连串问题后,陈芙蓉顿了顿,好心地留给张秋思考时间。可张秋在好一段时间的沉默后,仍然没有给出这些问题的答案,那一根根燃烧的香烟,全化作了他思考的无用养料。

又过了好一阵子,差不多是看电视的我,从饿变成很饿的时间,张秋终于掐掉了香烟,把自己抛出去似的栽倒在床上。他气势衰败地叹道:"你说的这些其实我也懂,但我真是不想干了,太没劲。让我死了都比背叛中国人、当汉奸买办要强。"

之后,沉默的人变成了陈芙蓉。直到好一段时间又过去,电视里已经不再放动画片时,她坐到双人床的床尾,用手去轻抚丈夫的小腿,温柔说道:"算了,不想干就不干,我想想办法,看怎么给你调出去才不显得生硬。但咱说好,今天晚上的话,可千万别在外面胡言乱语,得罪太多人了。"

张秋一个猛子坐起来,他先是蒙蒙地看着妻子,随后目光渐渐弱了下去,再是点头,最后似一只被陈芙蓉圈养的病猫,趴在女人怀中。而当饿极了的我,闯入这幅画卷当中,目睹了一个挂着得意笑容的女人。

张秋得到了想要的结果,不过却是在陈芙蓉的允许下。是陈芙蓉赢了,虽然来得很意外,但她把握住了机会,获得了她在夫妻冲突间的初次胜利。她以道理上的纵容,使张秋不自知地,百分百输掉了感情上的战争。

5

一九九七年春天,张秋调离大钢厂去到设计院当工程师,走的不知是陈芙蓉还是陈复北的关系，过程特别顺利。但这个问题论不清，陈芙蓉与陈复北本来就是绑在一起的，虽谈不上里应外合，但至少是互为表里了。

张秋开始到设计院上班后，我其实挺难过的。在他调工作之前，我俩过了好几个月相依为命的生活，每天他接我送我，带我吃各种饭店里看不见的好吃的，像什么牛杂拌、羊肉烧卖、白糖炸饼、烤羊肉串、驴肉回头，各式各样的。

这些东西不单好吃，而且有讲究，比如羊肉串，就分东北的、内蒙古的、新疆的、西北的四大类。东北的烤串会刷酱油、料油和蒜水，临烤出来再撒白糖提鲜。有舍得下本的，会把白糖换成花生或者桃酥，一口肥瘦肉下去，满口除了鲜还有香，但这样的串卖得贵些，好吃却不合适。

内蒙古别看和东北挨着，但烤串口味却完全不一样，讲究一个大美至简。仗着肉好，除了料油就只撒点盐，再多一样调味都没有，串也都串成大块肉，口感嫩弹鲜香，吃的就是羊肉本身的滋味。但这样的烤串极贵，比撒桃酥的还贵，而且每次吃时还得赌运气，万一没赶上好肉，那味道会差得不是一星半点。

新疆烤串间于东北与内蒙古之间，肉虽也是好肉，但会在烤之前下重料腌肉，等烤的时候反而不操作了，顶多撒点盐补咸淡口。新疆烤串的滋味大半在腌料里，那是一种以鸡蛋为主的黄色黏稠腌料，再配上海量的白洋葱，不知道里面具体放了啥，但等肉入口，满嘴都是无法形容的香味，就仿佛身边趴了一头骆驼，驼峰上还驮着大包叫不上名的香料。但这样新颖的味道，尝试的人却很少，因为和店家说不清楚话，很多馋嘴的人都挨了宰，就比如张秋和我。

西北的烤串我是没吃过的，它只存在于张秋的描述中。说那是一种用铁扦子穿成的小串，烤法有点像内蒙古，只撒基础调味料。但不同之处是，会撒很多很多香料与辣椒混合的辣椒料，看着红彤彤的，但吃起来却不是特别辣，就连不能吃辣的东北人也能吃。不过，这还不是西北烤串的特点，要说特点，真正的精髓该是穿肉串的铁扦子。因为铁的导热性好，烤串时能用猛火，羊肉表面刚开始发焦，里面已经被铁扦子给烫熟了，这时候一口下去，焦香与鲜嫩混在一起，那叫一个美。

当然，这四大类烤串也有不同的分支，就好似一个童渊，能教出赵云、张绣、张任三个不同等级的徒弟。就光说辽宁，沈阳与抚顺的就不一样，大连与营口的也不一样，就连鞍山这种面积不大的城市，县里和市里都是天差地别，更别提与他们全不一样的锦州。

张秋关于美食的讲述，使我的脚在舌头上走了几千公里，以至于在那时，吃饭成了我最快乐的时光，只要筷子动了，我心也就飞了。而且，清闲时的张秋每天心情都很好，嘴里少了脏话与没完没了的烟，一张口就是接连不断的故事。

就像吃饭时，一根牛肉馅回头，他能讲到北京的褡裢火烧，再说到皇太极绕袭北京、袁崇焕冤死菜市口，最后悲愤地讲起崇祯皇帝，说那是个无能却有气节的人，老朱家后来那帮白痴宗室要有朱由检一半的气节，南明都不一定完蛋。最后绕着绕着，在我一个不留神间又讲起了吴三桂，再几句话扯到郑成功，等饭吃完时，荷兰人就成了海上马车夫。

其实，张秋的许多故事我是听不懂的，就比如荷兰的大肚小板船为啥能让国家发财，但这不影响我爱听他的故事。张秋在讲述那些与他自己八竿子打不着的事时，满眼都自信，而这种自信，使我感受到了安全。我就是在这个时期，认同了张秋是我父亲的事实。

除了这些至今深印于我脑海中的故事，我的父亲，还教给了毫无顾虑享受美好的我，另一件真正重要、足以影响人生的道理。尽管那不是他有意为之的。

有说，一切有为法，如梦幻泡影。也有说，因缘所生，渐而败坏。

那几个月的美好，使我错把因缘所生的短暂，当成持之不朽的永恒。我太小，太幼稚了，还不知世间从没有常态，更不知盛极之后必然是败坏。

我记得一开始是个意外，张秋没有在幼儿园门口，取而代之的是臭香臭香的小黄阿姨。然后那天晚上，我坐着陈芙蓉的小轿车回家时，张秋正在书房。是的，在我们两室两厅的新家中，张秋在新家拥有了一间书房，他当时可高兴了，比我买新玩具还高兴。他还说，一闻到那股书霉味就高兴，钻进书房就快乐。但在这败坏初始之日，张秋却显得并不快乐。

我推开书房的门时，张秋正趴在书桌上画画，房间的窗户是开的，外面的春风很有力气，却带不走书房里浓郁的烟雾。我叫了声爸，他回头看我，然后掐灭了烟，像最近几个月间一样，笑着问我幼儿园里那些无聊的事。但又不同，他看起来很累，并且心不在焉。

虽然察觉出了不同，但我也如之前一样，编瞎话应付他，毕竟幼儿园中每天都是不足与外人道的"老二小学"。我以为应付完他之后，我们会像以前一样吃好吃的，然后是一连串的故事，可结果却不是这样。陈芙蓉成了我们父子间的第三者，她闯入了书房，咳嗽几声挥臂清扫其实并没有实体的烟雾，然后她拉住了我，说："别影响你爸画图，你爸现在是工程师了，他笔下关乎着成千上万人的幸福。"

陈芙蓉的话说得很夸张，像是电视里的赞歌，可我说实话，没太骄傲，毕竟我幼儿园手下们的父亲都是"长"，虽然不清楚具体都是干啥的，但听着就比工程师厉害。而张秋的反应则证实了我的感觉，骄傲也没有在他脸上流露，相反，他显得有些颓然。只不过在我面前，他什么都没说。

那天一直到我睡觉，张秋都没有从书房中走出来，因此，他并没有正式告知我，我们父子俩的美好生活就此结束。以至于后来的半个多月，我都在一次次失望中退出书房，直到我回家时不再闯进那里。

当书房成了与我无关的空间，我初次体悟到了这个世界众多高级道理中，名曰"无常"的那种。经过反思，我恍然大悟，原来这世界一切美好都是短暂到近乎梦境般。退去，就等于消失，毕竟记忆是不靠谱的虚幻东西。

张秋，就像是工人家属区的三色天空、非凡的陪伴、清晨门外的祖母，以及所有令人留恋的美好一样，主体还存在着，事实上却已然消失。时代亦然，只是它太过庞然，难以感知消散与更迭。

一九九七年夏天，幼儿园放假，我成了没地方安放的人。陈芙蓉不想让我去工人家属楼待着，张秋虽和她辩了两句，但最终还是认了。自从他调完工作，脾气就没有以前厉害了，最后也不知道他们怎么商量的，我竟然在有爷爷奶奶、姥姥姥爷的情况下，被扔到了二楼的邻居家。

二楼邻居是一对刚退休的老夫妻，我也要叫他们爷爷和奶奶。爷爷是个不苟言笑的人，说话很少，而且用词简短，仿佛只会说六个词，分别是"行""不行""好""不好""可以""不可以"。奶奶倒没什么古怪，只稍有些洁癖的，她要求我饭前饭后都要洗手，每次洗手至少要洗一分钟，打两遍肥皂。

陈芙蓉说，爷爷退休前是位可大可大的官，因此我的母亲笃定，跟在这个老人身边耳濡目染，往后我也能成为可大可大的官。但张秋却说，爷爷是位军人。至于奶奶，陈芙蓉说她曾经是位护士，还说她找了个好男人。而张秋只说，这是个可好可好的老太太了。

我在这对老夫妻家的生活很单调，每天陈芙蓉与张秋上班时，便将我扔到那里。

奶奶见到我会问："吃饭没有？"我得回答："吃了，谢谢奶奶。"陈芙蓉说，这样才显得礼貌。然后，我会到爷爷身边陪他看报，其实就是干坐着，在这期间，奶奶则会扫地擦地准备午饭。

一直熬到中午，我们三个人开始吃饭，吃饭时不能说话，因为"食不言寝不语"。吃完饭，爷爷会在几乎一秒不差的相同时间打开电视，再一分钟，中央军事频道就开始播放节目，上集是讲过去打仗的事，下集是世界先进武器大全。节目放完，奶奶会给爷爷量一次血压，然后爷爷午睡，我则睡在爷爷身边，等我睡醒，再过一会儿张秋就会来接我。

记忆里，我与这位老夫妻生活了两周，抛开周末，一共十天。这十天，我几乎每天都过着这样仿佛轮回般的无聊生活，只有第九天，稍微有些不一样。

第九天，时间的轮回是在爷爷读报的环节被打破的。那天的爷爷有些焦躁，将本地日报翻弄得哗哗脆响，在他们安静的房子中就像是抽鞭子一样吵。然后爷爷叫来了奶奶开始说话，说的话比他前八天加起来还要多几倍。

爷爷告诉奶奶，说社会马上要乱套了，老百姓不好活了。奶奶捡起被砸到沙发上的报纸，看了几眼，莫名其妙地说，没写什么啊？爷爷说，要透过现象看本质，好比有人说要重修羊圈，可千万别听成好事，要想：羊咋了？

奶奶听后又拾起报纸，这次看的时间比刚才长些，但看完之后仍然摇头，说还是不懂，上面写得挺好，全都有安排，有始有终。爷爷说：屁，我还不清楚？这座城市就没有能力应对他们的方案，别说市里没有，省里、国家都没有。

这时，奶奶也开始担心了，她放下报纸，问那咋办啊。爷爷说，天招没有，你等着吧，今年下半年就算能绷住，明年也得完蛋。奶奶不可置信地问：怎么会一点办法都没有啊？国家要是没办法，老百姓靠啥活？这次爷爷的回答很简短，他说："靠自己活。"

撂下最后一句话，爷爷起身去了卧室，奶奶呆滞了会儿便像往常一样去做午饭。但这天的意外，并没有就此画上句号。没多久，爷爷卧室传出说话声，但隔着门，我听不太清楚爷爷说了些什么，除了他摔掉电话前的最后一句："我馋你们一顿饭？"

之后，爷爷气势汹汹地推门闯入客厅，对着厨房里的奶奶喊叫："你看着吧，再过些年，资本家就又会骑到咱们头上。"我记得很清楚，他说的是"咱们"。

到午饭时，这场生活的意外戛然而止，下午一切如旧。等到第二天，也是我最后一次到爷爷奶奶家，生活又回到以往的轮回中，两个老人仍然过着整洁、安静、有规则、不苟言笑的日子。

下一个周一，我没有再到爷爷奶奶家，我的亲奶奶再也看不下去她的孙子要寄人篱下了，选择每天早上五点半乘公交车，从她儿媳妇口中的"贫民窟"，穿越半个城市到我家照顾我。

而二楼的爷爷奶奶，在我上小学之前还能遇到他们，后来就见不到了。我问过张秋，他说那老两口搬到海南去住了。而那是我第一次知道，原来世界上真有一年四季都是夏天的地方。

6

一九九八年春天,张秋又开始作妖了。

从第一场春雨伊始,张秋变成了无时无刻不在愤骂的粗人,或说,一个唯恐天下不乱的神棍,整天念叨着"天塌了""完蛋了""没救了"。就算在书房独处,也要时不时喊上一嗓子"狗屁"。

他的妻子陈芙蓉面对这样的男人,表现出了令人意外的气度,每当张秋犯疯,她便会上前安抚,说没事、没事,咱们什么事都没有。而作为丈夫,张秋就有些不识好歹了,非但不领情,反而会怒斥妻子为"自私的利己主义者",或者"枉为一方父母官"。可就算张秋这么说,陈芙蓉也不会急,只是幽幽地反问:"那我有什么办法?"张秋听后则会变得捶胸顿足一通慷慨激昂,比如有一次他便拍着桌子告诉妻子:"你得悲愤啊,一个伟大的阶级被牺牲了,说得夸张些,成了魑魅魍魉们的垫脚石!"

每当张秋这样,陈芙蓉便不再说话,但等张秋走后,她则会悄悄地嘀咕:"总不能都悲愤吧。"

陈芙蓉对张秋的纵容持续了挺久,但张秋的恶劣却愈演愈烈。有一天晚上,陈芙蓉下班到家,门锁刚响,她的丈夫便像孩子似的从厨房窜出来,吓了我这个真正的孩子一跳。

而后还没等陈芙蓉脱掉新买的品牌高跟鞋,张秋便气势汹汹地对她吼了起来,他叫唤:"你不是说咱什么事都没有么?爸也下岗了!别以为事不关己高高挂起,告诉你,这是一个时代的灾难!"

面对张秋莫名其妙的指责,陈芙蓉只轻轻地"啊"了一声,可张秋却并不在意她的反应,而是继续仰天长啸。

"干了几十年，就换了两沓子，这不糟践人嘛！"

陈芙蓉换上拖鞋，她已经听明白张秋的话了，可却严重会错了意，劝说："嗨，退了就退了吧，咱家啥条件，能和别人家一样么？还能少了爸的吃喝？"

于是，当女人说完这番傻乎乎的话后，张秋消失近两年的勇猛瞬间迸发，恶狠狠地怒斥："你就是一个小鬼！恶魔吃肉你吸血！"

可惜，他的勇猛来得太迟了，陈芙蓉这个女人早已今时不同往日，面对这许久未见的恶言，女领导先沉默了会儿，然后才以极为不合气氛的冷静对男人开口："你注意点自己的言辞。"

这时的张秋刚三十出头，过于年轻，使他的勇猛还保存持续力。面对冷静的女人，他的回答是："我注意你妈！"

而就算男人把他的岳母也牵连进来，女人仍旧没有恼怒。陈芙蓉如轻盈的燕子般绕开堵在门前的恶鬼，然后她坐到我身边，对我说："别害怕。"

陈芙蓉的话好像是一句魔咒，本来坐在真皮沙发上看热闹的我，不知着了什么道，哇的一下就哭了。可等一分钟之后我才知道，原来我母亲的话不是魔咒，我的哭声才是，我这毫无理性可言的眼泪，竟然使张秋冷静下来了。而这时，陈芙蓉才又回到丈夫的面前，她说："就算我不懂，难道你还不懂么？国家这样也是没办法的事，不这么办，还能怎么办啊？"

张秋低下头，比犯了错误的我还要沮丧，他低沉地告诉妻子："我感觉自己被糟蹋了。"陈芙蓉抱了抱丈夫，像劝孩子一样开解他，说："谁也没被糟蹋，这都是没办法的事，就算有人被糟蹋，也不是你，你早就不一样了。"

之后，张秋没再说什么，仓皇摸出了香烟，点上后回身进了书房。而他前脚刚走，陈芙蓉又像以前一样，幽幽地念叨起小话，她用看破一切的语气说道："书生气太重。"

从这天开始，张秋收敛了些脾气，但我家仿佛有一个魔咒，总得有个东西闹腾。张秋不作妖后，电话开始犯病了。每天晚上五点开始，我家的电话就响个没完，而无论是陈芙蓉还是张秋，只要接起电话，说的话都是一模一样的，张嘴"没办法"、闭嘴"管不了"。弄到最后，一向淡然的陈芙蓉都发愁了，她说，这要再过一个月，他们就该没亲戚了。结果张秋心一横，直接把电话线给拔了。

至于我，其实在电话犯病这期间，已经知道发生什么事了。不过是很多人没工作了，这在我看来没什么大不了的，没工作就再找呗。再说，又不是张秋和陈芙蓉把人搞得没工作的，干嘛要折腾我家？然后在一天晚上，我带着这些感想去找张秋搭话，结果被他往死里拧了一顿的大腿根，疼得我连为什么揍我都没想起来问。当然，他也没有回答，一直都没有。

五月中旬，心理上一直病恹恹的张秋犯了一次大病。那天晚上七点多钟，我刚洗完澡，客厅里放着天气预报的片尾曲，张秋则在沙发上显得极为惶恐。陈芙蓉看他闲着，便让他去阳台拿一条浴巾。可张秋却仿佛没听见似的，晃晃荡荡地穿上鞋出门了，临出门前，腿还在鞋柜磕了一下，"咚"的一声，听着可疼了，但张秋却一声没吱，仿佛磕的是别人。

过了半个多小时吧，张秋又晃晃荡荡地回来，陈芙蓉问他干嘛去了，他却往地上摊了五把菜刀。陈芙蓉吓坏了，急得想凑上去，可又不敢真离张秋特别近，同时还分出手把我护在身后。保持着两米距离，她问丈夫要干啥，张秋却回答："我还要再出去一趟。"

这次张秋前脚刚出门，陈芙蓉回身就换了身衣裳，等她也要跟着出门时，想了一下，便又回身把我带了出去。而后在夜色中，我们母子俩在路灯停了一多半的小公园发现了张秋。此刻，我的父亲如鬼上身一般直勾勾地往前走，边走嘴里还念叨着："都给你炸了！"

看张秋魔症了，陈芙蓉不敢过去搭话，就蹚着黑带着我尾随丈夫。没一会儿，只见张秋离开了碎砖小路，贴到一根树底下开始爬树，结果滑稽的一幕出现了，这个已开始发福的男人永远失去了年轻时的本领，像个大蛆似的扭动几下，怎么都没爬上那棵并不算太高的树。可就在陈芙蓉也被眼前一幕逗笑的不经意间，这个蠢男人竟猝不及防地爆发出前所未见的咆哮，那声音之巨，别说他的妻儿从未见过，就连附近楼房的楼道灯都被唤醒了。

喜与惊来了场车祸，陈芙蓉被搞得愣傻了，等她回过神，张秋已向我们母子俩这边走来，而后还没等她想好是躲是藏，张秋的声音从夜色中传来，他问："你俩来干啥？"

听到问话，陈芙蓉下意识往后退，直到能看清张秋的脸，她才站住脚反问："你干啥呢？"

张秋答："我要找个棍。"

这会儿的陈芙蓉也不知道怎么想的，居然顺着张秋的话问："棍呢？"

张秋答："没找着，不过没事，我才想起来，买根拖布把头锯了也行。"

听到解释，陈芙蓉终于想起了重点并不是"棍"，她又问："你要棍子干啥？"

张秋答："把菜刀绑棍子上，做五把大刀防身。"

陈芙蓉听得一激灵，于是没头没尾地泛起了哭腔，问丈夫："你要干啥啊？"

女人的喃泣声使男人冷静下来，然后张秋点了根烟，男人的烟也使女人稍微安心，于是陈芙蓉稍凑上前。两人靠近后，张秋说："太惨了，印尼那边暴乱，杀老鼻子人了。一帮活畜生，满街杀人、强奸、抢劫、虐待，躲屋里都不好使。"

陈芙蓉听明白了话，但没听懂啥意思，又问了声"啥"。而后，张秋讲了一段极为恐怖，恐怖到被我的心理保护机制过滤遗忘的故事，在他颤抖的叙述中，我只记住了一个地名，印尼。至于印尼到底发生了什么，要等到很多很多年后，岁月拥有了互联网百科。

在那个晚上，我只记得张秋说完，陈芙蓉也哭了出来。甚至，这个近年来越发淡然，被张秋定义为"自私小鬼"的女人，也跟着愤骂几千里外的畜生，诅咒那些畜生最终都会被恶魔的礼物——核弹，炸得挫骨扬灰，永世不得超生。

有了妻子的同仇敌忾，张秋以吃惊的速度恢复冷静，等陈芙蓉停止了哭泣，张秋拉住妻子的手，笃定地说："走，咱们一起去买拖布。"

当事情又扯回到棍子，陈芙蓉这才想起来张秋的古怪之举，她赶忙攥住丈夫，又问了和刚才如出一辙的问题："你要干啥？"

张秋冷静地回答妻子："防身。"

今晚的陈芙蓉仿佛一台复读机，她又问了声"啥"，也是刚才说过的话。

张秋回答妻子："是畜生杀人，人被逼疯了，点把火就是畜生。信我的，趁现在，咱得早做准备。"

后来挺长一段时间，陈芙蓉都过得担惊受怕，加上她有几个市里政法口的朋友，整年念叨着治安要乱套，搞得这个越发不可一世的女人，变得像刚结婚那会儿似的听丈夫的话。连续几个月，她都不戴任何首饰上班，每天上楼，更要让司机小李她送到家门口。

与妻子相反，张秋的疯病经过暴发，转变为一种低迷且持续的状态。当他拥有了五把大砍刀后，便开始念叨数字，刚开始是好几千，过了一周变成一两万，再过一段就好几万。数到十万的时候，张秋又小疯了一下，着急忙慌给家里换了一张防盗门。

那会儿，我也问过张秋他在数什么，之后得知，是下岗的人数。我又问他：咱们市里一共有多少人？他告诉我，不到二百万。这个答案令我感到安心，毕竟二百人里面才十几个没工作的，并不算太多。但因为有之前被掐大腿根的事，我没敢暴露自己的喜悦。

张秋的疯病，一直到数到二十万出头时才好。那会是七月下雨，窗户外面雨下个没完，窗户里面电视里也没完没了地下雨。从本地新闻到省里新闻再到中央新闻，每天都是哪里又淹了。

开始，张秋说这是天怒人怨了。到八月中旬，电视里全是解放军时，张秋就再不这么说了。

后来有一天晚上，电视里的解放军拉着手，堵在一条黄得看不见头的大河，解放军身后还是解放军，正前仆后继地往河里堆沙包。然后镜头一转，又给到全中国各地的解放军正要出发，其中一个画面是我们市的，这时，张秋就哭了，接着是陈芙蓉，我不明所以，便跟着他俩一起哭。我还记得张秋当时说的话，他说："北方的兵水性不好，这是真要拿命填啊。"

过了这天晚上，张秋的病彻底痊愈，他说："人是最牛逼的，中国人是最团结的。"

之后他拆掉五把大砍刀，用五根拖布棍的其中两根，给我做了捕虫网、白缨枪，剩下三根不知道干啥用了。而那五把菜刀，有两把几十年后还在用，拍蒜剁骨头都行，剩下三把，那对夫妻离婚时分给了陈芙蓉，后来被陈芙蓉扔了。

九月末，我们的生活回归正常，张秋不再查数，陈芙蓉也敢戴项链了。为了庆祝这一时刻，十一那天，陈芙蓉悄悄送给丈夫准备了一个惊喜，一台苹果牌电脑。

张秋回家看到书桌上的巨物，先是吓了一跳，然后笑得鼻梁都拧巴了，连抽了两根烟，才磕磕巴巴地问妻子，这近乎于科幻的高科技礼物多少钱。陈芙蓉说了一个数，张秋立刻被烟呛得一阵咳嗽。陈芙蓉很满意这份礼物的效果，于是高高兴兴地到外面切水果去了，而当她离开，张秋立刻小心翼翼地用手指轻点键盘，悄声嘀咕："好家伙，我爸一辈子都不值这个价啊。"

而我根本不知道，苹果电脑到底是多少钱，我爷的一辈子又值怎样的价。没办法，那时的我太傻了，就连一个时代的落幕都毫无察觉。

第七章

I

一九九九年除夕，我全家聚在新买的索尼彩电前看春晚。内容还行，比后来强，唱歌跳舞挺热闹，小品也好玩。但除了我这样守在电视前的孩子，大人们其实没太留意电视里演的是啥。陈芙蓉拿着当时最时髦的翻盖摩托罗拉手机，一会儿打电话，一会儿发短信，整得挺忙叨。张秋和他爸妈在打扑克，他每次都赢，气得我奶跳脚骂我爷。

不过，他们虽然没专心陪我看春晚，但我觉得这样的气氛也挺好，特别热闹，每个人都真切地在我身边触之可及地存在着，令人感觉到安全。但这样的气氛却到某个小品节目戛然而止，节目演员振臂高呼，"工人要为国家想，我不下岗谁下岗"。这时，我的家人们不约而同安静下来。陈芙蓉合上手机，心不在焉地抓起一把瓜子，没嗑，就只是抓着这把瓜子低头沉默着。而打扑克那一家三口，虽还在几张几张地出牌，但脸上从容的喜怒笑骂已然不在。

我的家在这时是安静的、凝重的，但在电视里，那些猛烈鼓掌的观众，却爆发出气势磅礴的叫好声，仿佛与我窒息的家庭不在相同世界。此刻，我感受到了时间尺度对每个人的不公，他们的快乐很短暂，仅仅存于掌声与叫好声之间，而对我来说，却是漫长的窒息。

每年大年初一，总是我家最忙碌的一天。因为祖母与祖父都有两个庞大的家庭，导致在这一天，我们要奔波很多地方。

通常来说，我们要先去祖父的父母家拜年，接着是祖母的父母家。这两家人都住在工人家属区，差不多一个上午能逛完。到下午，祖父母就可以歇着了，而张秋则会带着他自己的家庭赶去陈复北家，然后整个下午一直到晚上都待在那里。

这三个地方中我最喜欢祖母家，因那里有非凡，能带我玩很多只有过年时才能玩的游戏，比如打仗游戏，也就是拿摔炮扔人玩。之前有一年更狠，非凡锯了一节烟筒，把二踢脚塞烟筒，当迫击炮轰雪人。至于另外两处地方则论不上好坏，在哪里都是一样看电视、吃东西，偶尔再回几句大人的问话。

而在这年，祖母家那边有了些变化，导致我以后永远不能再如往年那样与非凡放肆了。

在过去的一九九八年，也不知道是善良得了回报，还是祖坟冒了青烟，祖母的家族与这座城市九成九的人家都不一样，兄弟姐妹们均有发迹。尤其是我的小凡舅爷，虽然在家里仍不受待见，却在外面混得是名利双收。于是这一大家子人决定，在大年初一合买一车鞭炮，放他个七荤八素。一来是讨个大彩头，二来给家属区那帮老街坊亮亮耳朵，毕竟在过去的岁月中，这个没出几名光荣工人的大家族，在家属区没少挨欺负。

初一那天早上，我家赶到祖母的父母家时，一挂车的鞭炮已经被卸到楼下了，祖母的亲人们也聚在楼下，各个喜气洋洋地冒着哈气唠嗑。看见我们，小凡舅爷憋着坏笑迎过来，在我被他儿子非凡拉走前，他告诉张秋："一会儿在老王家窗台底下发一挂，他儿子要敢咋呼，咱俩就削他。"

人都到齐后,这个家族的男人齐上阵,把一挂车的鞭炮在院里摆成八个大字,"年年有余、人丁兴旺"。然后选出家族的儿子、姑爷以及长外孙张秋,共八个男人同时点火放鞭。

临点火前,祖母的大弟弟,也是这个家族的主心骨眉开眼笑地扯开嗓子叫喊:"咱这家才叫人丁兴旺,找八个男的还有排不上号的。"说着,他用烟头指向我这边,对他乐呵呵看着这一切的老爹老娘打趣,"看,重孙子辈还排着队看热闹哪!"

他吆喝完,八个老爷一起点火,使这一片家属楼瞬间轰沸起来。

那天的烟,是我这辈子见过最浓的一次,在持续好几分钟的时间里,工人家属区上空,曾经在我眼中仅有三种颜色的天,变得越发污浊,最后几乎失去了颜色,成了遮住光芒的无形穹顶。而与烟雾相比,那时把我震得心颤的鞭炮声,却在后来变得没有什么稀奇,很快,这座城市,乃至整个国家都会响起以分贝作为计量标准的噪声,轰隆轰隆,夜以继日,不休不绝。一直到那噪声失去意义,它仍在继续。

当鞭炮声散去时,我看向那二十多个我的亲人。无论老少、男女,脸上都带着不明来源的古怪虔诚,甚至包括陈芙蓉都是,她站在张秋身边,像是一位真正的妻子。这时我懂得了,这群人,是一个家族。这个新生的家族,是被那一挂车鞭炮拴在一起的。

家族,如同王朝,又如同国家,都是由人凝聚的组织,也同样被某些隐然中的惯性规则所左右,便如每一朝王权,初建时总是多灾多难。祖母家这个刚刚明确信仰的家族,也总要一场危机的,只是谁也没想到,危机来得太快了。

在被家族拴在一起的几十人同时悖奋时,家属楼的某扇窗户打开了,一个男人探出头,趴在窗台向下叫骂。他骂的是,就你家喜庆,你家昨儿晚上没岁守啊,十点来钟就起来放炮,放得和出殡似的。

这个男人藏在叫骂中的内涵,是当时的我所不能理解的,我搞不懂,什么叫没岁守,更不明白,他开头说的是喜庆,落尾却骂的是出殡。可无论我能否体会这叫骂的高级之处,大人们都在第一时间给出了反击。却可惜,无论多微小的冲突,本质都与战争无异,人数在地利面前似乎用处不大。面对占据高地的敌人,这个家族的十几个男人们只能操着嗓门抬头回骂,运气不好,喷出去的唾沫还会落在自己脸上。而他们的敌人则不然,只要随手往下扔一个啤酒瓶子,便能让底下这帮爷们哑火一阵。

或许是啤酒瓶子落下得太过突兀,张秋少年时的热血,在玻璃碴崩到陈芙蓉脚面时被唤醒。张秋还年轻,他当然还记得浪子回头好好读书之前,那段左手板砖右手铁锹拍人的峥嵘岁月。而当他看清楼上那个男人时,这种热血则变得更加炙烈,那个男人他认得,曾经他手里的铁锹也认得。

张秋朝楼上怒吼:"刘星博,睁开狗眼看看我是谁!"

刘星博,这个名字我只听过一次,就是在这天。当张秋喊出这句话,楼上立刻安静下来,随后亲人们便以望向英雄的眼神望向我的父亲。那种眼神令我感到自豪,同时也使张秋开始得意忘形,于是他又对楼上开口,牛哄哄地问人家怎么混的,挺大个人了嘴里还蹦不出好屁,并还要那人立刻下楼,给他的舅舅们挨个赔不是。那架势,仿佛当年在社会上到处给人平事的江湖大哥。

可张秋忘了,如今这么多年过去,他那根拍人的铁锹早就弄丢了,现在他身上仅剩的,是一根笔,就在棉夹克口袋里夹着。于是,张秋这时的狂,能换来的就只有加倍丢人。面对张秋的教育、批评、诉求,楼上男人的回应只有一句话。

"你不是五区的张秋,你多牛逼啊,找个好媳妇,跟入赘似的,你儿子还姓张么？"

男人的话从天而降把张秋砸哑了，我的父亲再什么话都没说，而是低下头在地上寻觅着，最终拾起了一块红色砖头。陈芙蓉见到这样的张秋，立刻冲过去拉拽，她对丈夫说，咱们报警，高空坠物犯法，让警察抓人。可张秋却还哑着，什么都没说，只是膀子一甩，把陈芙蓉甩一个趔趄，仿佛只有这样，才能显得他不是个吃软饭的。

陈芙蓉被甩开后，亲戚们也围过来开始拦张秋，而楼上的男人见状则拍着窗户继续逗弄张秋，他说牛逼你就上来，我就在家等你，要是没等着你，就说明你拿老二泡水饭给泡软乎了。

经这加倍难听的侮辱，张秋更是拦不住了，再一甩膀子，差点把他一个舅舅也弄摔了。而正当张秋眼看着就要在大过年进局子之前，这场冲突真正的救星终于出现，我的小凡舅爷轻飘飘地站到张秋身边，然后同样轻飘飘地说了句："你别管了。"紧接着，令人吃惊的一幕出现了，刚才还活驴似的张秋瞬间安静下来。

接着，小凡抬头看向头顶的那扇玻璃，仍然用那轻飘飘却足以让所有人听见的声音说："唉，你认识我不？"他口中的"认"，按东北口音，被说成"印"。而翘舌的"识"，则被说成平舌的"四"。

小凡问完，楼上那汉子立刻关上了窗户。

当时，我所有的亲戚们都以为这件事到此为止了，于是，他们围到张秋身边，安抚这个受了大委屈的长外孙。可奇怪的是，张秋那时反应出乎意料，他显得很冷静，就像从没有遭受刚才的那些讥骂，硬要说有什么不妥，就只有不时地瞄向小凡几眼。

然而，我的亲戚们错了，当他们已经把这场意外抛之脑后时，过了正月十五的某天晚上，一个男人的号叫响彻整栋家属楼，先是愤怒再是哀求最后是呜咽。此后又过几天，街坊们看到一个瘸子被他媳妇从自行车后座搀扶下来,这才弄清楚那晚的号叫是怎么回事。当然,凶手也付出了代价,他被自己大哥抽了两个嘴巴。

而任谁也没想到的是,这件发生在大年初一的意外,落幕的时机还不是此处。真正的结局,要一直等到几个月之后的盛夏。

一九九九年夏天,祖母的父母,我的太姥爷和太姥在一周之内相继去世。先走的是我太姥,她头七那晚,按当地的习俗,要全家人都要聚在一起,在子时把灯关半个小时,说是老人要回家看看亲人。但祖母家族的人太多,家属楼的小房子装不下,于是全家人都跑到家属楼楼下,时辰一到,在乌七八黑的夜里跪了三排半。

那时,我辈分最小要跪在最后一排,屁股后面就是我童年时作威作福的乐园,那座刚刚被推成废墟的小公园。在夜里,废墟被风弄出阵阵呜呼呜呼的嚣声,加之这是一场与死人有关的仪式,所以弄得我有点害怕,只能用默数转移注意力。

差不多是我默数到六百出头时,夜的声音忽然丰富起来。起初,是一袋垃圾从某扇黑着的窗户里被扔出,几分钟之后,是第二袋,再之后频率加快,几乎一分钟一袋,并且袋子里的东西也越发危险,垃圾袋砸到地上,竟然会响起玻璃碎裂的脆响。而古怪的是,那些从天而降的垃圾袋,一个都没砸中我们全家三排半人中的任何一个,明显是故意扔歪的。

差不多头顶被扔下十几个垃圾袋时,前面跪着的大人们开始憋不住了,我听见他们开始低声骂着脏话。等到刚刚好第二十个垃圾袋落地,祖母的大弟弟,如今这个家族的族长终于开口。他跪在地上高声哀求:"老少爷们,人死为大,几十年老邻居了,什么仇也放放吧。"他说完,天上的垃圾袋终于消停,再没多久,时辰到了。

当我全家三排人站起来那一刻,安静的夜迎来比刚才垃圾雨更剧烈的嘈杂,所有人,甚至是这家人娶的媳妇,都在对黑压压的家属楼破口大骂。就连陈芙蓉,这个从来对张秋的家庭若即若离的人,也冷冰冰地降下威胁,说明天要和某个所长好好聊聊。

而面对这些脱离习俗束缚的人,家属楼的反应则是再次降下沉默的垃圾雨,并且这次,是冲着人扔的。万幸,在垃圾袋真的砸伤谁之前,小凡又站了出来。他望向漆黑的夜与楼,挤着不怎么响亮的哑嗓子放出清晰的狠话,他说,明天一早就带人翻这些垃圾袋,然后到每家去搜查对证,到时候要在谁家找到一样的东西,或者不敢开门,他就把那户人家门拆了、门联撕了。

小凡说完,垃圾雨立刻停止,而几乎同时,他的屁股上也挨了一脚。

小凡回头,见是他大哥踹的,莫名其妙地问对方为啥踹自己。他大哥没搭理他,转而对家属楼喊道:"老少爷们,几十年恩怨情仇,咱们往后两不相欠,就此别过了。"

之后,等轮到我太姥爷头七那晚,全家把这仪式搬到了殡仪馆贵宾厅。咋说呢,倒是没垃圾雨了,但比家属楼楼下更吓人。

至于那栋楼里,承载着这个家族四代人记忆的老房子,最后被分给了家里老小——小凡。只不过他早就在市区买了新房,也不住那里,再后来房子过户给了非凡。等后来差不多二零一零年左右,老房子拆迁之前,被非凡给赌出去了。

2

夏天是烧烤最火的时候,尤其东北,没有烧烤的黑吉辽,就像是长白山上少了雪、大兴安岭没有树。

一九九九年那会儿,不论味道只说装修,全市最有排面的烧烤店当属大韩烧烤,也就是小凡的好兄弟阿辉开的那家。在那个烧烤行业普遍在街边练摊的年代,大韩烧烤干了两层楼的大店,店里装修清一色韩国木作风格,还有脱鞋进去坐地上的大包厢。

这样的店,价格当然不是寻常烧烤能比的,且不说六十六元一盘的"金达莱牛肉",单是一炉炭就要十二块钱,可谓开创了本市炭火收费的先河。而这一炉炭的钱,放在铁西能买到数不清的羊肉串,再遇到个讲究点的老板,还能送两瓶雪花啤酒。

大概是天热得穿不住长裤那会儿,张秋常去大韩烧烤吃饭,但都是应酬,不用他自己花钱。因小凡的缘故,阿辉是认识张秋的,为此每次张秋来,都会赠个果盘敬杯酒,不过俩人的交情也就到此为止,从没有深交。

很多年后回过头看,小凡这辈子,最好的朋友就只有这俩人。他身边有那么多小弟、熟人、哥们儿,唯有张秋与阿辉,是能与他平等论交情的。而这两个与小凡关系最铁的人没处明白,其实张秋的原因更大些。

早些年,小凡刚开始和阿辉玩那会儿,张秋但凡与他小舅喝酒,必定会劝上两句。他总说,阿辉这个人精明,小凡玩不过人家,能躲远点最好,别整天掺和在一起。但小凡从没把这话当真过,他的想法是,这世上要有比他还狠的,那就是敢杀人了。而阿辉,不过是个做生意的,挥两下菜刀都膀子疼。

后来,阿辉的饭店越开越大,张秋与陈芙蓉的一些应酬总难免光顾到,他们打照面的次数也变多了,可就算这样,张秋还是不愿意和阿辉处。至于原因,他只在家里和陈芙蓉说过,他说,做生意的人既精明又爱顺杆爬,给了三两件好,往后肯定找回四五本账。就像陈芙蓉这种身份，要和阿辉处熟络了，到最后肯定会弄出麻烦。

有这些顾虑，搞得张秋和阿辉虽然认识了好些年，可一直等到一九九九年的夏天，俩人才单独聊了第一回天。

那天也是张秋单位的应酬，要宴请北京来的技术团队，张秋作为小年轻，得提前赶去饭店张罗接待的事。就这么着，四点来钟大韩烧烤还没上人时，张秋撞见了在饭店大堂抽烟的阿辉。

这俩人虽说没交情，但好歹算是熟人，这会儿谁都没事，撞见了也不好不说话。就这么着，他俩在还没开灯的饭店里聊了起来。

张秋这人挺聪明的，但就有一点，一直到岁数挺大了都不太会说话，但凡聊天，张嘴就是不好听的命门要害。这会儿对着阿辉也是，烟刚点上，他上来就说现在这大环境这么不好，问阿辉这新饭店能行么？

阿辉人比较深沉，笑呵呵地告诉张秋，说能行啊，而且往后会越来越好。

张秋也笑了，但他的笑不如阿辉和煦，显得有些自负。他说：现在老百姓十有八九都没地方挣钱，吃个炸鸡骨架都嫌贵，哪有钱来大韩烧烤吃饭？还说这里的一炉炭，够人家吃一顿饭了。

阿辉听后仍是笑呵呵的，他没有反驳张秋，而是先赞同张秋的话。他说，是，老百姓是没钱了，然后才讲出自己的结论，告诉张秋，老百姓有没有钱对他影响不大，而且正相反，现在是烧烤店最好的时候。

张秋没听明白这个理，但阿辉没用他问，自己就讲出了原因，他认真地告诉张秋："过去是这样，有钱的兜里揣一百，没钱的兜里揣五十，管他有钱没钱，谁都不会去吃八十块钱的一顿饭。但现在不一样了，别看没钱的兜里一干二净，但有钱的兜里可都是一沓一沓的。这时候你再卖八十一顿饭,没钱的人还是吃不起,可有钱人还会嫌你便宜呢。"

阿辉这番用广东口音东北话讲出的道理,引起张秋好大的不满,他竖起眉毛,一副学生辩论赛三辩的架势,斩钉截铁地否认对方,说阿辉讲得不对,这世界还是有钱人少,开门做买卖,不能只做有钱人生意吧?就像大韩烧烤,包间是还行,但他看大堂几乎就没啥人吃饭。

阿辉听后还是笑嘻嘻的,他仍然没有反驳,而是另说:"兄弟,改天我单独请你吃顿饭,不在这里,去我的海鲜酒楼,那里最近重新装修了,比之前更贵,像地三鲜这种菜连卖都不卖了。哪天有空,咱去那儿视察一圈,你看看生意咋样。"

话到这儿,张秋不爱聊了。这几年他岁数渐长,嘴虽然难听,但却不像以前那样,每次开口都想着赢下对方,于是抛了句"你倒是会挣钱",便不再说话。

不过,阿辉倒没纠结张秋的态度,反而和善地说,等海鲜酒楼装修好了,要送张秋一张海鲜酒楼的卡,而且是不计数的那种。张秋却没被哄好,丢丢搭搭地甩了句:"没有地三鲜我吃啥?"而阿辉则告诉他:"我和小凡是最好的兄弟,你俩有辈分,但咱俩各论各的,你张秋就是我大弟。哥哥家开的饭店是没有地三鲜,但我大弟来了,得上海三鲜。"

张秋没被这话拿住,这几年他跟妻子在外面也见过不少世面,太清楚买卖人的嘴有多亮堂了。可阿辉,这个我市未来的餐饮业巨鳄,显然不是普通的买卖人,下一句话,就拿住了张秋的七寸。

他说:"大弟啊,咱就这么说,你也见过哥哥陪客,那和谁不是客客气气的?话说难听点,哥哥见着个衙门口的,说是像狗一样都不为过。但和你,包括见到你媳妇,哥哥我有过一句溜须话么？只要张嘴，哪句不像是和自己兄弟弟妹说话？大弟啊，不管你咋想，但哥哥和小凡是最好的弟兄，对你也是诚心处。"

阿辉的话，当时把张秋弄得好一顿局促。那天晚上回家，当着陈芙蓉的面，他对阿辉的评价变成了"还算是有点义气的人"。也因为这句评价，后来让这两个截然不同的人，展开了一次难说好坏的合作。

阿辉的海鲜酒楼重新装修完，果真如约送了张秋一张卡，而且如他所说，是不计数的那种卡。不过张秋从没用过这张卡，他虽对阿辉有所改观，可心里总是梗着些讲不清楚的硌硬，就是不愿意和对方交朋友。

反观陈芙蓉，因应酬光顾几次阿辉的海鲜酒楼后，被那座富丽堂皇的饭店给唬住了。结果这个从来看不起小凡的女人，有一天居然对丈夫说，小凡和阿辉在一起也挺好的，还算能干点正事。

当时张秋被这话搞了好大的不痛快，但他却没从小凡这点辩驳，而是将矛头指向陈芙蓉。他告诉妻子不该总去那里吃饭，作为国家干部，去那种地方吃饭太不像话了。他还说，自己不与阿辉深交，就是碍于陈芙蓉的身份。

然而张秋的义正词严，在妻子那里毫无意义，这些年过来，他的妻子早已比他更加精通"义正词严"，而这一事实，只有他这个当丈夫的还未察觉。

陈芙蓉端着声调告诉他，这是个英雄不问出处的年代，市场经济，甭管黑猫白猫，能抓到老鼠就是好猫，对待企业家，应该眼界放宽些，不要在新时代搞封建主义士农工商那一套。

当妻子洋洋洒洒说完这番话，做丈夫的愣住了，但男人这时的愣并不意味着傻，而是莫名其妙。呆了好一阵，张秋的目光投向陈芙蓉左右两侧，像是在看什么人，然后才问道："你搁这儿说啥呢？"

到最后，张秋还是去了海鲜酒楼，只不过那次是小凡做东，请工人家属区几个混得不错的发小吃饭，连带叫上了张秋。而张秋之所以同意去，是因为觉得自己舅舅开窍了，打算干正事，这是扩充人脉呢，自己必须得过去帮着撑场面。可等这顿饭吃完他才发现，自己高看了小凡，同时，低看了阿辉。

小凡做东的饭局，阿辉自然会陪着，但当着酒桌上的医生、警察、总经理，阿辉则表现得十分克制，既没有喧宾夺小凡与张秋的主，态度也一直保持在礼貌却不巴结的尺度。饭吃了两个多小时，大家聊的只有交情，没有半句话在事上。一直到喝完打底的啤酒，每个人都挺高兴，包括张秋，他觉得自己通过这顿饭，终于摸清了阿辉的为人，阿辉的确是小凡的好朋友。

饭吃完，张秋陪着小凡送客，等客人刚走干净，小凡立马着急忙慌地跑到厕所泄尿。如果当时不出意外的话，等小凡回来，俩人再冒一根烟，之后便是各回各家，后来那一档子论不清好坏的事也不会发生。但偏偏，或者说注定的意外还是来了，这意外，便是阿辉向张秋要了一根烟。

张秋从第一次拿到工资开始，抽的就是白红塔山，这一抽了一辈子，哪怕后来这烟成了"出租烟""民工烟"，哪怕他人过中年时发了大财。但他的人生挚爱，对别人可能是一种折磨，比如当时的阿辉，第一口就闷得一阵咳嗽。

阿辉对白红塔山的不适，在当时的张秋看来代表着某种意义上的弱小，而这种认知，则让他对阿辉产生了能力尺度的蔑视。而对阿辉来说，我相信这不是他有意为之，但从结果来看，却是一件好事。

张秋产生"我赢了"这样幼稚的幻觉时，阿辉悄悄地开始了他们的聊天，他心不在焉地询问张秋，问张秋的单位接不接市场项目，张秋没想太多，如实回答，说原则上能，但也得分啥项目。

之后，阿辉随口提起，说他有个朋友在海南那边盖房子，现在盖完了，想做个住宅等级证明，他想了解这个事麻不麻烦。

听人问到了自己的本职工作，张秋的话开始多了。他先告诉阿辉，这事一点都不麻烦，随便找个能验资质的机构就行，全国到处都有。然后又卖弄似的上赶着帮人家出主意，告诉阿辉，这个证明其实没啥用，再过几年还可能会被取消，以后商品房会越来越多，都是按需购买，谁管甲乙丙丁的。

阿辉漫不经心地"哦"了一声，语气仍然不带有丝毫主观色彩，他问张秋："大弟，要是我把这事揽下来，通过你去委托你们单位，对你有帮助么？"

张秋没听明白这里的事，问阿辉啥意思。阿辉闲聊天似的告诉他，说这是他好朋友的一个事，他听说后，觉得可能会对张秋有帮助，就给先揽下来了。想着要是真有帮助，就通过张秋把这个活包给张秋单位。

张秋想了会儿，没想出来这事有什么阴险的，于是实话实说告诉阿辉，他那里是铁饭碗，不按社会面销售提成那个逻辑走，其实是无所谓的事。

阿辉听后轻描淡写地说了句："嗨，我合计能帮到你呢，要这样就算了。"

如果生活是一段段孤立的对白，那么张秋与阿辉之间便到此为止了，再不会迸发出任何情节，从而在那不可捉摸的未来，张秋的人生轨迹或许会有所不同。但可惜的是，生活并不是孤立的，它是一段段处心积虑的因果论，阿辉这时的"算了"，对于与他同时空的张秋来讲，其实是一种开始。

因由小凡的邀请、因由这顿酒、因由那根红塔山，又因由阿辉的前言后语，张秋将那声"算了"，当作了别人对他能力的轻视，于是，他反常却又自然而然地说道："这样吧，你把具体资料给我，我回单位帮你问问。"

后来经过打听，张秋得知，这就是一个再简单不过的测定业务，标准是定死的，用处是没有的，并就像他说的那样，可能再过两年，这个指标都会被取消。但与阿辉沟通后，那边的朋友却执意想办。如此，张秋也不好说什么，便顺便帮着走了下程序。

事敲定后，张秋单位要派技术人员去海南做测定，本来人选是有张秋的，这也算是给他的一项福利，可张秋不爱去，也想着避嫌，最后派了别人。之后又过了半个月，阿辉跑到张秋单位，从他大弟手里接过了《甲类住宅资格证明》。

俩人见面时，张秋还傻乎乎地问阿辉，说你朋友要这玩意儿干嘛，明年可能就屁用没有了。阿辉笑着回答："我也不知道啊，可能他脑袋瓦特了。"

当时张秋没听懂啥叫"瓦特"，以为又是什么广东屁嗑，后来他去上海旅游，吃饭时让本地服务员臭了，才知道原来"瓦特"是上海话。

对张秋来说，一直到十一假期之前，阿辉的这件事都只是件能记住，但平时不会往脑子里过的小事。而且除了两顿海三鲜，他也没得到什么好处，在单位也是一样，该怎么画图怎么画图，天天研究的尽是下水道和电线杆。

但到十一假期的一天晚上，一则夹在足球比赛的中间广告引起了他注意。

那广告的开始，是一栋屹立在阳光、沙滩与大海之间的高级楼房，随后一个身着东北红绿大花棉袄的"村姑"，惶恐局促地走入那栋楼房。接着场景转化,还是这个女孩,可此时的她已经换成一身摩登打扮,连衣裙、墨镜、离子烫,像是刚下飞机的华侨。

而这女孩最令人印象深刻的,是她的笑容,那种自信、幸福,在这些年的现实世界中已越发少见。之后,女孩推开一扇房门,镜头跟随她穿过装修豪华的客厅,来到能看得见大海的阳台。这时女孩张口双臂,对着远方的大海喊道:"新生活、新世界!"

到此,影片结束,广告切换成了文字,同时有一个激动的男声开始朗读。

"爱琴海公馆,国家级设计院监督认证,海南特供甲级高端住宅,特批面向大众销售。三室两厅海景百平大房,享物业管家式服务,仅需26999。详情请咨询168888转888。26999,爱琴海公馆,您的新世界、新生活、新天地、新开始。"

广告播完,张秋愣了好一会儿,他发现电视里的爱琴海公馆,就是阿辉朋友开发的房产。

那天晚上,张秋想了足足一个多小时,可怎么也没想清楚这件事的道道。甚至,他连好坏都没弄明白。

要说卖房子,倒没啥大不了的,但问题是,那是老远的海南房子啊。就说卖海南的房子,其实也不算怪,但那么好的房子,还是自己单位出的权威评级,怎么就只卖两万七?但要说好东西卖得便宜也不是最怪的,更怪的是,现在的大东北,人都快活不起了,就算房子便宜,也没人跑到天涯海角买一栋房子。

在这件事上,无所不知的张秋认怂了,他实在想不明白这么多的古怪。证明是,当陈芙蓉下班回来后,他竟然去询问一向被他视作啥都不懂的妻子。可惜的是,陈芙蓉的回答也没什么建设性,答得条条框框,都是张秋能想到的。最后张秋问她,你觉得这个事怎么样?要不是好事的话,我找一趟阿辉,让他把我单位的名头给摘出去。

陈芙蓉想了一会儿，可惜回答还是那么没劲，她说："我觉得这是好事，市场经济嘛，产品丰富多样化很正常。"

张秋没和妻子较说话这个劲，他跳过了一问一答，直接讲出自己的顾虑："主要我合计，他在广告里说是设计院监督认证的，但我们其实只测量了一个没屁用的等级标准。"

这次陈芙蓉答得很快，话也像是人说的了，她说："硬说的话，那不也算监督认证么？广告嘛，难免有点夸大，那电视里卖的诺氟沙星，不也说包治百病么？"

3

一九九九年十月份的本市，是阳光与沙滩交织的。秋风落叶之间，嬉闹奔跑的孩子们喊着"新世界、新生活"。百无聊赖的男人们，打着喷嚏聊着海南岛的种种美景。女人们则都跑到一栋新建的名为"新世界"的香港商场，去试穿海洋风情的连衣裙。最龌龊的当属那帮刚开始发育的初中生，比如非凡，他就告诉我："你看广告那女的，真他妈骚，连奶罩都没戴。"

印象里，爱琴海公馆最后一期广告，是在十一月初的晚上。那时外面正在下雪，电视里仍是阳光沙滩与乳头隐约可见的女人，但到结尾，原来激昂的男声换了台词，念完168888转888，他说："父老乡亲们来年春天再见，我要到海南过冬啦。"

在爱琴海公馆折腾全市人民的这一个多月，其实张秋倒没有太多想法。这事对他谈不上好，毕竟这个项目没给他带来什么好处。但肯定也说不上坏，阿辉到底是个商人，而商人就喜欢把事情弄得很夸张，所以也不能算人家把他给耍了。

硬要说的话，张秋只是觉得有些好奇。他是谁？名牌大学毕业的大学生，工人家属区第一才子，连狭义相对论与广义相对论的区别都能讲得头头是道，可唯独在这件事上却弄不清个所以然。

得亏阿辉是个讲究人，爱琴海公馆的广告期刚过去，他就在海鲜酒楼宴请张秋，而且找来作陪的人只有小凡，美其名曰，自己家兄弟吃饭，不是应酬。

这顿饭，张秋毫不犹豫就答应了。但他去，不是冲着这顿饭，更不是想占个功劳，他就是想知道，海南卖房这件事前前后后是个啥道道。

等到了这顿饭，酒桌上的气氛果然如阿辉说的那样，没有半句虚头巴脑的推诿，聊的全是他们这代人的回忆。什么一九七几年那会儿，哪个中学和哪个中学干架，铁西区有个老猛子多狠多厉害，三道沟矿工院的谁谁谁是冶金厂某某某的战友。

也是因为这顿饭，张秋才知道，原来满嘴古怪粤式东北话的阿辉，其实就是本地人，只不过他们之间差了些岁数，不能算是一拨人了，而且阿辉也不是在铁西的工人家属区长大的。

这顿饭把张秋聊得挺舒服，这几年，他变得越来越喜欢聊过去，在与陈芙蓉组成家庭之前，他人生满满都是成就，他是家属区的孩子王，初中的学校大棍，高中的学习标榜，名牌大学的未来栋梁。可现在，只有谈及过去，他才能重新品尝成功的骄傲。

而在这顿饭上，阿辉给他的果实实在太甜了，不仅使他忘记了来时的目的，更让这个自诩绝顶聪明的人变傻了。

饭吃完，阿辉似递烟那般从容地递给张秋一个文件袋，他说："废话不多说，这事谢谢我大弟了。"

这时的张秋显得愣头愣脑，他竟然傻乎乎地接过文件袋，还打开袋子去看里面装的是什么。结果很好猜，文件袋里装的当然不是文件，令人搞不懂的只有张秋，他在弄清楚文件袋的内瓤后，竟然镇定自若地看向阿辉，问对方："你们没结测量费么？"

后来，张秋回忆与阿辉的"交情"时曾说，他只在对方脸上见过一次困惑的表情，而这唯一的一次，就是在张秋问完这句话之后。

当时，阿辉很夸张地呆滞住了，似乎张秋，是在他混迹江湖半辈子里见到的最大的奇葩。这个人精似的商人，足足用了半根烟的时间才恢复了镇定，然后以一句很简短，同时又很模糊的话回答张秋。他说："测量费结了，这是大哥谢谢我大弟的。"

话到这儿，张秋才明白发生了什么，瞬间他双手离开档案袋，人过电似的坐得绷直，盯着那档案袋的眼神，比小学生看到作业本还难受。如此窘态憋了老半天，他才说了一句："不要钱。"

张秋的反应令阿辉察觉到场面失控了，于是他开始劝，好话讲了一堆。但那时的张秋太紧张了，把他说什么给忘了，就记得阿辉特别会说话，甚至使他觉得，如果自己不拿档案袋就会犯法。但到最后决断档案袋的归属时，婚姻给他带来的好处出现了。

因为陈芙蓉，或者说，因为陈复北，张秋对物质的态度与绝大多数人不一样。尽管他清楚文件袋里的东西分量很足、很重要，可他对这种"足"与"重要"，却没有更深一步的理解。至少，它不足以购买骄傲，更不如底线重要。

把这个理说俗些，也就是，张秋因为她的媳妇，所以并不缺钱，也不懂钱重要到什么程度。说得再脏些，他吃软饭吃傻了。但这个理，张秋在四十岁之前是不认的。

张秋恢复理智后，明确拒绝了阿辉，而作为与对方旗鼓相当的聪明人，他也找到了如何破解拒绝别人所产生的尴尬。

张秋对阿辉说："大哥，钱我就不要了，咱俩推这玩意伤交情。你要真想谢我，就给我讲讲这事的道道吧，爱琴海公馆到底是个啥路子？"

话说到这份上，阿辉也探明白分寸了，于是没再废话，干净利落地收起文件袋，拆了一盒崭新的软中华，先散给张秋，再给小凡，然后亲自给张秋点上烟后才悠悠说道："大弟啊，哥哥今天就不要脸一把，给你这个大学生也当一回老师。哥问你，有一样东西，人越难活，这东西卖得就越好，你知道这是啥东西不？"

张秋摇头，他知道答案肯定不是吃喝拉撒。

阿辉吐了口烟，给出了答案。

"希望。"

回答完，他对张秋说："其实爱琴海公馆卖的不是房子，而是一个希望。你看广告，全新的天地、全新的生活，没有冰天雪地、永远都是阳光沙滩。"

张秋想了下，觉得阿辉的话在理，可又有所不通。然后他提出自己的观点，说这也不对啊，能有闲钱去买海南房子的都是有钱人，有钱人有啥难活的？难活的都是穷人老百姓，老百姓又没钱，谁会跑海南岛买一栋打车都瞅不着的房子。

面对张秋的问题，阿辉笑眯眯地给出了答案，他说："大弟，你错了。爱琴海公馆，卖的就是穷光蛋老百姓。"

阿辉说完歇了两口烟，似在等张秋从震惊中恢复，但他的等待，只是为了张秋恢复，而没有给对方继续提问的机会。赶在张秋开口前，他再次笃定地抛出结论。

"哥哥还告诉你，老百姓手里有钱，而且刚刚好能在爱琴海公馆买一栋房子。"

话到这儿，张秋更加没法理解了，他三口将一支烟抽到半截，急匆匆似辩论般下定义，拍着胸脯保证，老百姓兜里有没有钱这事，他比谁都清楚，因为他爸就是下岗工人。可哪怕张秋有铁证如山，阿辉还是从容淡定地摇了摇头，然后对张秋说："不对吧，大弟，既然咱家我叔就是下岗工人，你应该更清楚老百姓兜里有没有钱啊。"

一开始，张秋没听明白这话什么意思，但他确实聪明，不到两秒，表情便惊愕起来。是的，当时张秋的表情不是惊讶、震惊，而是惊愕，既惊，又恐惧。

这时，张秋变得结巴起来，他看着阿辉，张嘴叫了声"大哥"，只是后面的话，除了一阵阵"你你，你不会，不会"，再说不出别的任何话。

见到张秋这副德行，阿辉知道对方也懂了，于是便替张秋把答案说了出来。

"就是工龄买断金。咱粗算一下，一家如果有两个职工，每人就按平均下岗工龄算，赔一万五，俩人加一起手里就有三万了。我估摸着，现在整座城市，手里都揣着两三万块钱的家庭，至少有十万户。十万户，打个对折都是巨大的市场啊。"

阿辉的话和张秋想的一样，话里的道理，他作为大学生更是明明白白、清清楚楚的。可就算清楚、明白，张秋仍觉得这事离谱到不可思议。如果不是亲身经历，并且由阿辉亲口点出，他从来没想过，竟然有人会忙活到海南岛去，只为去挣工龄买断金这笔钱。

那可是工龄买断金，不是救命钱，却是卖命钱，这样的钱也是能挣的？

在吊着千粒水晶灯的海鲜酒店豪华包厢，张秋打了一个酒嗝。这挺响挺臭的一声酒嗝，冷不丁的，给他熏懂了一个道理。市场经济，他到这天才终于明白是什么概念。在这个概念中，爱琴海公馆这事的里里外外，其实谈不上有什么不对的，更说不上不道德。但作为一个拥有主观思维的个体，他就是觉得爱琴海公馆这事，哪哪都硌硬。

人要是觉得硌硬了，没事也得找点事，比如张秋，他觉得硌硬之后，便急赤白脸地开始找事。他急孬孬地对阿辉说："那也不对啊，你那房子才两万多块钱一栋，咋在电视里吹那么好？啥好房子只卖两万多？"

阿辉再有城府也看不见张秋的大脑，不知道这人现在正在找茬呢，于是笑呵呵地保证，说他卖的房子就和电视里一个样，连根柱子都不带变细的。

张秋仍然不信，他手指点着桌子，甚至压上了职业素养，认定那房子有问题，说，就算住宅评级要取消，但评级标准还在，甲级住宅，就不可能卖那么便宜，成本都够不上。

到这儿，阿辉终于看出张秋说话带气了，于是他身子一探，张开手赶紧把张秋搂住，似哄孩子般劝道："兄弟兄弟，这事哥哥半点不骗你，也不用骗你。你不做生意可能不清楚，海南的房子咋回事，你随便查查就知道了。到时候你要还觉得哥哥骗你，你来打哥哥一顿。"

话到这儿，一直旁听的小凡才终于听出气氛不对，于是赶紧吆五喝六地"哏嘚"俩人。而张秋也品出来了，这事可能真是他在见识上吃亏，便含着不是收起了酸脸。至于阿辉，这个人从来没有脾气，见张秋好了，他忽然长吁一叹，然后以掏心窝般的口吻对张秋道："大弟啊，哥哥我虽为商，但不奸啊。你是不知道，现在全中国有多少人，都盯着下岗工人手里这点钱赚呢。哥哥就算是良心的了，至少卖的是一栋房子。你等着看吧，再不出三年，到时候各路妖魔鬼怪把邪招琢磨明白了，就工人手里这点钱，全都得被骗得一干二净。"

阿辉的这句话，是后来二零零几年时，张秋逛电脑城时又想起来的。当时他对着一台 XP 系统的新电脑惊呼："这么牛逼的电脑才一万元出头，原来那台老苹果，可比我爸半辈子都值钱。"

但实话实说，二零零几年的张秋还是幼稚，电脑就是电脑，是个死物件，凡是死物件，那都是有价的，远远谈不上是骗。

不过与未来的张秋相比，一九九九年的他还要更优质些。那顿饭吃完，第二天他就急不可耐地去查海南那边的情况，等研究明白了，气得好几天吃不下去饭。可这股气来得太迟了，爱琴海公馆的广告都撤掉整一个月了，想撒气也没地方，搞得自己整天在家里长吁短叹发大病，惹得陈芙蓉每次见了都说他别总没事找事。

有次俩人还为这事呛起来了，张秋说，这哪叫没事找事，在东北卖海南岛的房子，不就相当于一个女的被别的男的祸害怀孕了，然后那女的不找祸害她男的，反倒背井离乡嫁到外地给别人戴绿帽子？

陈芙蓉当时没听懂这个例子，张秋就告诉她，说这个事，就相当于东北的穷光蛋给投机倒把的擦屁股了。

这下陈芙蓉听懂了，但她却批评起了丈夫。她说："你不要在这儿风言风语了，阿辉这是合法的市场行为，符合市场经济的经商逻辑，不但没有任何问题，而且还增加了产品的多样性，使本市市场更加丰富，同时也是本地市场经济良性化的一种体现。"

张秋当时就愣住了，憋了老半天，又问了一句老问题："你搁这儿说啥呢？"

陈芙蓉没解释什么，回头换了身衣裳又出门了。后来，张秋又长吁短叹几天，见没人搭理他后，也就不再提了。

而要说这起事件对我家实质性的影响，倒也不是完全没有。也就是张秋真相大白几天后，陈芙蓉晚饭时告诉他，说他明年就够资历往机关调了，现在就要做准备，不要掺和长线的工程。

张秋合计了好一会儿，说他不想往机关调。陈芙蓉立刻就不高兴了，又说了一顿我听不懂的怪话。但这次张秋表现得很聪明，只用了一句话就安抚好了妻子，他说："机关里的事比社会都复杂，我还是就画画图吧，这是死脑筋的活，挺好的，干得也踏实。"

4

没人清楚张秋到底有无当官的野心，但当他还是一名纯技术人员时，也短暂地牛逼过一段。

十一月，冬天来了，城市里大大小小的工地都准备收尾。按理说，张秋的单位这会儿该是最清闲的。但在一九九九年，市里整了个大活，计划修一条奠定城市"龙骨"的主干道，以这条路，来确定城市未来几十年发展的根脉。为了这宏大的计划，市里把整个设计院的能人都给拢到一块，最后再优中选优，成立一个超级精英项目组，由大领导亲自带队，攻破这道城建难关。而这个项目组中，自然有我的高才生父亲。

这事开始忙乎后，张秋每天早出晚归，就连回家，腋下也夹着几卷图纸，然后一直研究到深夜。但他也是怪，很多次我闯入满是烟臭味的书房，见他只是看书，再就是闷头抽烟，从不对桌上的图纸写写画画，简直比我写作业还糊弄事。还有一次我回家早，偷着进到书房，想看看他每天到底在搞什么东西。结果发现，那一厚摞图纸上，有烟灰、有茶印、有油渍，就是没有笔迹。

关于张秋磨洋工不只有我知道。我们这座城市不算大，机关部门间都是筋连筋，不清楚具体怎么传的，张秋的"恶行"，竟然从外面传到陈芙蓉耳朵里。陈芙蓉自然是不信的，于是就每天晚上借着送水果的时机视察张秋，发现张秋虽然不动笔，却每天都在研究资料，很多资料还是英文的，看起来很先进的样子。见状，她便放下心来，庆幸自己没有打草惊蛇。另外还有一点也令人安心，张秋在家庭聚会时，早就把牛逼吹出去了，说自己如何优秀，每天和市里大领导开会云云。这么多年日子过下来，陈芙蓉已经很了解张秋了，这个男人只要在外面吹牛逼，就说明他会把事当真办。

陈芙蓉心宽了大概半个月，有一天晚上，张秋气鼓鼓回家，大骂项目组的人都是傻逼，没等他动笔，直接把图纸弄完交上去了。见男人又来这一出，陈芙蓉这次没多废话，直接拿起电话要打给张秋单位的熟人问情况。张秋见状立马拦住妻子，脸上愤怒又变成了自信，自信中还带着些傲慢，他说："放心吧，就那帮笨蛋上交的图纸，根本没法落地。这条路基础规划有很大的问题，项目组里只有我看出来了。想把这条主干道弄顺溜，离了我根本不好使。"

听丈夫这么说，陈芙蓉放下心来，工作出问题很正常，只要张秋不是又要撂挑子，什么问题都好说。

这事之后，张秋终于动笔了。每天回家就趴在书桌上耕耘。不过，却是不见他画图，只是一页页地写报告。再后来，有一天我放学回家，见他垂头丧气打电脑游戏。和他说话，他也不太爱搭理我，我搬了把凳子坐旁边看他玩，他也不管我。到晚上，我正看得乐呵呢，结果书房外面咣当一声巨响，紧接着陈芙蓉便冲进书房,对着张秋就是一顿吼。她喊:"张秋你是不是有病,要疯啊?大领导都敢搞,你知不知道那条路有多重要?那是省级项目,省级项目啊!"

张秋头也不回,专心控制电脑里的坦克去炸发电厂,心不在焉地回答道:"他们才疯了,我话就撂这儿,那条路要是修了,早晚是个事,而且不可逆。"

陈芙蓉手撑在书房门框上,用力将脱下的高跟鞋摔在地上。我看着她,心中大呼离谱,每天逼我换鞋的她,自己居然穿着外面的鞋进屋。摔完鞋,她继续气冲冲地骂张秋:"你懂什么啊?大领导亲自主持项目,召集国家级设计院,提前一年规划,开工前就往省里报。这都把事贴脸上了,你还看不懂?领导进省委,就看这条路了!你不跟着鞍前马后抱紧这条线,瞎给人添什么乱啊?"

张秋沉默了,手也停了,电脑中的装甲群也被并不算太多的敌人消灭殆尽。而就在最后一辆犀牛坦克爆炸的瞬间,张秋"腾"的一下站了起来,吓了我与陈芙蓉一跳,然后他以我幼时才有的大嗓门喊道:"你懂不懂?你懂不懂!那条路设计有缺陷,根本不考虑城市的发展,最多十年,这条路就会彻底丧失功能性。还我给人家添乱?咱家以后不在市里活了?咱孩子不在市里活了?那是添几百万人的乱!"

张秋吼完,又坐回椅子上重拾电脑中的颓势。而从陈芙蓉的表现来看,这些年真是大有长进,她不但没哭,也没露出害怕的神情,只是用手捂住心脏,眯眼看了会儿电脑前的男人,随后转身回到客厅。

而等张秋输掉了虚拟的战争后,他也去了客厅,给陈芙蓉道了个歉,说自己可能影响妻子的前途。还说,他明天会去找大领导当面解释一下,要是人家还打算按照那份问题图纸走,他绝对不多说一句废话。张秋这时的感觉，颇有些夹着尾巴的样子，臊眉耷眼的，给人感觉挺陌生的。

或许是张秋道歉态度摆得"正"，陈芙蓉倒是没再继续追着他吵，而是有气无力地给他指了条明路："外面的事你别管了，我处理。你也别去往大领导前面凑了，看不见你还好，别你一凑，又把我的计划给打乱了。"

张秋点头，从此以后，没在陈芙蓉面前说过半句关于这条路的事，仿佛他这近一个月间的忙碌，只是比梦还不真实的臆想。但在外面，每当几两酒下肚，所有醉醺醺的真相、委屈，都会顺着抽到烟屁股的红塔山一同呼出。

那是在大领导主持的会议上，他详细指出了这条路的规划问题，并把报告打到了省里。

张秋用各种理论与实际案例证明，这条路完全没有考虑城市机动车的发展。他论断，十年以后，城市的机动车会巨量爆发，尤其是东北地区，完全处在长春、沈阳、北京三大汽车产地的辐射范围内。

届时，这条被赞为城市"龙骨"的主干道，会成为全市最大的停车场，导致整个城市进入潮汐性瘫痪。

同时，以此项目为基础进行设计的城市规划图，未来会有无数居民区沿路而起。这意味着，这条路不但是交通的主干道，更是各路管道的主线路。那么如果有一天，终于意识到这条路有问题时，除非全市老百姓停水停电停交通，等它个一年半载，不然重新设计的可能性为零。

而为了解决它所带来的问题，城市必定会重新兴建新区，如同巴黎与柏林的新老城区。但依照本市的地理条件，如若这条路修完，那么新城区就只能定在地势平坦的城南。但现在的城区与城南，隔着的是一连串的山脉。张秋都不敢想,这要付出多大的成本。

每次说完这些因由,张秋都会先干掉杯中余酒,然后以一句"他妈的傻逼"为开头,如此说道:"结果人家他妈的领导怎么说?人家说,还堵车?车要能多得堵在路上,那不就实现共产主义了?真是杞人忧天,解放前小鬼子修的地道桥都用了几十年了,咱这条现代省级快速路,还不是一劳永逸的好项目么?"

话到这儿,张秋会和酒友一同哄堂大笑,越是未来,大家笑得越会心。

不过在人家领导说完这句话之后,其实还有些别的情节。只不过,张秋永远不会对任何人说。但假装对一切一无所知的陈芙蓉,其实早就听说了。当时那位领导说完,会议室也是一样哄堂大笑。但被笑话的人,是他的丈夫。可这个女人太善良了,她从未在张秋面前表露自己知道这事。

而我,没过多少年,就能亲自去印证这件事的对与错了。

张秋没错,他的预言几乎都实现了。全市的老百姓,每天坐在各种品牌的轿车里咒骂着交通。

可同样的,人家领导也没错。这条路也真如他所说,是一劳永逸的项目。毕竟堵归堵,可这条路也真的从没优化过一次。没多花钱,倒也算是一劳永逸。

5

东北的雪,年年都不按节气走,雪花总是赶在小雪之前开始飘,然后一茬比一茬大,上一茬还没化干净,下一茬就又堆起来了。

等到了年尾，满眼瞧去，除了大马路，就没有一处地方不堆着雪。趴窗户旁，跟着楼房冒烟的烟筒一起哈气，向四面八方远眺去，到处都是恬静、闲逸的景象。懒懒散散、无所事事的，就像每天下班准时到点的张秋。

张秋虽闲，但他媳妇挺忙。陈芙蓉天天下班没个点，就算到家也没工夫陪他扯淡，结果逼得张秋只好把多余的精力发泄在我身上，每天摁着刚上小学的我抓学习。但无奈的是，小学的课程太简单，搞得他十分没有成就感，于是一两周就懒得再折腾我了。

闲，其实是一种病，这个病如果不治，人会坏掉。张秋闲了快一个月，最后把精力放在陈芙蓉送他的电脑上面。这个好几万元买的大家伙已经被抬进门好一段时间了，但除了玩游戏，他一直没弄明白这玩意凭啥值那么多钱。

一开始，他先用电脑练习打字，后来不知道听谁说的，电脑还可以玩冲浪，就跑到电话局折腾了一天，没几天也学会了冲浪。等我知道冲浪不是真的冲浪，而是上网时，张秋已经开始在BBS上没时没晌地和人聊天了。

我不知道他是同什么人聊些什么，但那会儿他总说，网上的高手不少，论见解与博学，好些人都与他旗鼓相当。甚至，他会如同武侠小说点兵器谱那样，点评某位网友的学历必不低于研究生，某位网友也就是个大专生。他的这些话，被当时的我牢牢记住，等过了快三十年后，每当他戴着老花镜，怒骂手机里的"网友"都是大傻逼时，我总会调侃一句："不是研究生了？"

不过，张秋也不是一开始就是重度网瘾患者的。在他还没有完全陷入网络世界之前，每周至少还有两三天，会跑回铁西工人家属区，和他那帮发小们喝酒聊天。但一九九九年的聊天氛围，已经与过去，哪怕是前两年都变得不一样了。

在曾经，他那帮发小虽然大多以为波罗的海产菠萝，但却对整个世界都充满了兴趣。不说远的，就在一九九六年，还有一个血热的寄了封血信到北京，说要打仗必参军。但到了一九九九年，没人愿意听张秋说的那些天方夜谭了。讲话了，波兰加入北约还不如一声屁有意义，屁至少还能证明自己吃饱了，波兰能证明个啥？北约东扩又能值个几毛？到了这年景，老百姓酒桌上的话，大多是谁家过得怎么样、哪里好挣钱、谁又怎么倒霉了。

有次酒局，话不知道怎么聊落到了张秋脑袋上。一开始，是有个喝得半醉不醉的酸溜溜地嘀咕张秋，说他找了个好老婆，家里趁钱，长得又好，自己还是个官。然后大伙话赶话说着说着，天就聊到陈芙蓉身上了，张秋也忘了前言是啥，反正后语他就说到陈芙蓉特别忙，每天下班晚这件事上。话到这，有人开始酸嗖嗖地劝张秋，要留神老婆外面有人了。张秋当时老大不乐意，甩着脸臭了发小几句，便借口有事提前先走了。

对那时的张秋来说，这只是件扫兴的小插曲，就算等到未来一切尘埃落定时，他仍然没想到，好多人命运的更变，正是从这件当时并没有被挂在心上的琐事发酵而起的。

经过几次不算愉快的酒局，张秋变得不愿意应酬了，但他仍然爱喝酒，只不过把喝酒的对象换成了电脑。在很多个夜晚，张秋常常就着二两高粱酒，与他素未谋面的朋友们聊到深夜。而这样有违常理的生活，使他错过了生活中的细节，比如，某种味道。

那是年末的一个周末，张秋起床时，陈芙蓉已经不在他的身边了，但卧室里却仍弥漫着古怪的香气。香气之所以古怪，是因它不单只是陌生。

对于男人这种生物，其实女人身上的味道大多是陌生的，但那味道只要经由他熟悉的女人所散发，那么这种陌生，便会拥有一种近乎于同源的熟悉感。但在此刻的卧室，香味却挣脱了熟悉的束缚。

张秋从床上起来，他没寻见陈芙蓉，于是便独自寻找香味的来源。很快，他跟随嗅觉来到妻子的梳妆台前，但这时，真相没有落幕于某个玻璃瓶中，反而更加浑浊起来。在梳妆台前，陌生的香气变得更加复杂，许多造型奇特的玻璃瓶，同时散发着不同味道的陌生香气。

张秋拾起其中一个，玻璃瓶上的文字同样令他陌生，这是一种由外文字母组成的文字，但连在一起，他却每一个单词都不认识。但张秋是聪明且博学的，他注意到了一个单词，那肯定不是英文，但他却能大概猜出是什么意思。"Français"，他按照英语的发音读了出来，认出这是法国。

沿着这条线索，张秋对自己的家开始了查抄，他从妻子的梳妆台一路搜到卫生间，结果发现了很多类似的单词，不是英文，却能被他看出是"法国""西班牙""意大利"。当然，也有他能看懂的英文，以及他虽然看不懂，但一眼就能认出的日语。

陈芙蓉是下午回来的，当时我在她身边，这一白天，她带我去商场买倒霉圣诞节的新衣服去了。而也幸亏如此，才没有让误会往更离谱的方向发展。

一开始，张秋是没犯急的，甚至都没把话挑明，只是暗戳戳地点妻子。只不过他和电脑聊得太久了，生疏了如何与人说话，本想是点拨，可话从嘴里出来，却是多少带着些损人的意味。

张秋说，好东西谁都喜欢，但也得看看自己的身份，想想一个领导干部，用外国名贵日化品到底合不合适。有些东西，要是别人送的，那送的人和收的人都该抓起来。要是自己买的，那就纯属崇洋媚外了，自己家就是干日化品厂的，肯定啥好的都能用着,咋还买国外的?

这番暗戳戳的话,被张秋说得太过明目张胆,搞得迟钝如陈芙蓉也立刻明白了丈夫所指。但在当时,她却什么都没解释,而是放下我着急忙慌地跑回卧室换衣服,并告诉张秋,她下午有个会,现在没工夫说这个事。

懈怠,永远是怒火最好的助燃剂,尤其当女人对男人如此时。雄性动物贪婪尊重的基因天性,使张秋忽然炸膛,从而丧失了对语言的整理组织,等再开口时,语言成了纯粹情绪的载体。

他急躁地质问,那些外国化妆品是哪里来的?大周末的开什么会?天天忙什么忙得家也不顾了?

生活中的很多时候,嘴里那根舌头就像车的油门,一旦上头,就容易把油门踩死,非得最后在哪里撞个稀巴烂。张秋就是这样,一句赶一句,话越说越上头,直到失控的语言系统打开了大脑的回收站,把一句早已被删除的废话掏了出来。

他说:"你知道外面对你的风言风语可多了么?"

人一辈子要说很多话,其中三成是废话,一成是有用的话,还有一成是自以为有用的话,而剩下的所有,其实都是宣泄情绪而已。张秋的话说到这,情绪算是彻底倒干净了,但由于他是个聪明人,这导致他在把话说干净后,心里却并不痛快。他知道,自己刚刚那句话说出口后,就该轮到陈芙蓉宣泄情绪了,而成为被宣泄的对象,永远是令人厌烦的。

然而,张秋的聪明判断却没有成真,仍专注于补妆的陈芙蓉,没有回答张秋的任何问题,只对"风言风语"的指责,淡淡地回了一句:"真低级。"

妻子出乎意料的回答,打了张秋一个猝不及防,而就在这短暂空隙,陈芙蓉使自己评断变得连续性了,她继续说:"总和一帮低级的人混,自己也会变得低级。"

说完,陈芙蓉补完妆开始换衣裳,而刚把情绪倒干净的张秋则又燃起了怒火,张嘴就是一句:"就他妈的你高级,自己亲爹生产的日化品都不用,贱不喽嗖地去用国外的。"

张秋的话,在这时仿佛一根大棒,彻底敲响了开战的铜鼓,两人的战争正式开始。这场战争简短而有力,他们跳过了解释与阐述的环节,直接开始单方面地倾泻怒火,等各自闷头喊了两分钟,陈芙蓉低头一看表,随即冷不丁撤兵,踩上高跟鞋摔门而去,只留下刚进入状态却无处撒欢的张秋,独自站在客厅发蒙。

公平地说,在这次争吵中,张秋才是真正无理取闹的那个。一九九九年的陈芙蓉确实很忙,并且,是在忙一件很高级的大事。外国化妆品与不着家的妻子,都是为这件高级的大事所付出的牺牲。而关于这件事,一直到陈复北,这个家庭的外人开口前,作为丈夫的张秋都毫不知情。

6

我从很小就知道,我的姥爷陈复北是个有钱人,商店里卖的洗头膏、雪花霜、花露水很多是他生产的。

一九九九年的陈复北,早就不是国有化工厂的厂长了,在我出生的前几年,他离开化工厂干了一家日化品厂。经过多年的经营,产品覆盖了全省的销售柜台,成了市里有名的企业家。

关于陈复北的第一桶金,社会里众说纷纭。流传度比较广且逻辑比较通顺的,是说当初陈复北还是化工厂厂长时,勾结外人把国有资产变卖了,然后自己拿到钱,回头又收编了倒闭化工厂的员工,这才干了老大的生意。

对于这个说法,我一度也是相信的,毕竟在那个时代,这个流程如同故事模板般,发生在全中国各处拥有工厂的地方。尤其在东北,把这个模板套在任何一座倒闭的国有工厂,几乎百试百灵。而相比之下,陈复北亲口讲述的创业史,则显得太过魔幻。

陈复北的妻子,我的格格姥姥,来自一个很神秘的家族。这点,陈复北是知道的,但却不清楚详细,他曾说,唯一知道些端倪的人早就死了。但在那被我视为古代的曾经,格格姥姥家族的神秘是毫无意义的,除了火上浇油,再没有任何好处。

新时代的春风刚刚吹入东北,格格姥姥的父母便相继去世。其实不是什么了不得的大病,但两个古代人却没撑过去,一年之间,半句埋怨没有就都走了。格格姥姥的父亲是后去世的,临睡过去前,他把女儿支了出去,独留下陈复北,俩人在屋里说了一阵话,完事眼睛一闭,人就过去了。

等料理完老人的后事,陈复北在工厂请了个假,扛了把大铁锹跑到岳父的老房子住下。他堂堂一个大厂长,连续三天,每天是太阳下山起床,月亮上山刨地,狗叫收工吃饭,鸡叫倒头睡觉。三天之后,陈复北锁上破铁门,精精神神地离开了老院子时,怀里多了几根长木头盒子。

陈复北没说长木头盒子有几根,他只说卖给与化工厂有业务往来的南方老板两根,挣得了开工厂的第一桶金。从化工厂退出来后,又捐给了省博物馆一根,这使他的日化品厂能够顺利开张。之后,便再没用过木头盒子,因为他有钱了,可以用钱这个万能钥匙去开所有坚固的门。同时,包括陈芙蓉在内,谁也不知道木头盒子还有没有剩。毕竟,关于木头盒子的事,全都是从陈复北的嘴里说出的，没有任何一个人见到过。此事唯一的证明，就只有在当初他岳父去世后，他曾从家里离开了三天。至于木头盒子里面是什么，陈复北倒没瞒着，他说，是画。

可等到十几年后，时间不仁不悲地碾过所有人，这两个版本的发家史也再无从考证了。无从考证，并非不能，而是没有意义。

未来，就算在本市，也没有人还记得陈复北这个名字。而长木头盒子，因陈复北在走向终点时被疾病折磨得太过痛苦，以至于没有能力交代是否还存留下一两根，没有证物，导致这个版本的故事终究只是个传说。

回到一九九九年，那时陈复北的野心还是相当大的。从夏天开始，他就在谋划一件大事。他计划在二十世纪的最后一天，让自己的产品通过春晚，在全国人民面前好好露露脸；并放下豪言，未来的中国，只要提起日化品，全国人民只能想到两个地方，一是上海，二就是本市。

而在陈复北雄心勃勃地忙碌自己的伟大事业的同时，他的女儿陈芙蓉也在谋划一件大事，把自己老子干死。

说起这场父女战争的起点，要先扯回一九九九年夏天，一次陈芙蓉到省里开会时，遇到了那个改变她命运的女人。

那时，陈芙蓉的生活是真实的，她的工作、她的孩子、她的丈夫、她的父亲都与她一样，源自她身处的真实世界。而那个女人不一样，她离奇且疯狂的，对于陈芙蓉，以及陈芙蓉所处的世界，都如同天外来客。而事实上，那个女人也的确是天外来客，因为，名叫"奥丝汀"的女人，来自美国。

两个女人相识的场景，在省里的招商酒会。被灌了很多白酒的奥斯汀，得到了陈芙蓉的帮助。两个女人一共就只用了四个单词，"THIS、THAT、YES、NO"，就完成了友情的第一阶段。

这次短暂的交集后,两人又在酒店的咖啡厅相遇。巧来,那是个无所事事的下午,又巧来,那座对外五星级商务酒店装修得富丽堂皇,全不像二十世纪九十年代的产物。在那样的时间、那样的环境,奥斯汀对陈芙蓉说:"昨天太感谢了,中国的白酒太烈了。"陈芙蓉先是惊讶这个老外的中文如此之好,随后便自然而然地与对方坐到一处,喝起了寓意着"高级"的下午茶。

两个女人交换名片之后,不同颜色的美丽眉眼都稍稍上扬。奥斯汀是跨国公司蓝天集团的高层,作为一个领导,陈芙蓉很清楚这个集团的实力,就算是在中央电视台打广告的名牌企业,也远远不及人家的万分之一。为此她感到兴奋,如果自己能把这个蓝天集团的业务拉到本地,那将是她仕途上的一座丰碑。同样的,奥斯汀也很兴奋,就像陈芙蓉一样,眼神深处也在渴望着什么。

只不过,女人之间的相识,总不如男人一般急不可耐地狼狈为奸。在这次悠闲的下午茶中,她们除了正事聊了很多很多。而且所有内容,对于陈芙蓉来说都是颠覆的。她从奥斯汀那里,听到了许多全新的理念,那些关于女性、女强人、女权主义的理念。

经过"先进"的美国人点拨,陈芙蓉这才发现,作为女性的自己,原来是一个被欺压者,可怜的女人们,应该更加强硬地对待这个世界,去反抗男人们制定的规则。而作为一名越发成熟的领导,她也并非全面认可奥斯汀的理念。比如说,对父亲这一角色的定义。毕竟在陈芙蓉心中,这天底下没有任何人比陈复北对自己还好,就算张秋也是。

这次下午茶在晚餐前结束,两人的第一次相处,在这时还是波澜不惊的。她们留下了电话互道再见,谁都没想过,就在不久的未来,或说是下个世纪,与自己告别的这个女人,将影响自己生命的轨迹。

第八章

I

一九九九年的最后一天,电视里全世界都在庆祝新世纪的到来,仿佛十一点五十九分五十九秒的下一秒,整个世界就会截然不同,所有的战争、冲突、贫苦、饥饿、不公、仇恨、矛盾、分歧都会凭空消失。

然而事实却是,那一秒之后,这个星球除了响起一阵微小得近乎虚无的噪声,其余什么都没有改变。世界还是那个德行,该闹腾的还在继续闹腾,被忘记的仍然在被忘记,便如我含着的糖,与上个世纪没甚区别。

二零零零年元旦那天,一种病毒开始肆虐,名字叫千年虫。电视里所有的节目,除了世纪大回顾就是在放这个,说是整个世界,从纽约到伦敦、北京到东京、里约热内卢到马达加斯加,全被这种病毒感染了。

那天晚上我祖母家族聚会吃饭,饭桌上的老爷们都在聊这个。张秋有个表弟说,千年虫寄生在电器里,只要一用电,虫子就会下卵,最后顺电线爬出来祸害人。他的话把我一个舅奶吓够呛,问饭店开这么亮的灯有没有事。然后张秋另一个表弟安慰她,说没事,电器只要别一直开着就行,那虫子断电就死。还举证说,为啥被感染的地方都是大城市,就是因为大城市的高楼大厦白天晚上都不关灯。

这帮亲戚在胡说八道时,张秋就静静地看着他们。直到有一个在电话局上班的姨当了真,怀疑自己会被永不断电的交换机传染时,张秋才得意地开口解释,说你们全都错了,千年虫是电脑病毒,和人半点关系没有。

张秋的话令亲戚们安心了,但却把当时的我吓了个好歹,毕竟我家,是所有亲戚家唯一有电脑的。这使我在那天晚上,慑于千年虫的恐惧,趁张秋醉酒早睡潜入了他的书房,用一把塑料宝剑,给家里的祸害来了一通独孤九剑,把键盘都抽零碎了。结果第二天一早,他用我的塑料宝剑,把我抽得和他的键盘一样,乳牙都飞了两颗。

我喷血而出的乳牙,使这场稍有些过头的父训子,显得更像是一场家庭暴力。而这,不知点燃了陈芙蓉心里哪一道引线,使她爆发出比眼见儿子挨打更猛烈的怒火。

在我与我父母的家里,张秋总显得喜怒无常,要么很好,要么很坏,而陈芙蓉则是永远护着我的,从小到大,在任何一件事上。但那一天她对张秋爆发的怒火,却是我有记忆以来最凶猛的一次。但这种有违生活惯性的愤怒,却无关于我,或我砸电脑这件事本身,而全都只在于攻击张秋。

她指责,张秋是残暴的,是压迫的,所作所为全是大男子主义对家庭的欺压。一个父亲,会因为电脑如此打儿子,说明在这个父亲心中,把儿子和电脑都当成自己的所有物,拥有无限惩罚权,这是父权社会压迫妇女儿童的典型罪恶。

面对妻子定下的罪恶,张秋脑子变得很乱。他当然听懂了陈芙蓉说的所有中国话,但往深了想,却对那话里暗含的意义有些迷糊。他将陈芙蓉的话捋一捋,用词还挺高级的,再顺一顺,更觉得有些道理。可若认了这个道理，又哪里肯定不对，因他真的没如此想过。什么所有物、惩罚权、父权社会这些词，全都有些太怪了。

不过，捋不明白所以然，仍不妨碍张秋这个聪明人为自己辩解。而我血淋淋的乳牙，又使他能在这时较为心平气和地说话，不至于将争吵上升为战争。他告诉陈芙蓉，揍我，不是因为心疼电脑，而是有两个原因。第一，是我在没有弄清事实前，用最蠢的暴力手段解决事情。第二，是人不能糟蹋东西，无论是一粒剩饭、一个板凳，还是好几万元的电脑。

讲完原因张秋又变得自信起来，那时候，他可能觉得自己是世界上最讲道理的父亲，但陈芙蓉却说道："看，这不还是支配权的体现。"

到这，张秋彻底被搞炸毛了，他刚转为自信的脸顿时狰狞起来，两种截然不同的情绪挤在一张脸，使他的长相变得好笑起来。这个小丑喊道："什么他妈的支配权，我他妈的是剥削阶级啊？"

张秋的吼叫，换来了陈芙蓉轻蔑的笑，随后，我的母亲开始给我和她自己换衣裳，而张秋就看着他的妻子独自折腾。一直到我们母子俩离开家门，他才问了句要干嘛。陈芙蓉说，出去开会。他又问：那你带张自民干嘛？陈芙蓉说，怕你打死他。

这两个回答，陈芙蓉都没有撒谎。我们离开家后，她确实带我去了市里唯一一家五星级酒店，在大堂的咖啡厅聊起了工作。对方是一个女外宾，而且是世界上最强大的美国人。对这位女外宾，陈芙蓉说起了丈夫的粗鲁行径，然后我又听到了那些令张秋困惑的词汇。

那时的我只有十岁，与张秋一样，搞不懂那些词汇所组成的复杂句子。比如："男人是暴力的体现，而女人的无奈之一，就是要用委屈退让来规避暴力。"但从结果上看,女外宾确实安慰了陈芙蓉,使我父母的战争没有继续升级。那天回家之后,陈芙蓉的情绪好了很多,还主动向张秋道了个歉,承认自己的指责有些过激。张秋傻乎乎的,听后没想太多,觉得自己赢了,也就含含糊糊地过去了。

2

张秋其实是幸福的,他出生得早,早到可以不用搞懂那些词汇的意义,与背后蕴含的巨大能量。再等二十年,当这些词汇以邪教式的传播方式,裹挟着片面并虚假的逻辑,大规模惑乱到这个世界时,所有的男人、女人、青年、少年、老人、小孩,甚至人类与动物,都将在一场邪恶的虚无矛盾中,厮杀得死去活来,从而彻底改变张秋所熟悉的那个世界的运行逻辑。

我二十岁出头时,很长一段时间都搞不清楚,为什么在砸电脑这件事中,陈芙蓉会生那么大的气。就算我了解那些肤浅的逻辑多么有煽动力,但说实在的,那时的社会还不具备虚无之花绽放的土壤,那些稚嫩的诡辩,不可能将我的母亲夺舍。

而等又过了一段可以称之为岁月的年头,当我成为一个尤其擅长从他人成长经历下手,去解剖他人情绪以骗取钱财的大坏蛋时,我母亲陈芙蓉的一切,变得清晰可见了。随后我惊叹,这是多么厉害的女人,她的愤怒,她的软弱,她的膨胀,使这个女人独自塑造出半部俄狄浦斯王。

我的姥爷陈复北,在二十世纪末许下的愿望,最终没有实现。

种种原因导致，他的日化品没有在全国人民面前露脸，而是退而求其次，选择在全省人民面前亮相，将广告打到省春节联欢晚会。

二十世纪九十年代到千禧年，是商业的童真年代，任何一道简单逻辑所驱使的简单行为，都能取得应得的效用与反馈。便如陈复北，他打广告就是打广告，广而告知，不用考虑种草、锚点、产品画像、用户筛选等一系列高级理念。广告在县里，县里的人就会去买；广告在市里，市里的人也会去买；等广告到了省里，他只要把货放到更多的柜台上，省里的人便也都会买了。

在广告的刺激下，陈复北的日化品卖得比去年更好了，这使他的终极梦想，使本市成为与上海齐名的日化品之都，仍然在心中炙热地燃烧着。

又因心中那团火，年过六旬的陈复北，在生活中常常展现出与年龄不符的风采。尤其每逢佳节，他见到张秋的父母时，那种区别尤为明显。酒桌上，他总是慷慨豪言，如同舵手一般，为两个家庭指引未来的航图。

这些年，每当两家人一起吃饭时，陈复北便教导全家，当务之急，是张秋与陈芙蓉要再生一个儿子，只要能保住工作，罚多少钱都认。等五年以后，张秋需得从单位离职，回到自己的厂子准备接班。十年后，他正式退居二线，由张秋负责日化品厂全部事项。二十年后，我从政，由陈芙蓉提携。而我那个幻想中的弟弟，则到国外读商学院，随时准备接张秋的班。如此，一代一代便能延续下去了。

面对陈复北描绘的蓝图，张秋的父母虽作为同龄人却显得很迟钝，常常是一副不知道该在何处叫好的慌怯样子。张秋与他的父母不同，每次都听得饶有兴趣，虽嘴上总说自己目前的工作不错，很踏实，但挂着浅笑的嘴，从没有一次明确表达过拒绝。而陈芙蓉，她以前每次都和张秋一样欲拒还迎，虽总说国家干部不能违反独生子女政策，但哪一次都没把话说死。至于我的格格姥姥，她在我很小的时候就信佛了，无论别人说什么，都一副与自己没关系的样子。

我的家庭，就在这样一次又一次的聚会中度过了岁月、矛盾与喜悦。好似张秋与陈芙蓉，无论他们因为多无聊的事吵成什么样子，都会在一顿饭过后，展开新一轮亲密的相处。

而重复多年的因果，使尚且年幼的我错判了事物发展的规律，误以为在陈复北口中的未来，我们也会如同曾经漫长的过去一样，全家人围坐在饭桌上，共同经历每一段人生节点。可事实上，这与我幼时几乎所有的认知一样，都是错的。千禧年带来了二十一世纪，我以为在新纪元中什么都不会改变，结果却是，一切都变了。

变化发生在农历二月龙抬头那天晚上。家里聚会时，陈复北一如既往高谈未来，当他说到五年之后，自己的日化品会出口到外国时，被听众泼了盆冷水。陈芙蓉告诉她的父亲，不要想得太天真，国外的市场情况复杂得难以想象。

当女儿提出异议，陈复北与饭桌上其他人一样，仍没有意识到变化的到来，还以为自己主管市场的女儿，要透露国外的情报。这时，陈复北是欣慰的，他以为自己的女儿，陈家的血脉，要开始接过引导家族命运的责任了。于是，这位老家主先叫了一声好，随后十分有风度地让陈芙蓉讲讲外国市场的情况。然而，陈芙蓉却用手机挡住了父亲的期许，她打着短信，心不在焉地告诉陈复北："说了也没有意义。"

尽管陈芙蓉的回答如此清晰，可在第一时间，却是谁都没有听懂她的话，也或许是听懂了，只是没反应过来罢了。而这时的冷场，显得此刻的陈复北像是一个笑料，他仍然以期许的目光望着女儿，仿佛只要不眨眼，陈芙蓉的态度与回答就不曾存在过似的。

然后，他看着女儿合上了手机，啪的一声，像是扇了自己一个耳光，接着陈芙蓉抬头，对父亲说："我有个会得先走，你们吃吧。"

在我的家人们错愕时，陈芙蓉补了口红、穿好了风衣、背上了崭新的外国名牌挎包。看着她忙忙碌碌的样子，陈复北终于明白，此刻发生的事是没法含糊过去的，必须要力挽狂澜了。于是，他拿出威严的声音对女儿说："二月二龙抬头开哪门子会？不去！"

陈芙蓉笑了，她以为事情没有那么严重，轻飘飘地对父亲说："我和老外开会，人家外国人过什么二月二？"说完，再没有半句解释，亲了我一口，又叫了声张秋的父母，然后小跑着离开了饭店包间。这时，我看向陈复北，第一次从这个年过六旬的老人身上察觉出了衰老。

在这件事上，无论是那天晚上面对张秋，还是未来对我倾诉时，陈芙蓉都不觉得自己有哪里办得不妥。而我，作为一个还有精力翻阅过去琐事的人，给出的评断是，或许吧。

陈芙蓉认为自己百分百正确的原因，在于她的初衷。她认为自己在那时所做的一切，都是为了她与张秋、与陈复北的家。是她，独自一人承担下了所有，保住了全家老小，结果却没有一个人感谢她。在这个世界上，她才是最委屈的人。

二月二龙抬头那天晚上，陈芙蓉去见了美国人奥斯汀。

自从去年在省会参加完招商大会，陈芙蓉就时常感觉到无力，越发清晰可见的世界，使她预感到自己身处的现实将渐渐失控，这种危急感随着时间孕育，又转化成了慌张。陈芙蓉无时不在忧虑，一旦外面的世界冲涌入这座城市，她真实可触的将会面临怎样的摧毁。

高度流水化的餐厅，会使街边的饭店关门倒闭。连锁百货商场的集中运营模式,足以冲垮所有小摊小铺;超级市场的全垂直供应链,能将旧有生产销售链彻底毁灭。生活的一切用品,都将被大型集团所垄断,偌大的市场再不会有真正来自民间的份额,而最讽刺的是,这些大型集团,竟然被定性叫作民营企业。

每每想到这些,陈芙蓉总会幻听到她书生气丈夫的无病呻吟,什么资本主义早晚又要作威作福。平日里,她挺讨厌张秋那套呜呼哀哉的哭丧,但过了千禧年,社会上的很多苗头还真有点应验的意思。

被未来所折磨的陈芙蓉,在那时变得格外多愁善感,生活中无论多微小的细枝末节,都会引来她的感慨。

她常光顾的那家服装店女老板拿出裙子,告诉她,这是刚从广州背回来的新品,就给她留着呢。陈芙蓉试完,价都没讲便买了下来。她想着,这家店再几年可能就没了。以后想买衣服,就要去商场买不讲价的连锁衣服了。只可怜这个女老板,下岗后好不容易开了间店,过几年又要没钱赚了。运气好,或许她还可以去连锁店当销售员,运气不好,那就谁也不知道了。

还有一次,张秋逛早市搬回来半扇排骨,兴高采烈地告诉她,说这是早上刚杀的猪,特别新鲜。平时从不碰生肉的陈芙蓉竟然凑了过去,轻点着粉润的排骨,感慨说,以后再也买不到鲜肉了。

可陈芙蓉的悲天悯人,阻挡不了世界席卷这个小小的城市,更不是她工作失败的挡箭牌。千禧年初,没有迅速响应搭建城市与世界的桥梁,陈芙蓉遭到了批评。按张秋的话说,就是买办没当好,挨呲了。可对陈芙蓉来说,上层意志降临的怒火,远没有张秋玩笑的那般戏谑。

仕途受损,使陈芙蓉成为新世界降临前第一个受害者,从这一刻起,她的慌张质变成了恐惧,在恐惧的驱使下,她翻到了一张名片。

奥斯汀是二月下旬抵达本市的,一直到农历龙抬头这天晚上,她几乎每天都与陈芙蓉见面。但一开始,她们都保持了十足的耐心,虽然这两个女人约着爬过山、逛过庙、做过美容、游过泳,但聊天的内容,一直把控在异国文化交流、女人分享心事的尺度。直到上一次,陈芙蓉与张秋因为我砸电脑吵架那天,两个女人才第一次聊了正事。结果这第一次,两个女人便产生了分歧。原来想在对方身上寻找什么的,不只有陈芙蓉自己,奥斯汀也是。这个美国女人与她背后的蓝天集团,想要收购本市唯一一座现代日化品厂,那间属于陈芙蓉父亲的工厂。

后来,当那天两个女人的谈话不再是秘密,无论是陈复北还是张秋,都会对美国人的穷图匕现感到惊讶。可实际上,并不在现场的两个男人,根本想象不到,其实真正令人惊讶的绝不是美国人,而是陈芙蓉。

面对美国人的意图,陈芙蓉像是与那座日化品厂毫无关系般,仔细看完了美国人准备周全的收购企划书。然后告诉对方,这件事可行性虽然不大,但并不是毫无办法。

陈芙蓉展现的态度,完全不像是一个正常人,就算是三俗快餐故事里的主角,都要比她多几分真实。可我的记忆不会出错,那天我也在场,虽听不懂大人们说的话,但他们的表情、态度都活生生印在我眼中,陈芙蓉就是那般薄情冷酷。

而因我亲眼所见的一切,导致我年龄越大与我的母亲便越生分,甚至一度觉得她是个冷漠无情的人。直到有一天,我真正弄清了一种情绪的本质,这时,我的母亲变得真实了、可怜了。那种情绪,正是陈芙蓉一直独自承担着的,恐惧。

早在这次谈判之前,奥斯汀便送了很多进口日化品给陈芙蓉,然后告诉她的中国朋友,这些印有不同语言、包装各有风格、售价天差地别的产品,其实全都是蓝天集团的产品。除此之外,她们还有香皂、洗衣粉、化妆品、护肤品等产品。可以说,卫生间、梳妆台的一切,蓝天集团都有。

目睹到庞然巨兽般的蓝天集团后,奥斯汀向我的母亲灌输了一个概念——世界。美国女人是用流利的中国话传达世界的真相的。她说:"陈,你知道么?全世界几乎所有国家的日化品,无论是什么品牌、样式,一半以上都是蓝天集团旗下的。未来,中国也会是这样。"

奥斯汀的话,使陈芙蓉认清了现实,原来陈复北那座红砖垒砌的日化品厂,只是一只挡在世界车轮前的螳螂。而她作为螳螂的女儿,最大的不幸便在于,目睹到了那遮天蔽日的车轮,成为唯一清楚末日来临的先知。这一时刻,作为一名由血肉塑造的人类,陈芙蓉的本能告诉她,要逃。

于是,当世界的魔爪伸向父亲时,陈芙蓉表现得很冷静,她极力显得与那座日化品厂毫无关系,这样,或许滚滚而来的世界就不会压到她的头上。又或者说,她只有事不关己,才能在遭受车轮碾压之后,撇清自己的责任。

这个世界,只有军人与商人不会宽恕懦弱。无论陈芙蓉怀着怎样的心绪,做出怎样的抉择,她哪怕去死,世界也不会停下碾过这座工业小城的脚步。就在二月二这天晚上,奥斯汀向陈芙蓉摊牌了。

那个金发碧眼与希拉里·克林顿有几分相似的女人,对有着黑色双眼的中国女人,讲述出凄惨的预言。

在未来,所有如陈复北日化品厂那样的中国小企业,都将死无葬身之地。名为"世界"的怪物,将会从大海登陆,用无数精美的产品，攻入无论多么偏远的城市。世界可以将制作最精良的广告，放在最多人看的电视台，让所有人都知道他们的产品才是最好的。之后，它会买通所有的渠道，让所有会产生交易的地方，都摆上他们的产品。甚至，他们可以赔钱将产品送出去，只为了扼住所有竞争企业的咽喉。

而如陈复北这样的小企业，届时将会在竞争中徒然耗光所有资金，其中一半以上关门大吉，剩下的或许会选择抵押借贷继续战斗，而这，只会使它们的死亡变得更加凄惨，最后除了欠下一身债务，任何事都没有被改变。在整个世界面前，根本就没有投降或战斗的选项，可选择的，无非是死亡的方式。

奥斯汀预言的最后一句话，伴随着一杯本地啤酒，她投向绿色玻璃的眼神有些迷离，不知是酒醉，抑或是陶醉。

她说："这瓶啤酒倒不难喝，可那又有什么用呢？可能它以后还叫这个名字，但与现在却没什么关系了。全世界都这样过来的，哪一个发达国家都是这样，中国也会的。"

没有人知道，陈芙蓉对这段预言与这段话的回应是什么，但所有的亲人们，都承担了她之后所选择的结果。

我的母亲，一位领导，一个厂长的女儿，感恩戴德地接受了美国人收购的方案，答应全力配合奥斯汀，将陈复北的化工厂改为蓝天集团的代工厂。这样，就不至于死无葬身之地。

3

千禧年春天到夏天之间，陈芙蓉很忙碌，忙于"弑父"。

这项事业，为陈芙蓉带来的好处是很明显的。与外资成功接头，不仅使她又成为优秀的领导，仕途前景一片大好，更令她摆脱了恐惧。是的，接受代工厂方案后，她便要比她的厂长父亲更厉害了，她成为了世界的一部分，从螳螂变成了车轮。

而至于良心上的谴责，那些一度使陈芙蓉满嘴"父权""压迫"的理论有了成效。父亲，这个在中国人心中崇高了几千年的存在，隐隐约约间，成了被批判的靶标。

陈芙蓉动手的时机选在端午节之前，她邀请此时还一无所知的陈复北，去见自己亲密的外国朋友奥斯汀。于是，带着一个笔记本，打算向外国友人学习先进经验的陈厂长落入了圈套。

在菜上齐之前，饭桌是充满欢声笑语的，陈复北和她的女儿一样，喜欢这个开朗会说中国话的美国友人。甚至动高薪请对方到日化品厂工作，来辅佐自己达成野心。直到那盘鱼上来，两个女人交换了眼神，将屠刀对准了正在埋头整理笔记的陈复北。

那是一盘花鲢鱼，每次说到这顿饭，陈复北总会补一句："我最不爱吃鲢子，一股土腥味。"但在这顿饭上，他不光自己不吃，也没让别人吃上这条鱼。

在听完奥斯汀的代工厂方案后，尽管陈复北用了一根烟的时间安抚情绪，可结果还是失败了。他用巴掌在饭桌上重重拍打着，力气大到将那条难吃的花鲢震出鱼盘后，他将怒火撒向陈芙蓉，粗鲁地问自己的女儿："你是不是个傻子？"

陈芙蓉没有正面回答这个问题，面对自己的父亲，她选择讲道理，说这要比过去四马分肥要强多了，工厂生产什么都是生产，给人家代工，既保障了工厂运转，还省去了销售环节，哪还有比这更好的买卖？

面对义正词严讲道理的女儿，陈复北运了好几口长气才冷静下来，然后开始用陈芙蓉的方式，以道理解决家庭纠纷。他说："你想得倒美，如果产品与自己无关，产品线在交易过程中就会失去价值，沦为单纯的生产工具，到那时，死活就得全由人家说了算。你干了这么多年市场，不明白生产资料与生产工具孰轻孰重？"

陈复北道理中的一堆"生产"令陈芙蓉感到头大，她觉得父亲根本就没理解自己的话，于是继续讲述她的道理，说做生意不能光看好处不想坏处，给蓝天集团当代工至少还能保住工厂，不然等人家产品在中国铺开了，连工厂都得关门大吉。

话到这儿，陈复北急了，开始不讲道理了。他鼻子和眼睛挤到一起，语气变得不善，骂道："胡说八道，你这是典型的汉奸言论！要按你这么说，那打小日本的时候，民族企业就该全当投降派，给小日本鬼子造枪造炮！要都那样，中国早就亡国了！"

听到道理被上升高度，陈芙蓉叹了口气，她发现父亲还是没听懂自己的话。可还没等再说什么，陈复北粗手一挥，把你来我往的节奏打断，直接使出女儿眼中的父系权威主义，他说："厂子的事你别管，你就好好当一个清廉清闲的双清官，对得起天地良心就行。"

说完，老头收起笔记本，神色复杂地看了眼美国女人奥斯汀，撂了声"告辞"，转身便走。他走后，奥斯汀笑着打圆场，说中国的父亲真可怕，像是封建王朝的皇帝。至于陈芙蓉，没人知道她当时接没接这句话茬。

端午节过后，陈芙蓉得了神经病，要么整天恍恍惚惚的，要么点火就着。好在我要上学，张秋到夏天也开始忙了，她没太祸害着我俩，于是谁也没太当回事。

入伏之前，我们全家去县城给陈芙蓉的爷上坟。这年的陈复北没有以前精力好了，虽然也张罗，但里里外外的事都是张秋在跑。

这次回到县城的我又长大了些，已能够对周遭的环境有明显的认知，我发现祖外太爷的坟与记忆中变得不一样了。记忆中的主体，那两座小山似的坟包，我记得它们曾经伫立于一片凌乱的田野间，如今却堆在被编织袋与废砖石掩盖的荒地上，并且离道路更近了。风袭过柏油马路的呼啸声，使我们这些站在小山面前的人，再不能安静地缅怀什么，人与人之间，须得扯着嗓子才能听清彼此间的话语。

不过，我记忆中的那些景色也可能是不存在的，或许曾经的小丘就堆在这样凌乱的天地中。毕竟与视觉相比，记忆往往更不可靠，就好像陈复北与陈芙蓉，他们脑海中的高矮小丘便是截然不同的。陈芙蓉没见过她父亲口中的那条涓涓细流，没闻过漫扬的槐花香，她只能听到过风中柳树的沙沙声，而我，这些全都没见过。

我所见、所闻、所嗅的，只有荒地、噪声和这世界上最臭的厕所。

因此刻无比真切的现实，陈复北在这次祭奠中做出一个决定，要迁坟，将两座小丘的住客拉到公墓去。我家的熟人假和尚听后告诉他，挪公墓的话，小丘里面那几具没火化的尸骨很麻烦，现如今总不能开棺再烧了，只能连着棺材一起进炉子。陈复北摇摇头，说没事，把心意敬足了就行，老账房和他二爷不会讲究那么多。而另一位陈家人陈芙蓉，则在这时保持了沉默。

在这天，与我看到了相同风景的陈芙蓉，从始至终都表现得很失落。直到那天我们回家的路上，她坐在小汽车里，没头没尾对张秋讲起她小时候捡牛粪的故事。张秋以为媳妇这是在和自己忆苦思甜，便乐呵呵地说他小时候撒尿和泥玩。结果陈芙蓉根本没理他，只是扭头望着窗外，哪怕黑暗已经吞噬了车窗外所有的风景。

车进入我们的城市后,夜色变得斑斓起来,有一栋新开的香港百货商场,在五光十色的夜中鹤立鸡群。我兴奋地望着那座商场,念出明亮广告牌上的大字:"香港铜锣湾全品牌入驻,开业全场八八折。"陈芙蓉摸着我的头,莫名其妙地说道:"时代真的不一样了。"

4

六月份,陈芙蓉上了电视,虽然是没什么人看的本地晚间新闻,但她还是让人把片段录了下来。

新闻内容是美国蓝天集团到访本市,陈芙蓉牵头接待蓝天集团代表一行,双方商定深度商业合作。电视里叭叭叭念了三分钟稿子,听着像是老大的事,实际也就是走个过场。真正的决策,早在陈芙蓉的心里就决定好了。

那天晚上播出新闻时,陈芙蓉与陈复北在一间饭店吃饭,没有别人,我和张秋都不在。女儿这孤零零的架势,使陈复北很清楚这顿饭的目的,她的女儿要和他摊牌了。于是在谈话正式开始之前,他率先动用父亲的权利封了女儿的口,说如果再提工厂的事,他转头就走。而这个谈判策略,则导致这晚的陈复北,完成了人生最蠢的一次谈判。

父亲,永远可以对孩子封口,但孩子,却几乎从不会听。

明面上,陈芙蓉确实没提工厂的事。她说明年加入WTO以后,说整个世界都会杀向中国,中国企业将会彻底一败涂地。陈复北知道陈芙蓉什么意思，可无奈，规矩是他定的，女儿只要不提工厂，他反倒没法走了，于是只能硬着头皮聊，说日本人咋样？联合国军咋样？中国人打仗都不怕，还怕做买卖？

陈芙蓉说这根本就是两回事，做买卖和打仗能一样么？

陈复北说这是一回事，经济与战争都服务于政治，经商和战争都一样，一输全输。

陈芙蓉有些急了，说这怎么能一样。

陈复北说就是一样的。

两人你来我往一直辩到热菜上来，谁也没说服谁，谁也都没夹菜，父女俩就臭着脸干杵着，像有仇似的。僵持中，先冷静下来的人是陈芙蓉，得益于这些年与张秋的家庭战争，她远比一般女人清楚，吵架并不服务于目的，而是情绪。她对自己的父亲陈复北是有目的的。

平息了心神，她像是无奈地感叹，说："爸，你这是拿全家在赌啊。"

陈复北莫名其妙，说女儿胡说八道，他这辈子连麻将都不打，和谁去赌啥？

陈芙蓉没回答父亲，反而继续丰满自己的结论，说陈复北根本不想想家里人，不想她妈，不想她，不想她的孩子，陈复北的外孙。再过两年，等日化品厂被滚滚而来的世界击垮时，陈复北肯定会输红了眼，然后筹钱再往无底洞里砸，美其名曰是融资贷款，实则就是搜罗赌本。等到搞不到融资贷款，就该找熟人借钱了，熟人也不借了，再就卖房子卖地，最后一穷二白时，发现屁股后面已经堆成小山一样的债了。

这番合情合理的寓意给陈复北说急眼了，老头子拍着桌子怒斥女儿，骂她这是变本加厉的胡说八道，别说是他堂堂陈复北，这个世界就不会有人这样做生意。

话到这里，陈芙蓉忽然哼声冷笑，像是诡计得逞，从容地往桌上拍了一摞文件，像个领导似的教训陈复北，对她的父亲说，你自己看看吧，这里面所有的企业都是这样做生意的，在里面找找有没有陈大厂长的熟人！

陈复北拿起文件只翻了几页就扔掉了这堆废纸，然后信心满满地论断，说他都不用看完就敢断言，女儿的文件绝对不准确，这里面很多产品他都调研过，人家企业还活得好好的呢。而陈芙蓉听后却仍然留有不怀好意的笑，她静悄悄、冷冰冰地告诉父亲，的确，企业是还活着，但老板早换人了。最后还讥讽似的对陈复北甩话，说："你再多翻几页。"

陈复北狐疑地又拾起"废纸"，乖乖地多翻了两页，真的只是几页，他的自信便松动了。沉默地将几十张文件纸看完，老头陷入了怀疑，他嘀咕："不能啊，上海这家厂子前年还参加广交会呢，咋今年就成美帝的了？"

陈芙蓉没有回答父亲，她开始诉说另一则故事，某个有骨气的企业家，在太平洋彼岸的凶猛火力之下，被打得毫无招架之力，最终落得家破人亡。故事讲完，她话锋一转照进现实，向父亲描绘出生动的预言。

一年，最晚不过五年后，陈复北会赔尽一切，最后失去了工厂。陈芙蓉，陈复北的女儿，一名机关干部，因父亲赌红眼时的丧心病狂，从而被影响仕途，被贬到哪座穷乡僻壤的县城，当一个没半点实权的虚官。张秋，陈复北的女婿，一名执拗的愤青，因妻子被贬彻底失去庇护，三两个月就被挤出工作单位，成为社会的无业游民。张自民，陈复北的外孙，一名即将上初中的孩子，因家道中落只能去烂中学，每天同一帮小混混胡闹，结果连高中都没考上，最后上了技校，从坏孩子成长为社会垃圾盲流子。

说到我时，陈芙蓉流下了眼泪。在说服父亲之前，她自己先被预言中的悲剧触动了，这使本想与她辩论的陈复北开口时乱了分寸，只能哄劝女儿别哭了。

而没有第一时间讲道理，使陈厂长在这场博弈之中彻底失去了主动权。两人还没等讨论那凄惨的预言到底有多离谱，领导陈芙蓉便对日化品厂厂长陈复北下了最后通牒，她说："爸，你要执意去赌，咱们就登报断绝父女关系吧，我得为咱家留一条后路，这是最好的办法了。但你放心，咱们是假断，不是真断，就这几年不联系了，等你一无所有时，咱们马上就恢复父女关系，以后我肯定还给你养老送终。"

说完，陈芙蓉连发怒质疑的机会都没留给陈复北，直接拎着包离开了饭店，就像她的父亲一开始想做的那样。

那天晚上，陈芙蓉到家时非常疲倦，张秋问她咋了，她说她饿了。张秋听后给她煮了一袋方便面，煮面的时候一个劲地嘀咕，说真是活人惯的，去饭店吃饭还有没吃饱的。

面煮好没多久，家里电话响了，来电显示是陈复北，张秋去接的电话。两人电话聊了半个多小时，张秋没说几句话，偶尔嗯啊叹气，抽了好几根烟。电话挂断时，陈芙蓉早吃完面了，正在餐厅坐着发愣，张秋气急败坏地冲到她身边，几乎是吼着骂自己的媳妇："你是不是有病，你疯了你！你这不是在杀你爸么！你还有没有良心。"

好些年了，张秋都没这么大声骂过陈芙蓉。可如今，他今非昔比的妻子，早已不怕丈夫粗鲁的侮辱了。陈芙蓉看都没看张秋，只虚着声，似浑不在意般回答："你们真的什么都不懂，你知道这个世界有多大？你们男的爱送死就送去，可女人总得想办法活下来。"

张秋听后更急了，不为妻子的话，而为态度，他喊叫着，但话却没啥新意，还是说陈芙蓉有病、发疯、不孝。陈芙蓉没再搭理丈夫，转身回了卧室，还把门反锁了，就像他们年轻时吵架一样，只不过，这时她锁门，不再是为了躲避暴力。

不到两个星期之后，陈复北以一声"行吧"，向他的女儿妥协了，败得很憋屈，就像大多数的父母一样。

日化品厂事宜到谈判阶段时，陈复北与蓝天集团经过一系列博弈，最终将关系定位为合作，只接下蓝天集团的合同进行生产，而非卖厂做旗下代工，这也算是陈复北最后的体面。

签合同那天，是陈芙蓉这位工厂的"少东家"第一次走进自己的工厂，她在那里看到了许多熟悉的面孔。童年时对她或好或坏的叔叔们，如今已经成了厂里的领导，那些早已忘了名字的童年玩伴，与他们的父母同在一条生产线上工作。这座脱胎于老国营化工厂的日化品厂，并不算太公平地养育了她与所有越发陌生的故人。然而，感慨并没有激发出陈芙蓉的不忍或愧疚，相反，她更加庆幸自己的一切选择与手段，她是一个英雄，保护住了这座工厂中所有愚昧的、不知天地多么宽广的工人。

陈复北落笔，合同签完，老头子转身便走，张秋去追岳父，陈芙蓉独留下安抚蓝天集团的洋人。当陈芙蓉在庆功宴上致辞时，她的丈夫与父亲正坐在一垛红砖矮墙上抽烟。陈复北发狠地对女婿说，等着吧，早晚我要把美国人的产品全学下来，以后再改良生产咱们自己的产品。张秋捧着他岳父，惊奇地直拍大腿，说这招真妙，这叫作"师夷长技以制夷"，说完他又觉得这比喻不妙，赶紧呸了两声。陈复北没在意，继续畅想他的野心，说再过五年，完成技术原始积累，他立刻会新开生产线，靠曾经经销关系杀回来。张秋呱呱鼓掌，说这几年就当厂子上了个大学。

两个男人聊到挺晚，还出去吃了顿火锅。张秋回家后牛逼哄哄地告诉陈芙蓉，说陈复北让他哄好了，还警告陈芙蓉，以后做事要悠着点，对陈复北也得好点，不然就太没良心了。陈芙蓉没搭理他，直接回屋了，张秋没再多说，他认为所有乱七八糟的事情都解决了，便舒舒服服地坐到沙发上开始看球，并像以前一样，要看到下半夜。然而，张秋对生活的这份自信，或说是错觉，持续了只不到一个月，陈复北那边便又出事了。

年近七旬的陈复北，人生大体还算圆满，心中的愿景基本都实现了，除了最后的野心。工厂的事刚过他就病倒了，不是重病，但得养。可养病的时候他也没闲着，天天盯着厂里的工作，结果开始履行美国人订单时才发现，代工合同里藏了好多雷，搞得一股急火上来把病情整大发了，严重到要住院做手术。

陈复北住院期间，化工厂的雷开始连续爆炸，等他康复出院时，一座曾经能生产全类别日化品的工厂，就只能搞些洗发水了。为了扭转乾坤，刚刚痊愈的陈复北拟订了一份宏大的计划，无奈身体状况太糟，才折腾不到一个月，又二进宫搬家进了病房。

第二次养病期间，老头子开始说服张秋辞职，到工厂帮自己的忙。但这个想法，以陈芙蓉的阻拦而告终，经过断绝父女关系的历练后，这个女人对狠话越发熟练。她对父亲说，张秋如果离开设计院，她就离婚。

张秋当然不会相信妻子会真的与自己离婚，他只是搞不清楚，为什么陈芙蓉会对自己身边的人那么狠，但他觉得这段时间全家都紧张兮兮，有些问题没必要弄清，有些话说了也没屁用，于是只好每天别别扭扭耷拉着脸，像谁欠他钱不还似的。

后来秋冬交季那会，市里开大会，因为成功引进外资的事，陈芙蓉在会议中被大领导点名表扬,仕途一片好前景。本来挺好的一件事,张秋却在这天犯病。他毫无征兆地挑刺起了梁子,问自己的妻子,所作所为是不是有些太狠了,真就卖父求荣呗?

而这次,未来很有希望也成为大领导的陈芙蓉没有中计,她非但没有和张秋吵,反而冷静地提点起丈夫,就像对她的手下那样,她说:"张秋我告诉你,这不是狠,而是合理。你记住,一个时代有一个时代的活法,二十一世纪,我的办法才是最好的活法。"

张秋叽叽歪歪骂了句"什么理论",然后反驳媳妇:"啥过去现在,你别跟这演小品,昨天、今天和明天啊?要我说,本来咱家都挺好的,就你瞎祸害,你瞅瞅这一整年,你爸住院你妈陪着,老头老太太因为你遭多少罪?你说你个白眼狼有啥可美的,蹦跶得这个欢。"

张秋把话说爽了,随手摸出一根烟,可还没等点上,直见陈芙蓉冷不丁一瞪眼,眼神狰狞得拔凉,眼珠子撑得比客厅那张结婚照都大。这一眼,把张秋瞪了个激灵,烟差点没拿稳。结婚十来年,他这还是第一次从媳妇身上感觉到发毛。

但这种近乎于恐惧的惊讶,短暂得像是错觉,张秋眨巴两下眼,陈芙蓉便换了一副样子。这个女人的大眼睛过电似的流出眼泪,声音比他俩谈恋爱那会儿还要柔弱,陈芙蓉没头没尾地对丈夫说:"我感觉很害怕。"

妻子堪比上天入地的变化,使张秋乱了方寸,嘴里衔着的香烟从左边被滚到右边,到最后也没点上。经过一阵混乱的脑短路,张秋语气别扭地问妻子害怕什么。

陈芙蓉说她也不知道,就感觉天要塌了,她想拦着,但怎么都拦不住。

尽管张秋觉得莫名其妙,但在这时他仍然做出正确的回应,抱住妻子，然后小心安慰。他说，就算天塌下来也有他和陈复北，当丈夫和当爹的两个男人顶着。

张秋说完，在他怀中的陈芙蓉忽然又换了一个人，女人的声音在这一刻变得理智且严肃，对她的丈夫张秋说："你们连天都没见过，怎么去扛？刚才你说那些破话我就当没听见，再有一次，咱们俩肯定没完。"

撂下话，陈芙蓉转身回了卧室，并反锁了房门。

5

作为陈芙蓉与张秋生活的见证者，多少年间，我一直都搞不清楚那时我母亲口中的天是什么意思，后来她岁数大了，经过更年期的折腾，自己也忘了这茬事。

我也曾寄希望于张秋，希望他这个聪明人能解答我。但可惜的是，他虽然有聪明的脑瓜，却懒得去算这道题了。

二零零一年，自从小学开始学乘除法、解应用题后，我就不再总能得九十分往上了。同时，时间观感也开始变得混乱，很多被我认为是无限长的时光，结果变得格外短暂，比如暑假、动画片、电子游戏。而有些我认为时间很短的事物，则会变得很长很长，像是冬天。变化的还有颜色，很多记忆中崭新的、明亮的东西，都在每次漫不经心间变得破旧些、泛黄些，就像是我奶家的柜子、黄木色地板，还有那张能从方形变成圆形的贴木皮餐桌。

当我在恍恍惚惚的时光里混日子时，大人们也在用时间去含糊所有的问题。

神州二号飞天，高兴。

博鳌亚洲论坛成立，高兴。

申奥成功，高兴疯了。

美国"9·11"事件，挺多人高兴，也挺多人不高兴，高兴和不高兴的互相辩论，但不会吵架。

糊糊涂涂地过完二零零一年，到了二零零二年，我似乎变得更傻了。

十二岁的我，再也不会留意身边匆匆走过的人，也不再好奇与我无关的事。这种怠慢，从我知道自己是个有钱人后变得尤为明显。毕竟二零零二年，这世界的大多数真实存在，都渐渐可以用"多少钱"来定义了。而少年人缓慢建筑的世界观，自然也遵从了这种惰性。

可对于麻木的我，陈芙蓉却总夸赞聪明过人，证据是我又能考九十分往上了。但张秋不这么认为，他说我根本就不是聪明，只是找了班主任补课，在补习班就做过考试的题了。

就我是否聪明这件事，陈芙蓉与张秋辩论过一次。陈芙蓉说，管着补没补课，成绩能说明一切，考得好就是聪明的最好体现。张秋反驳，说只看考试的话，那就论不着聪不聪明了，凭的是谁舍得花钱买题。陈芙蓉听后便不和他辩了，改为批评教育，她说：那公务员不也得考试？考上了就能当官，考不上再聪明有什么用？说到这儿，张秋就不吱声了。

这两年，陈芙蓉与张秋的争执常常这样，每次都是说着说着便无疾而终，以往那种战争级别的夫妻吵架再一次都没有过，这也是我家生活中的唯一变化。

其实很多时候，没有变化对于生活是件好事，不用付出太多成本，便能为生活加上保险。

二零零二年秋天，陈复北又住进医院，三进宫了。犯的还是老毛病，病因也一样是因为工厂。那座早已完成自我阉割了的日化品厂，只用了不到两年的时间，就把陈复北预言的剧本尽数完结。产量先被合同拿住，再被迫进行单一化生产，最后销售渠道遭到收割，三管齐下把工厂折腾瘸了。而正巧在这时，蓝天集团忽然业务转型，抽走了大部分订单，残废工厂只好等着良辰吉日咽气嗝儿屁了。但在这种糟糕的情境下，混日子的好处就体现出来了。

在我们这一家子含含糊糊过活的这两年，谁也没留意到，有许多明里暗里的矛盾都被含糊掉了。按往先，这会儿本该有一场互相指责的大戏，但在陈复北的单人病房中，谁也没闹腾，大家伙轻声细语地就把工厂的丧事给料理了。

卖厂，贱卖，还卖给蓝天集团。卖的钱不多，但对于一个七十岁的老头来说，倒还算是很富裕。

签卖厂合同那天，陈复北仍然没去，陈芙蓉和张秋去的。为了撑场面，陈芙蓉找了工厂所在县城的领导作陪，结果县城办公室的人把精神领会错了，将丧事当作喜事给办的，记者电视台拉来一大堆，搞出好热闹的排场，弄得陈芙蓉黑了一白天的脸。但等到回家，这个女人却换了张脸，如释重负地哼着小曲儿敷起面膜，还让张秋下楼给她买十几块钱一斤的山竹。

张秋被媳妇整得有点蒙，搁以前，他肯定会先对陈芙蓉的心思来一通险恶的臆测，最后混着"妈"和"逼"，把他那逻辑往往还算通顺的诋毁给骂出来。但现在，他不再是那样了，他只会问大领导，为什么这么高兴？

陈芙蓉回答他："不为啥，就感觉一块大石头落地了。"

张秋闷了会儿，在诸多的回应态度中选择了最陌生的一种，调侃。他说:"哎呀我去,感情你爸的工厂是个累赘啊?"

陈芙蓉也闷了会儿,然后告诉丈夫:"累赘肯定谈不上,但到底是个隐患,现在没了,也算安心了。"

俩人说话语气都挺好的,像是在交心。但又区别于交心的是,他俩的话太少了,简单的两问两答之后,张秋就拿钥匙下楼去了。过了半个小时,张秋拎着水果回来,陈芙蓉问了嘴,怎么去那么久?张秋说他走半道饿了,吃了碗面条。然后俩人没再说话,各干各的事一直到睡觉。

这晚之后,我家的生活迎来了一段时间的和谐。陈芙蓉成了一名好女儿,她每天都会去医院看望自己的父亲,甚至还会把工作搬到病房,给闲不下来的陈复北营造一种参与工作的假象。张秋还那样,上班下班玩电脑,偶尔出去喝酒,但喝酒的场所从饭店变成了歌厅。从他喝完酒之后的表现来看,饭店与歌厅没有什么区别,都是满身酒气,从嘴里打出比屎还臭的嗝,并发胡言乱语。

过去与现代唯一的变量只在于,张秋喝大酒的频率变得频繁了,为此,陈芙蓉开始和他分房睡觉。而这对我的影响,则是蝴蝶效应般将我的网瘾推迟了些,没辙,书房被张秋睡久了变得有些臭。

不过就张秋喝臭酒这个事,真正有意思的人是陈芙蓉,她除了与丈夫分房睡外,倒也没怎么上纲上线说过自己男人,甚至在别人面前还有些赞许。她的理论是,张秋太书生气了,出去在社会逛逛反而是好事。当时偷听下巴嗑的我惊得不行,曾经这两口子为喝酒吵过无数架,几乎伴随着我记忆从模糊到清晰的每一段章节。

那会儿我快上初中了,算是长了些脑筋,但仍然想不通陈芙蓉这话的道理,以及说出这种话的她,到底有着怎样的心境。我尤其在意的只有，有如此度量能包容烟酒臭气的她，干嘛非得往死里逼我学习？

但人生问题的答案，永远不能从生活中寻找，生活，只是忽略答案的过程。如同大人们的那些重要的、深刻的大事，我对陈芙蓉态度的困惑，也在生活的缓慢推进中被含糊掉，最终被动得到结局。只不过，属于张陈两口子的结局比较滑稽。

冬天那会儿，张秋喝大酒喝出麻烦了。有一天晚上我和陈芙蓉在家，一个女人打电话过来，说自己是张秋的女朋友。陈芙蓉还算冷静，只平和地问对方是谁，但电话那边挂断了。当时我不知道啥事，看她傻坐着就凑过去打听，但陈芙蓉没搭理我，只把电视关了。

张秋是一个小时候之后回来的，人醉醺醺的，一如既往地散发着恶臭，脱下陈芙蓉给他买的貂，衬衫湿一块污一块的。他看见陈芙蓉傻坐在沙发上就去撩闲，问媳妇干杵着不看电视干啥呢，装佛爷念经呢？

陈芙蓉瞪着他，腾地站起来指着张秋鼻子，语气似在骂，但话却没什么攻击性，她说："你还要不要点脸，不嫌脏啊？"

张秋愣了会儿，随后忽然变得比陈芙蓉还要愤怒，说他妻子在乱泼脏水，为一些子虚乌有的事瞎发疯。

从张秋的表现来看，酒真的不是一个好东西，如果是正常状态下的他，应该不会蠢到立刻清楚此情此景的前因后果。但同时，酒的好处也是明显的，就是可以暂时逃避一些麻烦。

我本以为这两口子将会上演久违的夫妻吵架，骂着讲道理、喊着诋毁侮辱，最后再互相糊弄着和好。结果已经在歌厅开完嗓的张秋刚上劲，便捂着嘴冲进厕所呜呜噗噗地吐，过了会儿厕所没动静了，我好奇去看，发现他正趴在马桶上打呼噜，给我恶心得不行，也想跟着吐。后来陈芙蓉看不下去了，和我一起把张秋从厕所往书房拽。刚上手的时候，张秋枕在马桶上的大脑袋还磕了一下，哐一声，给我吓够呛。我问陈芙蓉，张秋会不会被磕傻了。陈芙蓉告诉我，磕傻也是装的。

到第二天早上，张秋起床时，我家多了俩人，祖母和祖父。当他们一家三口见面之后，我的父亲开始装傻了。张秋神情自若地询问父母啥时候来的、来干嘛，以及吃没吃饭。但转过头，他对陈芙蓉的态度，则暴露了他并非是在父母面前那般无辜。他恶狠狠地对陈芙蓉说："你有病吧，一点破事往疯了闹！"

我父亲的怒吼，音量与凶狠度完全达到了触发战争的标准。而作为这对夫妻最后一次战争，陈芙蓉的表现远比曾经的任何一次都更加睿智，她没有回应丈夫的挑衅，只是转头看向祖母，询问："妈，都这样了，你说我该怎么办？"

陈芙蓉的计策，使矛盾被转移到了张秋血缘上最亲密的人，本应是参战方的她，从这场战争中全身而退，并仍保有收割胜利的权利。当我祖母喊出不孝子的一刹那，张秋为他的不检点付出了代价，成了罪人、失败者与战犯。陈芙蓉胜利了，在力量与音量双重的劣势下，巧妙取得了胜利。

这件事的落尾，以张秋的无理由道歉忏悔告终，陈芙蓉没有在口头原谅他，但却保留了丈夫与自己同一屋檐下的权限。

张秋送祖母与祖父离开时，我为了逃避陈芙蓉的苦脸也跟着下了楼。他们一家三口打车时，我那除了吹牛逼以外啥都不会的憨呆祖父问他的儿子，你干了么？

张秋显得有些难以启齿，但还是回答了他的父亲，说真没有，就说喝多了瞎胡闹。我祖父叹了口气，遗憾地感慨："那你可真亏大了。"

祖父母打车离开后，张秋转身走向属于他的三口之家。他的脚步很慢，慢到作为儿子的我不知不觉便走到了父亲的前面。几次我停住脚回头看他，只有一次被他发现，他骂我：走那么快干嘛？于是我只好回到他身边，将注意力放在那些懒洋洋的小摊摊主身上，同时观察他们板车上的各种商品，脑黄金、龙牡壮骨、蚁大神、阿拉斯加鱼油等各式各样都是漂亮的礼盒。当我好奇这些东西的功效时，天阴了，该是又要下雪。这时，张秋叹了口气，说了一句很奇怪的话。

"二十一世纪容不下爱情的五光十色，目光所及，只剩灯红与酒绿。"

我问他这句话什么意思，他说我长大就明白了。可很多年后，我拿着这句话和张秋对账，他却死不承认自己说过这话，还说这真是一段很烂的诗句。而我真正好奇的是，他所说的爱情到底是什么。

而我此刻谈起未来，并不意味着张秋的磨难已经结束。

女人的愤怒往往是缓慢的、长期的、永不终结的。陈芙蓉的惩罚绵绵而悠长，尽管张秋短暂戒了几个月的酒，她都仍与张秋分房睡觉，并还不时忽然冷起脸，催促丈夫去医院检查身体。

而张秋，从他被定罪的那一刻，便再也没有愤怒的底气。他能做的，唯有在不知不觉间，将陈芙蓉从自己的"最亲密排名"往下调整三名。

第九章

I

二零零三年夏天，曾经被我视为永恒的五年小学时光结束。

最后一次离开学校时，我还没有意识到告别真正的含义。哪怕我们拍了合影，互相留了同学录，我仍还觉得再过一个月，仍然会与那些互道再见的人重聚，继续我们之前几年那样的生活。可当我换上了初中的运动装校服时，才发现一段人生结束了。

幸运的是，在初中，我并非是唯一有此感怀的人，所有与我念同一所初中的小学同学也都是这样。于是我们这些已经被分到不同班级的少年，会在所有的自由时间聚在一起，共同缅怀人生与告别，就像大人那样。

这样的时光大概持续了三个星期，再之后，我们会认识新的同学，开展另一段人生。与之同时，之前还互相海誓山盟的小学同学，则会成为老死不相往来的陌路人。毕竟，我们谁都害怕知道底细的旧友，会在新朋友面前戳穿对自己过去的虚假描述。接着，我们会在十一假期后，丢失前五年的所有记忆，尽管一个月以前大家还说，那将是永不遗忘的珍贵回忆。

到这时，一个孩子入殓，一名少年诞生。

在学校之外，与全新张自民一起迎接新生活的还有很多人。

十一假期第一天，小李叔叔和小黄阿姨结婚了。

这俩人从我上幼儿园时相识，到我上小学时勾搭到一起，中间分分合合，整了一场爱情长跑。他俩婚礼时，主持人着重强调这一点，证婚人陈芙蓉也就此大谈爱情的高尚，作为伴郎兼花童的我也感觉挺浪漫的。

但当陈芙蓉讲完话下台，她却小声对张秋说，如果不是自己给小李提到办公室，小黄还不会消停呢。张秋聊意不佳，随口叹了句，不消停还能咋地，官太太哪那么好当？他说完，陈芙蓉忽然骄傲起来，昂头赞同道："那可不，人各有命，几斤几两天注定。"张秋瞥了媳妇一眼，感觉像是不同意这话，但没说什么。

等开席上菜后，刚吃了几口张秋就坐不住了，一个劲问陈芙蓉啥时候走。陈芙蓉忙着社交没太搭理丈夫，后来被念叨烦了，就问了句："你有事啊？"张秋点头，说是有事想商量下。这搞得陈芙蓉挺不耐烦，说你有事在家咋不说。张秋听后就不说话了。

又过了会儿，张秋单位的领导端着酒杯过来，陈芙蓉站起来去迎，只有我看见张秋的脸色有多难看。

那名男领导见到陈芙蓉就开始报喜，说张秋未来前途一片大好。陈芙蓉笑着询问缘故，对方告诉她，设计院要迁到北京去，以后本地就只留办事处了，跟着迁走的职工名额有张秋一个，给安排北京户口，还分优惠家属楼。这时，陈芙蓉的表情变得很惊喜，开心程度远超我考了班级前十名。

我的母亲，用她十年前那般灵动雀跃的声音问丈夫，这是不是真的。而张秋，陈芙蓉的丈夫，这个鲜少令妻子感到自豪的男人，则显现出不合气氛的为难，他只是点点头，尴尬地笑了笑。

男领导走后，多少年没有这么兴奋的陈芙蓉，终于开始重视起张秋。她问丈夫，要说的事是不是这个？张秋点头。她又问，这么好的事为什么不早说。张秋说之前他还没考虑好。然后陈芙蓉一拍大腿，说这还考虑什么，有了北京户口，咱家自民高考就稳了。

张秋愣住了好一会儿，似乎在困惑这件事的沟通情况与他预想的不一样。又吃了两口菜，他才对妻子问道："那你呢？"

这时陈芙蓉也困惑了，她反问："你管我干嘛？我该干嘛干嘛呗。"

张秋嘶了声还想说点什么，正巧新郎新娘来敬酒，算把这事岔开了，等大家伙互相恭维祝福完再坐下，他也就没再提这事。

那天下午回家之后，我们一家人如往常各干各事，陈芙蓉看电视，张秋玩电脑，我写练习册，谁也没提去北京的事。对我们的生活而言，这件意外得知的事，就像是一颗扔在大海里的石子，倒是砸出零星水花，但又没啥值得多说的意义。

可直到晚上，张秋沉不住气了，他关掉陈芙蓉的电视，还把我也叫来客厅，打算以家庭会议的方式，认真为这件事做出决定。只是很可惜，我和陈芙蓉都没有足够尊重这份仪式感。我实在太累了，坐到沙发上只想睡觉，而陈芙蓉，显然不满意电视剧被丈夫中断。

但我的母亲，作为一名见惯了小题大做的领导，她对不满这种情绪具有很高的容忍能力。在听完张秋冗长的前情提要后，她耐心地给出了回答，意见不变，并再次肯定这是一件好事，理由是北京户口值钱，高考能加分。而这个理由，使习惯于摆弄理性的张秋无话可说，逼得他只能掏出操作并不熟练的感性应对。我的父亲，对他的妻子说："那咱们可就得分居了。"

张秋的话，引得当时正在闭目养神的我睁眼去看他。但那时我还太小，心里其实没有太细致的想法，大概只是觉得，我父亲语气中的感觉太复杂了，不像是能从他嘴里说出的话。而与我的模糊相比，同样的话，听入陈芙蓉耳中却是另一番感想。

陈芙蓉叹了口气，显得有些无奈，可当她说话时，却发现这份无奈并不是因张秋的预言，而是张秋这个人。她说："你可有点出息吧。"

之后，我的母亲开始滔滔不绝起来，倾述她无奈的原因。她告诉张秋，如果留在本地办事处，这辈子估计也没什么机会做大事了，眼瞅着快四十的人，得有点出息、有点野心。可千万别再像当年似的，能往机关调非不去，结果闷头画图纸画了好几年。现在能调去北京，也算是塞翁失马焉知非福，这个机会可千万把握住了。

张秋安静听完妻子讲的所有道理，比曾经他们每一次谈话显得都有耐心。等陈芙蓉把道理讲干净，他凝重点头，终于做出最正确的选择，说："那就这么办吧。"

而我，一直到家庭会议结束，都没有意识到自己与他们夫妻俩的决定有什么关系。

2

张秋是二零零四年初去的北京。他上一次长期出远门是一九九四年，刚好隔了十年。后来他发达后，有个算命的说他命里每十年走一次大运，张秋扔了二百块钱，出门说了句"去他妈逼的"。

同年夏天，张秋从北京回来，说我转学的事都安排好了，九月份开学前带我一起回北京。陈芙蓉高兴坏了，在各种饭局里吹嘘这件事,同时张秋也从"画图的",变成了国家级工程技术人才。口径之快,远超曾经"国家青年技术骨干"变为"画图的"。

八月末,我临去北京那天晚上,张秋和陈芙蓉分别找我单独谈了一次话。

张秋说,北京是外地,不是家里,那里住的是全中国各地的人。有些人呢,对东北人有些误解,会说一些不好听的话,你不要搭理他们,尤其不能动手打人。

我问他东北人咋了,别人能说啥。他想了想,含糊其词地回答我,也没咋,就是东北大汉么,有的人觉得东北人脾气火爆。我说我脾气挺好的啊,他给了我一个脖搂子,说:"别废话,记住别打架就完了。"

然后是陈芙蓉。她对我的教导是,到北京一定要多看人家那边的孩子是怎么学习的,大都市的孩子都有素质,和咱们这边不一样。多学习、多思考才有见识、有出息。

我挺不乐意,嘀咕说也没觉得北京人有多厉害。其实我想说的是,"没觉得有多牛逼",但我从不在父母面前说脏话,尽管我在幼儿园就精通此道了。可陈芙蓉根本没管我说没说"逼"字,她批评我道:"要虚心,多向好孩子学习。"

可惜那天晚上父母的教诲,被我转头就给忘了,当时的我更在意早恋的对象能否守住海誓山盟,以及学校那些兄弟的友情是否会天长地久。但也奇怪,好些年过去后,我把当时对象的名字都给忘了,所谓的兄弟们也早就断了联系,反而父母的赠言,却逐年变得清晰。

第二天真正告别时,陈芙蓉与张秋各自家族的亲戚全拥到火车站,男女老少几十人哭得稀里哗啦,陈芙蓉也是。这番光景与年初张秋独自走时截然不同。可作为告别主角的我,却从这种气氛中品味不出伤感，尤其在登上火车之后，只是感觉自己将要抵达的终点，无非是又一处旅游景点罢了。北京，也不过是一趟时间稍长些的旅行。

事实也是，我在北京的生活就像是一场被安排好的旅行，一切都好，所有的不适，在人生尺度中都渺小得不值一提。而且仅仅几个月后，我便又回到了家乡，见到了熟悉的人与没太变化的物。这种一切如旧的假象，蒙蔽了很多人。像计划着年后借出差之名，去找丈夫、儿子团聚几天的陈芙蓉，还有不忍大外孙住在北京老破小，决定要在北京买房的陈复北。当然，张秋自己也是被蒙蔽的那个，陈复北把买房的钱给他后，这位乖女婿信誓旦旦地提议："爸，你老没事闲了就来北京啊，咱爷俩过日子。北京这边的老头都可能唠嗑的，叽叽咕咕能从早说到晚，保准你不寂寞。"陈复北听后还当真了，严肃道："哎呀，这么能唠呢？看来首都人民的觉悟应该挺高，我得多学习学习了。"

等热热闹闹地过完年，寒假也差不多结束，我如上次一样无悲无喜脑袋空空地坐上火车。但这次，却是我最后一次"去"北京，再下一次，就该是"回"了。

二零零五年夏天那会，张秋认识了一个女的，北京本地人，比他小挺多。那女的来学校接过我几次，带我吃了几顿饭，还给我买了双篮球鞋。暑假前，张秋和我摊牌，说要和我妈离婚。我当时吓一跳，心想，我妈还没住过陈复北买的那栋房子呢。我问张秋：是不是把那个北京女的肚子搞大了，被人逼婚了？张秋骂了句"小兔崽子"，抬起胳膊要抽我，但没真的下手。

八月初，我和张秋回东北，他和陈芙蓉没太吵架就都同意去法院了。他俩离完婚的第一顿饭，是在我们曾经的三口之家吃的。张秋在对待陈芙蓉，我妈、他前妻时，表现出俩人十几年婚姻中最好的态度，彬彬有礼、柔声细语。陈芙蓉情绪倒很稳定，流了几次合情合理的眼泪。

吃完饭，张秋走了，因为祖母不让他进家门，悲惨的他要在故乡住宾馆。好在他事办完没几天就回北京了，倒也没为住宿花太多钱。而我则留在自己家，这是他离婚约定中的一环，以后每年假期，我都要回到陈芙蓉这里住。

二零零五年，我已经足够大了，正在变声期的我，像半个大人一般询问陈芙蓉，问她不难过么。陈芙蓉告诉我，不知道。我当时挺纳闷，就追问她：为啥不难过？张秋在外面找小三出轨，还和她离婚了。可陈芙蓉的回答却很古怪，她说："是，你爸在外面找小三出轨，所以错的人是他，不是我。"

当时，我没明白对错与难过有什么关系，但陈芙蓉毕竟是我的母亲，她虽然状态还好，可我却不忍心继续刨根问底刺激她，便向她保证，以后一定不给那个女的好脸色。陈芙蓉点点头，让我先去睡觉，但我没睡，而是在原属于张秋的书房玩了一宿电脑，夜里几次上厕所喝水时，发现她也没睡。

暑假尾声时，我踏上火车再次离开家乡。那天送我的人是陈芙蓉与张秋的亲戚们，于是送别会变成了批判会，那些对陈芙蓉心怀愧疚的人，将属于我的告别搞得比之前哪一次都没气氛。

而我，在第三次踏上火车时，才终于领悟那早该懂得的真相，我的家没了。

尾声：关于屁的一些琐事

张秋在二零零七年发了大财，但发财和工作没关。

北京房价开始上涨时，张秋新房子卖了。一个是，他觉得自己一个大男人，带着新欢住在前老丈人买的房子不合适。另外一个，是看房价涨这么凶，认为不合理，里面有泡沫，早晚得炸。于是就想着趁涨价把房子卖了，再连着多卖的钱都还给陈复北，这样面子上也说得过去。

可当几百万到手，他却没有直接还钱，而是把自己关了半宿，不知道在想什么。第二天下班还跑到了书店，买了几本讲经济的书，又在网上天天搜索日本。结果折腾几天后，他居然用这笔钱，在破糟糟的东三环外付了好几套房子的首付。

平心而论，张秋的新媳妇是个挺讲究的女人。当时张秋要卖房还钱时，这个女人不但没有半句埋怨，还非常支持张秋的决定，说他够爷们。就冲这点，使我对北京人的印象变好许多。但当张秋用这笔钱付首付时，新媳妇终于展现出北京人的"厉害"了，那张嘴啊，简直碎得吓人。

新媳妇每天都会贬损张秋，说他读书读再多也是外地傻老帽，正经老北京人谁会跑到破破糟糟的三环外买房，买也就不说了，还买一堆。

张秋回嘴，说他不是傻老帽，说东北是新中国长子、共和国的工业基石、国家脊梁；还傻乎乎地给人家举例子，扯什么城市化率、平均受教育程度等。

可张秋一本正经的回答，却遭到新媳妇更加"碎"的贬损。说还什么"长子"？谁认你们当大哥？真就东北人都是黑社会，出门就要认小弟？张秋又辩，别胡说八道，什么黑社会，老话是东北人都是活雷锋。新媳妇一脸嫌弃，说雷锋戴的那顶帽子就是老帽，然后话锋一转，不给张秋还嘴的机会，又说回"老帽子"在三环外买房的事了。而张秋，自从和陈芙蓉离婚，战斗力大打折扣，再加上北京人的嘴太厉害，每次他都被搞得哑口无言，气得点上烟，灰溜溜躲去玩电脑。

但等到了二零零七年，他们夫妻间攻守易势了。新媳妇不再碎嘴，再后来，张秋开始反攻，说北京人一个个都是市井小民，全靠"北京"俩字往脸上贴金。

不过，张秋也没牛逼太久，有次新媳妇和他血干了一仗，最后他们商定了家庭版"直奉合约"。约定，东北、北京从此两不相辱，并表示大家都是北方人，互相高度认同燕国老乡的身份。从此以后，张秋彻底放飞自我，靠着买卖房子押首付，把地产战旗从东三环一直插到了姚家园，紧接着布局望京和通州。几年下来，明明一直在花钱，却把自己花成了个富翁。

张秋发财之后底气足了，终于有一年，他跟单位请了一个月长假，和新媳妇出国玩了一圈。玩完感觉还不过瘾，就想起楚霸王那句话，富贵不还乡如锦衣夜行，于是又带着新媳妇回了老家。

离婚的事过去几年，家乡很多事物都变了。比如他前妻，陈芙蓉这几年事业节节攀升，成为了真正的"上等人"，令富翁张秋也高攀不起了。又比如他妈，终于能管住嘴不再骂人，安安静静地和新媳妇吃完一顿饭，但想进家门还不行。

张秋回老家后先干了两件事。

第一件，是给父母买了套新商品房，让两个老人从已成黄赌毒大本营的工人家属区搬了出来。某种意义上，也算应了他十几年前对前妻描绘的未来，房子再不用分，以后都是商品房了。

第二件，他去看了陈复北，他的原岳父，现退休富翁老头。这次见面，张秋给了陈复北好大一笔钱，但局面却仍然尴尬。陈复北倒是没骂他没打他，但只要张秋开口说话，老头便装听不见，必须得由他外孙转达。

两件事忙完，张秋重拾起年轻时的爱好，专注于找哥们喝酒吹牛。

他哥们中有个人叫王大专，近些年过得尤其不如意，人也被生活折磨得有点魔障，无论别人聊啥，他接住话茬都是一通埋怨。但有一点怪，王大专从不埋怨人，只埋怨国家，而且埋怨嗑和写八股文似的，带格式的。无论说啥事，他都要先说咱们国家如何如何不好，人家国外怎么怎么样，那才是真的好。

张秋年轻时就有点愣，发财之后底气更足了。王大专逼逼叨叨几次后，他先急眼了，张口就问：你去过国外么？王大专摇摇头，说他虽然没去过，但心中早有向往，还说在那边就算刷盘子、开卡车，也比在国内这边挣得多，活得体面。张秋不同意对方的话，于是俩人就开辩了。

结果辩了一圈，张秋发现对方不如年轻时好收拾了，嘴里一套一套歪理邪说，简直就是拿着一加一等于三的逻辑，去算五加五等于二十八。最后他也懒得讲道理了，直接开骂，说你爱咋想咋想，有招趁早滚出走自由去。

话到这儿，王大专忽然恭维起来，先敬了张秋一杯酒，然后赔着笑说想借笔钱办出国，等出去找到工作了，马上就还钱。当时张秋也是赌气，想让对方吃个瘪，没打磕巴就借给王大专了。

这事之后，找张秋借钱的人越来越多，弄得他有点烦，念叨了几天时过境迁，就带着新媳妇回北京了。而我则留在老家，按照协议那样陪我的"大领导"母亲陈芙蓉。

我的父与母，或许真的是八字不合。他们离婚后，互相都取得了惊人的成功。陈芙蓉在那几年事业格外兴旺，越来越多的人来到她身边。司机、秘书、助理、办公室负责人、行政事务发言人、稿件整理人。

可身边的人变多，她的话却很少了，尤其是对我。这像是一种能力的交换，她有办法在我想打篮球时，直接将我扔到本地大学的篮球队，让一帮省队储备运动员陪太子读书，却没时间坐下来和我吃一顿烧烤，听我讲讲北京的故事。

但我对此并不抱怨，毕竟和那帮储备运动员打完球，我的篮球水平有实打实的提高，每次回北京，都能收获更多令人上瘾的虚荣感。

记忆里，从我去北京一直到我结婚，她只有两次和我说过很多话。

一次是我大学毕业时，她几乎是逼着我去考公务员。那晚，她讲了她爷爷的故事，她还说，她成功的秘诀，就是参悟明白了她爷爷的故事。可或许是陈芙蓉讲故事的水平不行，我什么道理都没听出来，只觉得这是个挺无聊的地主故事，比《活着》里的富贵差远了。

第二次，是陈复北过人生最后一次生日。她和她的父亲，又讲起老地主的故事，但故事的初衷，却与向我讲述时完全不一样。有一句话她说了好几次，她说："爸，现在咱回过头看，其实我爷去世那晚上的话，只有我听懂了。"可每一次陈复北都没吭声，后来老爷子可能是被絮叨烦了，直接指着我说："你问他懂不懂，他不懂，你搁这儿瞎折腾啥？"

听后，陈芙蓉笃定地回答："他早晚会懂的。"

可陈复北回以冷笑，就像说话对象不是自己的女儿似的，说："等他懂那天，又是一个世道了。你啊，才过过几个世道？"

陈复北去世时，我又想起了这件事，但还是不清不楚的。不过关于"世道"，却有了些想法。我觉得，我应该是过完了一个世道，而旧世道与新世道的分界线，是由张秋画的。

二零零八年时，张秋接到一通来自美国的电话，是王大专打来报平安。这位老哥们说自己在盐湖城，美国那边可好了，还说他一辈子都会感谢张秋，挣到钱立刻就还。

这通电话把张秋弄得挺烦，他骂骂咧咧地告诉对方，说以后没正经事别打国际长途瞎扯淡了，等有钱还再来电话吧。

这之后，王大专的消息断了一段，到二零零九年年初才再来电话。当时听到是王大专，张秋拿起电话就问他挣到钱没，对方说没有，还想再借点。张秋听完就乐了，问对方咋混的，出国一年多了，咋还越混越烂？王大专说没有，就是遇到点急事。

那年月，张秋的房产还在疯涨，搞得他拿钱越来越不当回事，于是便用钱买来一顿说教旧友的机会。先答应借钱，然后牛逼哄哄地告诉老哥们，说不行就赶紧撤吧，在哪国活的不是喘气的人？都是人搞人，哪儿也不会比哪儿好混。王大专回以一通唉声叹气，算是在张秋面前认栽了。这次，张秋用钱买了顿痛快，他挺高兴的。

又过了几个月，我快高考那会儿，有天晚上，张秋火急火燎地开车回了东北。后来才知道，王大专的老娘死了，但没人能联系到那个远在海外的不孝子，最后是张秋他们几个发小给老太太办的后事。

据说，这帮老哥们在灵堂骂了三天王大专。

从这事之后，张秋就开始变得有些古怪。班基本是不正经上了，单位过来催，他就告诉人事，说别给他发工资了，再不行就给他开了。

不怎么上班以后，张秋每天窝在家里除了看书就是看电影，从苏联电影开始看，然后是美国电影，再之后是日本、韩国的电影。这段时期大概持续了一年。其间他每周还会写一篇影评发到网上，但基本没什么浏览量。

二零一零年，张秋把电影戒了，然后以骂大街的方式，总结了自己当影评人的收获。

他说："这帮搞传媒的人都太坏了，全是意识形态入侵。别说王大专那样的傻逼了，就我年轻那会儿都多少有点信邪。再往后，中国至少得有一半人不讲究仁义礼智信了。什么老子、孔子、孟子、还得被当臭老九再一顿踩。"

他说："以后的人会越来越膈色，谁也容不下谁，满脑子都是非此即彼的二元论粑粑认知。早晚有一天，就连吃米饭的和吃馒头这点破事都能打起来。"

张秋发表这番怪诞言论时，我已经知道他是一个很有钱的人，而有钱人这层身份，使我尽管不清楚这些话的意义，但仍对他的话无条件相信。但这时的我正在上大学了，与荷尔蒙引起的性冲动相比，弄清楚张秋的言论显然是无趣的。我根本就不想弄清楚他的理论依据，满脑子都在谋划和新女朋友开房的契机。

如果说，研究电影使张秋变成了一名中年愤青，那么他下一个研究方向，则使这个古怪的富翁显得多少有些骇人了。毕竟这个世界没有任何一个男人，会把自己的前妻作为研究对象。

二零一二年世界末日那天晚上，我久违地回到家里，倒也不是想张秋了，就是网上都说，世界末日应该和家人在一起。如以往每次回家时那样，我打开张秋的电脑，游玩他充了好多钱的游戏账号。但这次,我在电脑桌面上看到了一个文件夹,上面写着,《论陈芙蓉的人格分析》。

作为"陈芙蓉"这个人的儿子,我抵抗着随时将要崩塌的三观,怀揣着猎奇的心情点开了文件夹,然后,我见到了以陈芙蓉家族为章节的大纲。再随手划了几下鼠标滚轮,竟然发现,张秋写下了旧婚姻的每一段情节,并都为其做出详细的注解。比如,陈芙蓉的心理动机,甚至还有我母亲行为语言的心理推导。

目睹这份文件的我,如同撞见父母行房时那般尴尬。尽管好奇,但儿子这个身份,仍使我果断关掉了文件夹。但又不同于行房,我可以理直气壮拿这件事和张秋对质。于是在他新媳妇下楼买菜的空当,我听见了张秋对我母亲的评价。

"你妈这个人很有意思,又聪明又傻,又可悲又可怜。其实这世界上有些东西,如果不能完全弄清楚,那最好就别懂,可你妈惨就惨在这儿,她是似懂非懂。大时代一来,忙忙叨叨地把自己给活没了。"

我气不过,说话也变得很难听:"你可别扯淡了,我妈现在挺好的。就算她真像你说的这么惨,那也是你造成的。你俩的事,我不提不纠结也就算了,但你没资格做总结。"

说完,我直勾勾盯着张秋,这会儿的我已经拥有了成年人的强壮,再也不怕他会狗急跳墙和我动手了。可出乎意料的是,他竟然认真思考起来,而后表情渐渐变得非常遗憾,甚至可以说是愧疚。而他这副模样,使我产生错觉,以为终于能听见期待多年的道歉或反省,但结果却是一句古怪的解释。

张秋很认真地告诉我:"我和你妈离婚,是因为我害怕她。"

我听不懂,不过张秋也没想向我解释,而是以同样遗憾的语气又补了句:"但离婚也没啥用,我其实早就被你妈给杀了。"

张秋的话吓了我一跳，再加上他电脑里的文件夹，我开始怀疑自己的父亲是个神经病，或者说，得了什么心理学范畴下的怪病。可碍于我还要管他要钱，靠他继续"富二代"的生活，这份多少带着些愤怒的惊恐，并没有在那时发酵。

我与张秋的分道扬镳是在二零一七年春天。

大学毕业后，我先创业再炒股，真是上午憋"IDEA"，下午盯大盘，晚上用电脑胡诌PPT，结果乱折腾了一大通，钱倒是赔了不老少。百思不得其解之下，找到富翁张秋解惑。可他连我的操作都不听，直接骂了我一句傻逼，然后又给这个名词加了个程度，补充说明我是天下第一号大傻逼。而对我的教导，也仅有一句："趁早找个班上吧。"

而我，看在他有钱的份上忍受了这份侮辱，并继续虚心向他请教致富的秘诀，如何才能拥有他那双发现财富的慧眼，以及增值财富的远见。结果他，作为我的亲生父亲，什么都不肯告诉我，只敷衍我，说根本就没有狗屁的秘诀，他也从没比任何人厉害，就是运气好而已。

这事把我气够呛，好几个星期没见他。忽然有一天，他主动给我打了通电话，但目的并非是想通了，要向我传授致富秘籍，而是要和他的儿子告别。

张秋说，他准备把房子陆续套现，之后带北京媳妇回老家生活。还说，他就是懒得折腾，不然还想把户口迁回老家。我问他为啥，北京的房子还涨呢，操作空间依然很大。张秋叹了口气，说我真是个傻逼。

我压住火，继续问以后我回老家去哪儿，陈芙蓉那儿还是他那里。他告诉我，随便，反正都在老家，乐意去哪儿去哪儿。

这时，我感受到一种前所未有的感觉——背叛。

他，张秋，一个投机倒把发大财的老神经病，却虚伪地为我取名自由民主，他根本就不爱自己儿子。他靠前妻衣食无忧了十几年，却对生活毫无感激，对我妈凶恶不善。他到北京一年就离婚找小三，害得我妈、我奶一直郁郁不欢……

当所有愤恨凝结，最终呈现的是恐惧。最后，我几乎是颤抖着告诉他，是他摧毁了我的家，自私地将我带到一座永不安宁的都市，使我这辈子都将没有故地可归，只能孤零零地徘徊于永远陌生的土地。

而我没说出口的是，他不能走，不能再丢下我一次了。他要对所有这些，我本不想选择的人生负责。只有他在，我才能心安理得地告诉自己，如今的一切也都很好。最重要的是，我需要他。

可对于成年人，对于儿子与父亲，这种话实在太丢人了。

取而代之，我最后一句话说的是："你爱咋咋地，去你个屁吧！"

全书完

图书在版编目（CIP）数据

钢锈 / 幸之著. -- 上海：文汇出版社，2024.11.
ISBN 978-7-5496-4355-4
Ⅰ.I247.5
中国国家版本馆CIP数据核字第2024LM7634号

钢锈

作　　者 / 幸　之

责任编辑 / 邱奕霖
装帧设计 / 吴嘉祺

出版发行 / 文汇出版社
　　　　　上海市威海路755号　邮政编码：200041
经　　销 / 全国新华书店
印刷装订 / 上海颛辉印刷厂有限公司印刷
版　　次 / 2024年11月第1版
印　　次 / 2024年11月第1次印刷
开　　本 / 890×1240　1/32
字　　数 / 230千
印　　张 / 9.25

ISBN 978-7-5496-4355-4

定　　价 / 58.00元